Marc-Jean Nootens

Par-delà
le lointain

Roman

A Micheline,
d'hier et de demain, depuis ½ siècle.

Marco Polo à Kubilaï Khan:
"Si je te dis que la ville à laquelle tend mon voyage est discontinue dans l'espace et le temps, ..., tu ne dois pas en conclure qu'on doive cesser de la chercher."

Kubilaï Khan:
"Tout est inutile, si l'ultime accostage ne peut être que la ville infernale..."
Marco Polo:
"... chercher et savoir reconnaître qui et quoi, au milieu de l'enfer, n'est pas l'enfer, et le faire durer, et lui faire de la place."

Deux extraits de "Les Villes Invisibles", Italo Calvino

"Heureux qui, comme Ulysse, ..."

Joachim du Bellay

Introduction

Bien que rédigée après la conclusion des événements, l'histoire qui est racontée dans ce roman est un récit fidèle de ce qui s'est déroulé.

Sa rédaction a pris en considération les témoignages, les anecdotes et les descriptions fournis par les principaux intervenants. En particulier, ceux d'Agame, d'A'na et de Mack ont beaucoup servi, ainsi que, dans une moindre mesure, ceux d'Achille, de Péné et même de Régis.

Le contributeur essentiel fut cependant Theos. Sa sensibilité exacerbée lui permit de percevoir autrement les lieux bien réels et connus qu'ils parcoururent ensemble. Les noms étonnants qu'il leur attribua, et qui sont repris ci-après, apportent une étrangeté au texte, que le lecteur voudra bien pardonner.

Celui-ci comprendra plus tard, c'est du moins l'espoir de l'auteur et de plusieurs des personnages, que Theos avait de bonnes raisons pour cela.

1

En apparence, Theos est un voyageur comme les autres. Certains passants, peut-être plus attentifs ou jaloux que d'autres, décèlent cependant quelques différences: un luxueux costume gris foncé, une chemise blanche, une cravate de soie rouge, un long manteau bleu marine, un chapeau Borsalino, des souliers Fratelli Rossetti ainsi qu'une valise Louis Vuitton et un sac à dos pour ordinateur portable qui tire tant sur l'épaule gauche qu'il doit être aussi chargé de livres. Les apparences sont souvent trompeuses. S'attardant à ces détails, ces observateurs ne s'intéressent pas à son regard fermé et inaccessible qui lui donne l'allure d'un fuyard s'échappant de l'épouvante et emportant le minimum, pressé dans sa fuite ou voulant se séparer de son passé.

A 13 heures 47, sous un soleil cru et pâle, angoissant de blancheur, il descend du train international en provenance de l'Est du continent. Aymé, l'agent immobilier qui ainsi que convenu l'attend au bout du quai, correspond à la description donnée au téléphone: petit, trapu, court manteau et large chapeau noirs, cartable de cuir brun luisant. Il a l'air usé, sans joie ni enthousiasme, les yeux cachés derrière des verres teintés. A peine murmure-t-il en accueillant Theos qui reste indifférent à cette allure sinistre, comme si tous les habitants de cette planète étaient ainsi, de tout temps et pour toujours.
- Venez, Monsieur, ce n'est pas la peine de prendre un taxi car ce n'est pas loin. De toute façon, les rues de ce quartier sont tellement tortueuses qu'ils refusent d'y circuler. Suivez-moi, je vais vous conduire à pied à Malpertuis.
- Où?

- Oh! Excusez-moi. Je veux dire à la maison d'hôtes dans laquelle je vous ai réservé un appartement. Mes grands-parents appelaient ainsi cette bâtisse. J'en ai gardé l'habitude.
- Malpertuis! chuchote Theos.
- *Cela signifie la maison du mal ou, plutôt, de la malice. Or, la malice est, par excellence, l'apanage de l'Esprit des Ténèbres. Par extension, je dirai que c'est la maison du Malin ou du diable...* [1]. Excusez-moi, Monsieur, je ne voudrais pas vous effrayer avec mes références stupides.
- Non, répond Theos.

Theos fait la moue et le suit en silence, inattentif à ce qui l'entoure: canal tortueux, ruelles médiévales pleines d'ombres inquiétantes, maisons sales, décrépies et sans lumière. Un faubourg agonisant, envahi d'une profusion de vagabonds!
- Etes-vous ici pour le travail? demande Aymé.
- Non, répond Theos.

Pendant quinze minutes, ils parcourent ainsi en silence ces *vieilles rues pleines d'un hautain ennui, rebelles à tous les efforts tentés pour les animer de lumière et de mouvement.* Ils arrivent sur une placette. *Il y a quelques arbres, une fontaine murmurante, un pigeonnier de pierre blanche et une chapelle de la Vierge des Sept Douleurs.* L'agent immobilier qui le précède, annonce:
- *Voici la rue du Vieux-Chantier, dit-il, où, parmi ces hautes et sinistres demeures, se trouve Malpertuis.*

Instantanément, Theos se fige devant la maison: *énormes loges en balcon, perrons flanqués de massives rampes de pierre, tourelles crucifères, fenêtres géminées à croisillons, sculptures grimaçantes de guivres et de tarasques, portes cloutées. Elle sue la*

---

[1] Tous les mots en italiques de ce chapitre ont été librement copiés du roman "Malpertuis" de Jean Ray.

morgue des grands qui l'habitent et la terreur de ceux qui la frôlent.
Sa façade est un masque grave, où l'on cherche en vain quelque
sérénité. C'est un visage tordu de fièvre, d'angoisse et de colère, qui
ne parvient pas à cacher ce qu'il y a d'abominable derrière lui.

Un long moment, blême et muet, il reste paralysé par cette
vision effrayante qui génère en lui un désespoir étouffant. Alors qu'il
souhaitait, en venant jusqu'ici, fuir l'horreur, voici que le refuge qui
doit l'accueillir et le protéger, lui ressemble, chargé d'épouvante et de
désespoir.

- *Sur les linteaux des fenêtres géminées de la façade se trouvent*
quelques vilaines figures... murmure-t-il enfin à son guide qui vient
de toussoter, pour s'excuser de son silence et de son immobilité.

- *Des calmars flèches, des guivres, des herpétons, détaille* l'agent.
Des sphinx, griffons, chimères, dragons, hircocerfs, harpies, hydres,
licornes, basilics, semblables à ceux de Théodora[2].

- Quel effroi!

- *Je pense que nous devons ce style aux moines Barbusquins,*
maîtres, aux siècles passés, des principales dépendances de cette
demeure.

- Barbusquins?

- *Cet ordre... cet ordre, voyons, ...,* hésite l'agent. *De fait, il n'exista*
jamais, et la dénomination est simplement populaire. Ces
conventuels étaient des Bernadites, qui eurent beaucoup à souffrir
des Gueux de terre et de mer, aux temps de la grande révolte des
Pays-Bas.

Theos l'écoute à peine. La *façade* d'un *magasin falot aux*
ternes vitrines est *étrangement jumelée à celle de la hautaine maison*
de maître. C'est un mince bâtiment sans recherche architecturale,
très vieux. Son pignon en casque à mèche, surmonté d'une girouette
et d'une lanterne de pierre rouge, se penche en arrière, comme
frappé brutalement au ventre. Ses fenêtres sont à peine des doubles

---

[2] Les Villes Invisibles, Italo Calvino.

meurtrières aux vitraux vert bouteille qui, au premier aspect, luisent comme passés au cirage. Au-dessus de la porte, une vieille enseigne persiste encore : « Lampernisse, Couleurs et Vernis ». Theos est obnubilé par l'impression de terreur que lui inspire cette boutique falote bizarrement associée à la grande bâtisse effrayante.

- *Les couleurs... Ah !* s'exclame l'agent immobilier. Admirez la splendeur de ces deux maisons, toutes repeintes en blanc brillant, les châssis rubis et les toits recouverts de tuiles de céramique d'un bleu étincelant, s'enthousiasme-t-il. Vous allez être enchanté: l'intérieur a aussi été complètement rénové.

Prenant seulement alors conscience de la magnificence et de l'allure d'opérette de ces deux façades qui brillent et scintillent dans la franche clarté de l'après-midi, Theos sursaute.

- C'est étrange... chuchote-t-il. Ah! Les apparences.

Avant qu'il ne perçoive les couleurs et vernis qui le parent et le fardent, cet édifice étrange lui était apparu sinistre et dangereux. Intuitivement, car il est pareil à cette bâtisse, élégamment vêtu pour cacher sa tragédie, il avait pressenti les drames anciens qui s'y étaient déroulés.

Près de la porte d'entrée de Malpertuis, un mendiant est appuyé contre le mur. Au passage de Theos qui trébuche sur un pavé de porphyre déchaussé, il s'exclame d'un ton pédant et moqueur:

- Attention, Monsieur! Ici à Ithaque, les choses ne se passent pas comme ailleurs!

Tout en pensant qu'il devrait perdre cette mauvaise habitude, Theos hausse les épaules en entendant ce qui lui paraît anodin en comparaison de son malheur. Pourtant, bien que plus rien ne devrait encore l'étonner, il se dit:

- Ithaque! Quel imbécile!

- Méfiez-vous de ce que vous croyez savoir, continue le mendiant. Surtout si tout le monde est de votre avis.

Theos serre les dents et marmonne:

- De quoi se mêle-t-il? Pour qui se prend-il ce…, ce … qui me donne des leçons, qui se croit le plus malin? Ithaque!

A nouveau, il est pris d'un vertige, coutumier depuis des mois. Aymé se précipite pour ouvrir la large porte puis il pousse Theos *à l'intérieur avant de claquer le lourd vantail derrière lui*, pour le protéger. Ainsi, Theos *est entré dans Malpertuis!*

- Bonjour, Monsieur. Bienvenue chez moi. Je suis Madame Elodie, propriétaire de cette maison d'hôte. Vous serez très bien ici.

Theos, impassible, l'observe d'un regard éteint. Heureusement, cette fois, il ne hausse pas les épaules. L'hôtesse continue:

- Tous mes locataires s'y plaisent. Ce sont des gens calmes et très occupés. Vous les verrez à peine en dehors des repas. Etes-vous ici pour le travail?
- Non, répond Theos.
- En vacances alors?
- Non, répète Theos.

Le silence est long avant qu'elle n'enchaîne:
- Venez, je vais vous montrer la maison.

La salle à manger est *très vaste et certainement la pièce* la plus *luxueuse de cette demeure. Les meubles de bois noir, incrustés d'ébène et de nacre rose, prennent, à la clarté des lampes et des hautes torsades de cire, des profondeurs luisantes d'eaux précieuses; des cascades d'aventurines ruissellent dans l'espace où les rais du soleil de midi poignardent les vitraux. Un âtre de dimensions inusitées ressemble à la maison du feu lui-même, une fois les bûches allumées ; des landiers et des chenets d'argent massif le flanquent.*
- C'est ici que je sers le petit-déjeuner entre sept et huit heures et le dîner à dix-neuf heures précises.

Theos suit docilement l'hôtesse et l'agent immobilier pendant le parcours dans les dédales de l'immense maison. Celle-ci *ne* lui *fait aucun mystère de son intérieur. Aucune porte ne s'y obstine à rester close, aucune salle ne se refuse à sa curiosité ; il n'y a ni chambre interdite, ni passage secret, et pourtant... Pourtant elle reste mystère à chaque pas, et elle entoure chaque pas d'une prison mouvante de ténèbres.* Theos est troublé par cette maison à laquelle il s'identifie. L'étrange impression qui l'a saisi à l'extérieur le reprend ici. Pourquoi avoir fui, si vite et si loin, pour se retrouver ainsi incarcéré?

- Je *lui appartiens.* Elle est moi-même! Se surprend-il à penser.

- Voyez combien votre appartement est grand et confortable, déclare la propriétaire avec fierté, sur un ton n'autorisant aucune contestation. Il ne répond pas et se campe devant la large fenêtre.

Le jardin, est vaste comme un parc et entouré d'un mur si haut, si formidable, que le soleil ne projette l'ombre des hallebardes de son faîte que vers la méridienne. Quand on se penche hors des fenêtres hautes de la maison, il ressemble à une vaste plaine gazonnée d'où jaillissent les trombes de verdure des arbres séculaires. Madame Elodie interrompt sa contemplation:

- *Dans les sagittaires de la pièce d'eau centrale, habite un râle haut sur pattes qui, de temps à autre, fait marcher sa lime à froid et, par temps gris, les pluviers guignards pleurent au fond du ciel.*

Cet étang, de considérable étendue, apparaît derrière une barrière de chênes rouvres qui se serrent les coudes et enchevêtrent leurs brèves et noueuses ramures. Le noir d'encre des eaux trahit leur énorme profondeur.

- *Elles sont glacées,* poursuit l'hôtesse, *au point de donner à la main qui y plonge une impression de morsure. Malgré cela, elles sont poissonneuses et on y pêche au bergot des carpes miroir, des perches nacrées et d'énormes anguilles bleutées.*

À vingt toises de la berge sud de l'étang, se dresse une seconde haie, celle-ci de hauts et lourds conifères, qu'on hésiterait à passer, tant elle est rébarbative. Aymé précise:

- *Passé ce rideau noyé d'ombre et hérissé de pointes, on se trouve devant une bâtisse d'invraisemblable laideur : les ruines de l'ancien couvent des Barbusquins.*

A ce moment, une clameur les fait sursauter:
- Me voici, Renart, goupil intelligent, maître des ruses, ange espiègle, diable débauché et beau parleur! Viens donc ma femme Hermeline! Suivez-moi mes fils Percehaie, Malbranche et Renardel! Vous aussi, mère Rousse et sœur Grymbart, belle renarde; …
- Pourquoi hurle-t-il ainsi?
- Il ne hurle pas, il déclame… suggère l'agent.
- Venez tous, loup Ysengrin et ta louve Dame Hersent; ânes Baudoin et Bernard; sanglier Beaucent; mouton Belin; Blanche, l'hermine; Brichemer, le cerf; Brun, l'ours; Bruyant, le taureau; Cado, le canard; coq Chanteclerc et ton père Chanteclin; …
- Qu'est-ce que ce texte idiot? crie Madame Elodie.
- Je reconnais les personnages du Roman de Renart, un des premiers textes en français du 13° siècle, répond Aymé. Ah, oui, cela me rappelle que la demeure de ce malin goupil s'appelait le château de Malpertuis.
Il semble surpris de ce qu'il vient d'énoncer.
- Corbant et Sharpebek, les freux; Couart, le lièvre; Coupée, la geline; Courtois, le petit chien; Dame Mésange; Dame Rukenawe, la guenon et Eme, le singe; Drouin, le moineau; Drouineau, l'oiseau; Espineux, le hérisson; Firapel, le léopard; Grimbert, le blaireau; Hubert, l'escoufle; Jacquet, l'écureuil; Mouflart, le vautour; Noble, le lion; Fiere, sa lionne;
- C'est un frappadingue? interroge Theos.
- Un fou, un malade, un psychopathe, un cinglé, un anarchiste! s'insurge Madame Elodie qui démontre par là un talent certain pour la déclamation.
- Peut-être! C'est sûrement un acteur du théâtre dont on distingue un mur au fond du parc, répond l'agent immobilier.

- Un théâtre ? s'étonne Theos.
- Oui. Mais d'ici on n'aperçoit que l'arrière. A gauche, s'étendent l'ancienne chapelle, le cloître et les vastes bâtiments de l'ancien couvent qui sont devenus l'entrepôt des décors, explique-t-il avant d'être interrompu:
- Ordegale, le castor; Pantecroet, la loutre; Peléle, le rat; Petitfouineur, le putois; les deux poules Pinte et Copette; Primaut, le damp loup; Roonel, le mâtin; …
- Il en a encore pour longtemps?
- Tardif, le limaçon; Tibert, le chat; puis Tiécelin, le corbeau, qui déroba un fromage que Renart lui vola. Et enfin Musart, le chameau, qui est légat du pape, … Une quinte de toux grasse interrompt l'acteur et donne espoir à l'hôtesse. Hélas, il reprend:
- Musart! Musart! Musart! Ah! Ah! Ah! Légat du pape!
- Cela devrait tirer sur sa fin, annonce Aymé qui démontre par là une solide érudition.
- Bonne nouvelle!
- Ne vous réjouissez pas trop vite. Puisqu'il s'agit d'une répétition, peut-être récite-t-il cette tirade plusieurs fois.

Leur conversation est interrompue par la voix tonitruante de l'acteur qui relance:
- Renart, goupil intelligent, maître des ruses, ange espiègle, diable débauché et beau parleur; femme Hermeline et fils Percehaie, Malbranche et Renardel; mère Rousse et sœur Grymbart, …

Madame Elodie marmonne:
- Ce bruit est intolérable. Dès demain, j'irai sommer les acteurs d'être plus discrets.

Afin d'échapper au vacarme de cette litanie grotesque, ils s'éloignent rapidement de la fenêtre et rejoignent le grand salon. Celui-ci, somptueusement meublé de fauteuils confortables et de nombreuses tables rondes, est immense. Son parquet sombre et brillant est en partie recouvert de riches tapis d'Orient et deux vastes anciennes tapisseries couvrent le mur de part et d'autre de la porte d'entrée. Les deux longs murs latéraux, sont entièrement couverts de bibliothèques, à part quelques étroites fenêtres ne laissant passer qu'une vague clarté. Du haut plafond en caissons de bois sculpté, pendent trois impressionnants lustres vénitiens, éteints à ce moment. Heureusement, plusieurs luminaires sur les tables apportent une chaude lueur tamisée. Entourée de douze niches contenant des bustes, une large cheminée, prête pour une flambée, occupe le centre du mur du fond. Sur son linteau, trône une statuette de bronze, entourée de deux grandes têtes en pierre.

Intrigué, Theos s'approche. L'agent immobilier et l'hôtesse l'observent en silence, impassibles. Grâce aux noms gravés sous chaque alcôve, il reconnaît douze divinités grecques: Zeus, roi des Dieux; Poséidon, son frère et roi des océans; Héra, sa sœur et épouse; Athéna et Aphrodite, ses filles; ses fils Hermès, Apollon, Héphaïstos et Arès, dieu de la guerre; Thétis, mère d'Achille; Xanthe, dieu fleuve; Hypnos, dieu du sommeil. Des statues! Voici ce qui subsiste de ceux-ci, qui furent les explications de l'univers.

Immédiatement, il devine ce que représente la statuette de bronze de la cheminée:
- Prométhée, qui vola le feu aux dieux pour l'amener aux hommes!

Les noms sous les deux grandes têtes, sont écrits en lettres plus profondément taillées que celles des niches:
- Chronos et Moïra, le Temps et le Destin, plus grands que les dieux. Et ce sont eux qui encadrent Prométhée! pense-t-il en frissonnant.

Il est pétrifié par leurs yeux accusateurs. Les siens se brouillent. Il reste longtemps figé. Lorsqu'il se retourne, ses deux interlocuteurs ont le regard ailleurs, gênés ou étrangers à cela.

Pour fuir cette vision, il se dirige vers la petite fenêtre. De celle-ci, il aperçoit la sombre bâtisse de l'ancien couvent.

Une *unique porte, bardée de fer, mène à un perron gigantesque de quinze hautes marches, serrées dans des rampes murées.*

- Est-ce l'accès à ce théâtre? demande Theos à l'agent immobilier qui s'est approché.

- Non, l'entrée et la salle sont plus récentes et donnent dans une rue parallèle. La scène communique avec cette partie réaménagée. Les loges sont installées dans les anciennes *cellules étroites, basses* qui *manquent d'air et de lumière. La chapelle,* bourrée de décors, *est si haute et si noire qu'elle s'apparente à un puits.* Il tapote la vitre et soupire sans raison apparente, tandis que Theos ne parle ni ne bouge. Soudain:

- Les Barbusquins ! s'écrie Theos.

Le jardin est *rempli de monde. De hautes silhouettes monacales coiffées de barbutes et vêtues de bure avancent en rangs serrés, d'un pas lourd et majestueux, brandissant des croix de bois noir vers le ciel assombri. Lentement, elles approchent de la maison, chantant des hymnes formidables qui agitent les arbres comme des rafales.*

- *Noël ! Noël !*

Le cœur de Theos s'emballe. C'est lui qu'ils viennent chercher. La punition? Le salut?

Alors une voix puissante de commandement s'élève:

- *Place au vrai Dieu ! Arrière les fantômes de l'enfer !*

Les premières barbutes arrivent *à la hauteur de la fenêtre* et Theos voit *luire par les trous des cagoules des yeux rouges de fièvre et de sainte fureur.*

- Ce sont les acteurs du théâtre qui répètent. Et moi, je vais être en retard à mon prochain rendez-vous! s'écrie Aymé en les quittant précipitamment.

Madame Elodie est furieuse.

- Ah, non! Je vais de ce pas exiger de ces saltimbanques qu'ils ne quittent plus leurs ruines pour répéter!

Theos reste seul. *Il* lui *semble alors* devenir *très léger, flotter au-dessus des mondes. Quelque part dans un espace irréel,* il voit *d'énormes et de repoussantes choses mortes fuir comme des nefs sous la tourmente.* Seul! Pire encore.

La tête lui tourne. Des idées se bousculent dans son esprit.

- Ces moines, qu'importe qu'ils fussent vrais ou acteurs, venaient se venger de la folie des animaux trop humains, de celle des dieux trop puissants mais surtout de celle des hommes. Se venger!

Il titube, s'approche du dossier d'un fauteuil, s'y agrippe puis tombe assis.

- La vengeance. Quel soulagement ce serait! La vengeance! Mais elle m'est interdite pour toujours et mon deuil impossible.

Quelle maison folle! Aussi folle que lui. Envahi de démons et de culpabilité, Theos a peur. Le drame inscrit au profond de lui-même a tout détruit, depuis les fondements de sa vie jusqu'à ses capacités de rêve. S'il pouvait fuir! Loin. Aussi loin que là où se trouve l'oubli et la paix. Mais où est-il cet ultime lieu? Peut-il vraiment exister, car où qu'il aille, il transporte en lui sa tragédie et sa mémoire. Pourtant, il ne peut que tenter de s'échapper. Déjà, alors qu'il vient d'arriver, il sait qu'il devra affronter un nouveau départ pour un ultime voyage, long et certainement sans destination.

Première page du cahier d'Atrée

Les murs sont ternes, grumeleux, plus vraiment blancs ni gris. Leur nudité a l'apparence d'un vieil écran de cinéma éclairé par une lueur jaunâtre précédant le début de la projection. Mais il n'y aura pas de film, pas plus que les jours précédents. Rien que cette teinte sale. Pourtant, les images défilent sans cesse en moi, si intenses qu'elles me paraissent affichées sur la paroi. Un spectacle qui tourne en boucle. Des images illuminées qui se succèdent tels des flashs blancs, souvent séparés par des éclairs rouges et des vides noirs, frémissants.

Carole, petit Paul. Des souvenirs de vos sourires …

Vos regards paralysés. Une telle surprise dans vos yeux. Carole a crié:
- Maman …

- Maman! Papa! Où êtes-vous? Cela fait trop longtemps que je ne vous ai pas vus.

2

Une soudaine bouffée d'angoisse submerge Theos. Pour échapper à l'étouffement qu'elle provoque, il redresse le buste, s'appuyant d'une main sur l'oreiller. Les images quotidiennes et démoniaques l'assaillent, jusqu'au vertige. Les volets sont grands ouverts et la faible lumière de l'aube envahit la chambre. Son oubli de les fermer hier soir ne l'a pas empêché de dormir. Le panaché d'anxiolytiques et de somnifères l'a plongé dans un sommeil sans cauchemars. Encore hébété, il retombe sur le lit. Le drap est bleu ciel, la housse bleu nuit et l'oreiller jaune intense. Le monde est inversé: il est couché sur le ciel, recouvert par l'océan, la tête enfouie sous un banc de sable. Si c'était vrai, quelle paix ce serait!

Sans regarder sa montre, il sait qu'il est six heures trente. Depuis quelques jours, enfin, le nouveau dosage médicamenteux l'amène intact à cet horizon. Malgré l'étourdissement qui l'étreint encore, il s'extirpe brutalement du lit, comme s'il fuyait les serpents, scorpions, cafards géants, limaces et autres monstres prêts à s'y répandre, car tels sont les noms dont il affuble ses angoisses du réveil. En s'appuyant aux murs, il accède à la salle de bain. Le miroir reflète son visage: hagard, non rasé, hirsute, inutile. Autour de lui, aucun visage. Jamais plus, il n'y aura d'autres visages autour de lui, ni de paroles, ni de rires, ni de chants!

Là, les mêmes couleurs que la literie l'entourent. Dans le bon ordre cette fois: le plafond est bleu ciel, le sol jaune; la baignoire, le bassin de la douche et l'évier ont la brillante couleur grise d'une roche océane. Sur deux murs en trompe-l'œil se déploient un lagon tout de bleu azur et une plage tropicale bordée d'un rideau dense d'arbres exotiques. Des bribes d'une chanson de Jacques Brel lui passent à l'esprit.

"Une île
Une île au large de l'espoir

Où les hommes n'auraient pas peur"

- Une île, sans les fantômes! Inaccessible! Encore une illusion, conclut-il, tandis qu'un spasme de désespoir lui broie la poitrine.

Pour ressusciter, ce matin, une fois encore, il rejette tout l'air en lui et s'asperge d'eau jusqu'à l'asphyxie.

Rasé, lavé, coiffé, habillé d'un costume croisé gris perle et d'une élégante chemise rose fermée d'une cravate couleur Granny Smith parsemée de fines fleurs bleues aux cœurs blancs, il quitte son appartement. Les terreurs et les horreurs qui l'envahissent et le spectre qu'il est devenu, sont invisibles pour autrui grâce à sa classe et sa distinction. Cacher ainsi une réalité insoutenable sous une couche d'apparence n'est pas de la tromperie. Ce somptueux costume est son armure, protection illusoire et désespérée.

Dans les couloirs, une profusion de diodes électroluminescentes diffusent une légère lumière, blanche, bleutée ou rosée, et verte près des ficus et palmiers d'intérieur qui décorent les paliers. Les murs blancs laqués alternent avec de larges parois en verre épais et opaques diffusant des couleurs pastel, dignes des meilleurs verriers de Murano. Le sol et les marches d'escalier sont couverts de larges planches de chêne clair, renforçant l'impression de chaleur et de luxe.

Malpertuis ne serait donc pas terrifiante et maudite, contrairement à sa première impression. Ce n'est même plus un lieu de poussière et de pourriture. L'immeuble et ses meubles sont repeints de neuf, clinquants, multicolores. S'il subsiste ici des déchets d'amours ou de puissances déçues, des traces macabres, des rancœurs, des regrets ou rancunes, d'inguérissables blessures, ils sont invisibles, enfouis sous la laque et les couleurs de ce superbe immeuble rénové. Ce n'était que par sa mémoire blessée qu'il y avait imaginé des peurs et des drames. Par sa propre projection. Une maison est telle que celui qui l'habite.

Visiblement impressionnée par l'élégance de Theos, Madame Elodie l'accueille avec empressement à son entrée dans la grande salle à manger. Sa mine est réjouie par le bonheur qu'elle souhaite offrir à ses hôtes. Joues luisantes et teintées par la chaleur des fourneaux, lèvres et ongles rubis, chevelure paille grisonnante tenue en chignon, cils nets comme un éclat d'obsidienne, tablier rose et vert tendre donnant l'illusion d'un bouquet printanier. A l'évidence, c'est bien elle qui a transformé cette demeure à son image. Par les vitraux, le soleil rehausse l'ébène des meubles dont les inserts de nacre, sous les reflets, attestent le luxe. L'âtre est tranquille, déjà chargé des longues bûches qui enchanteront le diner.

- Servez-vous au buffet et prenez place. Monsieur l'Architecte est déjà attablé. Je vais chercher le café, énonce-t-elle avant de s'éloigner avec empressement.

L'homme d'une trentaine d'années, svelte, visage intelligent, belle chevelure châtain bien coiffée vers l'arrière, se lève, détendu, souriant et courtois. Il porte une veste de tweed grise sur un pantalon de toile bleue et une chemise unie bleu clair.

- Je m'appelle Maque, comme la fin de Télémaque, prononce-t-il. Mais cela s'écrit M, A, C, K.

Après un silence:

- Mack the Knife, continue-t-il en s'esclaffant.

Theos, qui a compris, reste impassible.

- Bon, d'accord, c'est une plaisanterie à quatre sous, à "drei Groschen", dirait Bertolt Brecht.

Theos, par politesse, ébauche une tentative de sourire et s'enfuit au buffet se servir de jus de pamplemousse, confiture, pain, fromage et charcuterie. Dès son installation à table, son interlocuteur poursuit, volontiers espiègle et qui s'en amuse sans fanfaronnade ni arrogance:

- A cette heure-ci, vous ne rencontrerez personne de la noble assemblée qui occupe cette somptueuse maison. Laissez-moi vous les décrire et vous constaterez que je suis le seul qui y soit sympathique.

Theos l'écoute sans réagir, avec intérêt cependant, car il fut un temps où lui aussi s'amusait à ce genre d'humour distancié. Mack continue:

- D'une manière générale, ils sont tous distingués mais hautains et distants. La plus jeune a du charme: c'est une étudiante japonaise, polie mais taiseuse, venue suivre des cours privés chez un violoniste célèbre. Les plus désagréables sont un couple de critiques artistiques, saluant à peine les autres et s'exprimant entre eux par des signes, tout en échangeant des mimiques et des regards moqueurs. A voir l'épaisseur de leurs verres de lunettes et leurs regards suffisants, probablement opacifiés par une sévère cataracte qu'ils ignorent encore, je pense qu'ils ne doivent pas voir grand-chose des œuvres qu'ils jugent et dont les vraies couleurs leur échappent. La plus extravagante est une "grande tragédienne", je reprends ses propres termes, du théâtre d'à côté et qu'on ne peut croiser que tard dans la matinée. Quant aux autres, …

Mack s'interrompt. Madame Elodie entre, chargée d'un plat de fruits frais multicolores et d'un pot de café dont l'arôme puissant atteste d'une parfaite torréfaction. L'air tranquille, Mack couvre une tranche de pain noir d'une épaisse couche de marmelade d'orange amère.

- Avec une tasse de ce superbe Earl Grey à peine sucré et rafraichi de trois gouttes de citron bien mûr d'Amalfi, cette tartine est un véritable régal, déclare-t-il avec passion.

Sans répondre, Theos, part se remplir une assiette de salade de fruits. Dès son retour, Mack enchaîne:

- J'adore Malpertuis. J'y vois un monde en miniature, un lieu d'opérette, un édifice maquillé comme une Lolita.

Offusquée, Madame Elodie le regarde avec incrédulité, sans avoir le temps de réagir.

- En fait, je suis urbaniste et non pas l'architecte annoncé par notre hôtesse à votre entrée, poursuit-il.

Madame Elodie sursaute tandis que Theos lève les sourcils, sans autre réaction.

- Vous êtes ici pour le travail? lui demande Mack.

- Non, répond Theos.

Il se lève et se sert une grande tasse de café.

- Cette ville est magnifique, n'est-ce-pas? Vous la connaissez bien? interroge l'urbaniste.

- Non. Je suis arrivé hier. De la gare jusqu'ici, je n'ai vu que de vieux quartiers presque abandonnés, décrépis et sinistres, comme une tentative pour dégoûter les gens d'y accéder. Loin d'être magnifique, contrairement à ce que vous dites.

- Ah! Mais c'est de l'autre côté qu'il faut aller. En sortant d'ici, partez à gauche. Vous verrez: vous serez subjugué! Mais, dites-moi, quel est votre métier?

- J'ai été architecte.

- Mais alors, …

- Plus tard. Nous parlerons plus tard, le coupe Theos.

Au moment où il se dirige vers la porte, Madame Elodie déclare avec énergie:

- Les saltimbanques d'à-côté ne nous dérangeront plus. Je leur ai parlé hier soir. Avec fermeté. Croyez-moi, j'ai été très claire. Nous ne les entendrons plus répéter. Les seuls qu'ils ennuieront encore seront leurs spectateurs. S'ils en ont! conclut-elle en hululant.

Theos quitte Malpertuis selon les indications de Mack et se dirige vers la partie de la ville que celui-ci lui a conseillé de découvrir. Au premier tournant de la ruelle, il trébuche presque sur le mendiant, assis par terre, appuyé contre un soubassement. Il semble déjà ivre, ou bien en pleine crise délirante. Autoritaire et bruyant, pareil à beaucoup d'ignorants ou de perdus, il compense son inutilité et sa médiocrité par le bruit et la brutalité. Heureusement que celui-ci manque de charisme et de talent car, parfois, de tels échoués portent des graines de dictature.

- Ithaque! hurle-t-il en apercevant Theos. Je savais que vous y reviendriez.

- A nouveau! pense Theos. Pourquoi ce mendiant fou s'obstine-t-il ainsi à imposer son délire aux passants?

Alors seulement, il le regarde pour la première fois. Le choc de cette vision le fait vaciller : le même visage et le même regard que les siens! C'est comme s'il se découvrait devant un miroir. Rapidement, il se ressaisit, habitué à de telles hallucinations. A grands pas, il s'éloigne pour le fuir car il n'y a personne autour de lui qui puisse le défendre. Et il n'a aucune force.

Dès qu'il tourne le coin, son espoir de se fondre dans une foule citadine anonyme disparaît. Quel quartier effrayant! Les rues sont envahies de mendiants. Des hommes, des femmes, des enfants, de tous âges, tels des nomades perdus dans une cité où ils n'ont pas leur place. Qui sont-ils, si nombreux? Des ivrognes, des migrants, des miséreux, beaucoup avec des mines de barbares. Sortent-ils de logements carcéraux pour réfugiés, de prisons, d'hospices, de taudis pour immigrés? Autour de Theos, tout n'est que délabrement, saleté, pauvreté, agressivité, égoïsme et solitude. Alignés le long des trottoirs, litaniques ou hallucinés, exposant quelque infirmité outrancière, ou claudiquant sur une seule béquille, une fois à gauche, une fois à droite, prêts à s'encourir à toutes jambes au premier signe de danger, ils se tendent la main, entre eux, désespérément. Pourtant, sauf Theos, ce matin, personne ne passe plus ici. Jamais ils ne recevront la moindre piécette. Mais ils n'ont pas le choix puisqu'ils sont mendiants. L'un d'eux, ivre ou fou, hurle:

- Les villes tentaculai-ai-reu, tenthaculai-reu tantan, les villes tata, ... [3]

---

[3] "Chanson à Emile Verhaeren", Boris Vian (Cantilènes en Gelée)

Afin de s'échapper de ce quartier monstrueux, il marche aussi vite qu'il le peut. Le ciel est dégagé et, malgré l'heure encore matinale, le soleil a déjà estompé la fraîcheur crue de la nuit. Au loin, il entend des bribes de musique et se presse dans cette direction. Après ces venelles tortueuses, les rues s'élargissent et se redressent, puis s'élancent, rectilignes, pour se rejoindre en avenues et enfin en larges boulevards, tel une descente depuis les ramures tordues d'arbres vers leurs branchages plus solides, leurs branches fermes et leurs troncs droits jusqu'au sol stable. Instinctivement, Theos ressent ce changement de nature de la ville. Par ces faisceaux, les gens affluent, de plus en plus nombreux, et le rassurent.

Une foule se forme à l'entrée d'une large esplanade. Un immense marché la couvre. Ses toiles multicolores flottent doucement en vagues régulières, au rythme des souffles du vent. Entre de hauts arbres blancs déployant un feuillage protecteur, sur un réseau de chemins mystérieux dessinés par des pavés de porphyre, des briques usées, de la pierre bleue et des bordures de travertin défoncées, les étals sont disposés par corporation, en quartiers réguliers à l'image d'un camp romain.

Indifférent à la multitude des gens, au brouhaha des négociations et des harangues commerciales, Theos poursuit sa route en ligne droite par l'allée principale foisonnante et bigarrée. Bien que personne ne se retourne sur son passage, sa tenue élégante ne passe pas inaperçue. De nombreux marchands et chalands le prennent pour une importante personnalité. Lui ne se pose pas de question. A ce stade de sa souffrance et du désespoir qui l'isole, la dignité de ses habits est l'unique camouflage de la honte qui l'étouffe.

Sur un kiosque circulaire de schiste et de fer forgé, des musiciens jouent des airs populaires. Attirés par cette ambiance de fête dont les échos atténués se répandent loin, jusqu'au bord des ruelles tortueuses et sinistres, des badauds joyeux se pressent sur la placette carrée l'entourant. Celle-ci est délimitée par quatre fontaines anciennes en fonte presque noire, d'un mètre cinquante de haut et d'un mètre de diamètre. Chaque vasque représente une scénette bruegélienne: cortège d'aveugles, ronde d'enfants, patineurs, mendiant solitaire sur une dalle de pierre au milieu de l'eau. Au moment de contourner la dernière, Theos doit céder le passage à une famille joyeuse: une petite fille tenant la main de sa mère et, derrière elles, un petit garçon et un adolescent entourant leur père. Ainsi qu'une balle de fusil, cette vision soudaine lui déchire la poitrine. Le souffle coupé, il s'écarte et s'agrippe à la fontaine. Son regard se fige sur le doigt accusateur du mendiant de fonte, pointé vers lui. Un long moment lui est nécessaire avant de parvenir à se ressaisir. Avec effort, il reprend son chemin vers l'autre extrémité de la placette, puis, tel un automate, longe les dernières échoppes et s'appuie avec soulagement au parapet d'une large terrasse, le regard perdu dans le vide.

Tant à sa gauche qu'à sa droite, des vieillards sont assis sur les bancs de marbre adossés au muret, se distrayant du spectacle familier et réconfortant du marché. Seul Theos tourne le dos au marché. Peu à peu, il prend conscience de ce qui s'ouvre devant lui. L'autre partie de la ville, si différente de ce qu'il a parcouru jusqu'ici, s'étend en éventail sur plusieurs kilomètres depuis les contrebas de la terrasse jusqu'à la mer, bordée au nord par l'embouchure d'un fleuve parcouru de bateaux dont beaucoup s'éloignent vers le large. Un homme d'une quarantaine d'années le rejoint. Jeans, chemise blanche de gros coton, veston de velours bleu marine, cheveux blancs, regard franc et sympathique mais dont l'allure générale exprime une profonde fatigue.

- Vous observez ce panorama. Quel mystère, n'est-ce pas ? dit-il d'emblée.

- Que voulez-vous dire?

- Ces quartiers, là-dessous.

- Certes …

- C'est comme si deux mondes différents cohabitaient ici: ce splendide ensemble urbain qui s'étale sous nos yeux jusqu'au rivage de l'océan et la vieille banlieue, torve, sombre et inquiétante qui se situe de l'autre côté du marché.

- Je m'en suis rendu compte, répond Theos, je suis arrivé par là. Heureusement, le marché est animé et agréable.

- Parce que nous sommes le matin. Une foule des habitants de ces tristes quartiers se rejoignent ici, pour s'approvisionner parce qu'il n'y a quasi pas de magasins dans la partie haute, mais surtout pour y puiser de la joie et de la légèreté. Dès treize heures trente par contre, cet endroit devient vide et sinistre lorsque cette éphémère structure de toile est démontée.

- Et en bas?

- Là, c'est une vraie ville avec ses foules, ses magasins, son agitation, des bureaux, un trafic incessant, …Vous la connaissez, je suppose?

- Son nom ne m'est évidemment pas inconnu, pas plus que sa réputation. Mais jamais auparavant, je n'y étais venu.

- Etes-vous ici pour le travail? demande son interlocuteur.

- Non, répond Theos.

- Vous voyagez, alors?

- Pas vraiment.

Un long silence s'installe. Une sorte de torpeur s'empare de Theos. Il se sent de nouveau seul. Il scrute la métropole sous lui, tentant d'y voir autre chose que ce que le regard apprend. En contrebas, de vastes palais anciens sont adossés à la falaise que surplombe la terrasse où il est accoudé. Devant ceux-ci, une place impressionnante, en demi-cercle, donne naissance à une dizaine de larges avenues qui filent, en éventail, vers la mer. Là, entre elles, le long des quais et du rivage, un boulevard ondule en une alternance de courbes convexes et concaves. Le relief, entre la falaise et la mer, est légèrement et régulièrement bombé, représentant, et cela saute aux yeux de Theos avec une évidence absolue, la forme d'une immense coquille Saint-Jacques.

Tout observateur, depuis cet endroit, tentant d'appréhender l'ensemble plutôt que de scruter les détails, a-t-il constaté cela ou Theos serait-il le premier à percevoir ce dessin? Au-delà de l'impression que lui imposent ces perspectives régulières, il pressent intuitivement un schéma à peine soupçonnable, enfoui en profondeur dans les faisceaux entrelacés des voies qui hachurent les quartiers et dans les séquences apparemment aléatoires des bâtiments. Architecte de bureaux, pas intéressé du tout par l'urbanisme contrairement peut-être à son voisin de parapet, il se sent incapable cependant d'en déduire une quelconque conclusion.

Lorsque celui-ci reprend la parole, il sursaute, surpris d'entendre une sorte de confirmation de ses perceptions.

- Ce que vous voyez là n'est pas aussi banal que la seule apparence des lieux pourrait vous le laisser croire. Pour ma part, à force d'observations et de recherches, je crois distinguer certains signes.

- Des signes?

- Oui, à peine décelables et bien qu'encore inexpliqués. Pourtant, j'ai le soupçon de quelque chose qui m'échappe. Croyez-moi, cette ville recèle un trésor, un message, une explication, ... Je ne sais pas quel mot convient le mieux.

Theos se tourne vers lui et le regarde sans parler. Après des semaines d'isolement et d'abandon, voici la deuxième fois aujourd'hui, après le jeune urbaniste sympathique qui au petit-déjeuner lui a conseillé de venir ici, qu'il est distrait des horreurs qui l'obsèdent. L'homme continue:

- Cette cité n'est pas née du hasard. Elle est très ancienne et étrangement structurée, créée il y a plusieurs millénaires, je le pense, par Olys, grand voyageur et urbaniste génial.

Theos sursaute.

- Olys? Vous voulez dire Ulysse?

- Ulysse? Roi d'Ithaque, surhomme de l'Iliade, conquérant de Troie, héros de l'Odyssée? Mais non! Je ne vous parle pas de littérature. Nous ne sommes pas à Ithaque ici, conclut-il en riant.

Troublé par ces derniers mots, Theos reste muet.

- Ainsi, vous n'avez donc jamais entendu parler de ce génial concepteur de cité?

- Non. Cela ne m'étonne pas car si je m'y connais un peu en architecture, je suis nul en urbanisme. Mes références historiques se limitent à mes contemporains, parvient-il à plaisanter pour la première fois depuis longtemps.

- Ne vous excusez pas. La majorité des gens ignorent son nom, interprétation d'une écriture ancienne.

- Ce personnage serait-il originaire d'ici?

- Je ne sais pas. On raconte qu'il serait arrivé ici, après un long trajet, depuis un endroit de désordre, de combat et de ruse où les hommes cherchaient leur immortalité par la gloire.

- Votre présentation est bien étrange. On ne parlerait pas mieux d'Ulysse. Et donc, celui que vous évoquez serait le créateur des fondements que vous cherchez à retrouver?

- Son œuvre ne s'est peut-être pas entièrement dissoute dans le temps, bien que toutes les civilisations aient une fin. Les barbares qui arrivèrent ensuite, ceux-là qui ne construisent rien qui traverse l'histoire, qui ne vivent que du disponible, rabotent, lissent et font disparaître ce qui les a précédés, n'ont certainement pas été capables de tout détruire. Dans la structure urbaine et dans ses fondements, je suis convaincu qu'il subsiste des traces imperceptibles et des racines profondes.

- Ainsi, vous cherchez à comprendre …?

- J'ai entendu tant de gens qui se disaient savants et expliquaient tout, et même plus, sur les origines, les fondements, les forces intérieures urbaines, enfin sur toutes ces choses, mais, en fin de compte, qui ne radotaient que des évidences ou des inepties. Alors, je ne désespère pas de trouver l'explication!

- Je vous le souhaite, répond Theos sans conviction mais avec beaucoup de courtoisie.

- Pourtant, je devrais la quitter, cette ville! La seule manière de la connaître vraiment, serait de m'éloigner. Très loin! Afin d'en visiter de multiples autres, sur les traces d'Olys. D'en être tellement absent que je n'aurais d'autre sort que d'y revenir, riche de mes découvertes, pour la comprendre enfin.

- Vous en parlez de manière passionnée, dit Theos. Cela donne envie d'en savoir plus.

Cet élan de sympathie le surprend lui-même.

- Je peux vous fournir quelques mots d'explication car j'ai entrepris un peu de recherches ces derniers mois. Rendez-moi visite au théâtre. Je vous montrerai les documents que j'ai rassemblés.

- Au théâtre?

- Je suis le directeur du plus ancien théâtre de cette région. Je m'appelle Agame.

- Directeur de théâtre! Je ne l'aurais jamais deviné tant vous parlez, et si bien, de la cité.

- Ville et scène ne sont pas aussi différentes que vous le pensez!

- Où se situe-t-il?

- Au tournant du canal, au coin de la place des Ormes et de la rue du Martinet. Il a été construit sur les ruines d'un ancien couvent.

- Je connais, répond Theos. J'en vois l'arrière par les fenêtres de l'appartement que je loue depuis hier.

- Malpertuis! murmure son interlocuteur en haussant les sourcils. Encore un lieu bizarre et troublant! Je rencontre souvent Mack, un chercheur en urbanisme, qui y réside. Nous nous entendons bien. Par contre, Madame Elodie, l'hôtesse, ne m'aime guère! Ne lui dites pas que vous venez me voir, votre confort pourrait en souffrir. Et, surtout, mettez d'autres vêtements: un théâtre, c'est avant tout de la poussière.

3

Depuis des mois, la désespérance et la souffrance de Theos se sont insérées dans sa vie, prenant possession de tous ses instants et de toutes les parties de son être, telles une acqua alta glacée, sans espoir de marée basse, qui s'insinue dans les plus fins et intimes interstices de sa conscience. Ce matin, pour la première fois depuis des mois, à son éveil, il n'est pas étreint par une scène d'horreur mais par un souvenir éblouissant de la mégapole qu'il a observée la veille depuis l'esplanade du marché. Empreint d'un sentiment confus de soulagement et d'étonnement, il s'échappe dans l'ambiance pacifique de la salle de bain: bleu des cieux et des ondes marines, palette des blancs, dorés et nacrés des sables sous les verts tropicaux de la frondaison.

Dans sa valise, il n'a emporté ni jeans, ni chemise de coton, ni veston de velours. Dans la matinée, pour acquérir les vêtements compatibles avec la poussière théâtrale, il retournera au marché. Entretemps, il s'habille d'un pantalon de laine gris et d'un blazer sur une chemise blanche sans cravate. A pas lents, au travers de l'aurore boréale artificielle qui envahit les couloirs et la cage d'escalier, il se rend à la grande salle à manger.

- Alors, cette visite de la ville? s'exclame Mack depuis le buffet.
- Pas vraiment une visite, répond Theos en dégustant du jus de pamplemousse rose. Je l'ai longuement observée depuis la grande esplanade.
- Vous avez eu raison. Cet endroit permet d'appréhender l'ensemble de sa structure et de percevoir sa part de mystère.
- Tiens! Vous en parlez avec les mêmes mots qu'un homme que j'y ai rencontré. Le directeur du théâtre …
- Agame! Il connaît énormément de choses sur cette cité. Sa famille en est une des plus anciennes. Je le rencontre régulièrement par

amitié mais aussi car il m'apporte de précieux renseignements pour mes études sur la structure urbaine et ses origines. Grâce à lui et à mes recherches, je dispose de beaucoup d'informations qui pourraient vous intéresser. N'hésitez pas à m'interroger quand vous le souhaitez.

Le souffle soudain de la porte qui s'ouvre largement, les interrompt. Une grande femme élégante entre, à l'évidence habituée aux effets de scène et à être admirée. Mack se précipite vers elle et lui fait un baisemain démonstratif.

- Elena, vous êtes ravissante! Et bien matinale.
- Nous n'avons pas joué hier soir. Couchée très tôt, je me suis éveillée avec le chant des oiseaux.
- Chère Elena, je vous présente Theos, le nouvel hôte de Malpertuis. Il est architecte, m'a-t-il brièvement dit.
- Était, précise Theos qui salue sobrement cette svelte actrice d'âge mûr, inattentif à son ample chevelure blonde, à ses grands yeux envoûtants et à son visage de statue antique.

La femme, habituée à s'entendre qualifiée d'une beauté obsédante, semble surprise plus que vexée par l'indifférence de Theos.

- Theos. Ce nom est inhabituel, n'est-ce-pas? demande-t-elle.
- Vous avez raison, Madame. Mes parents avaient choisi Theo comme diminutif de Théophile. Le fonctionnaire municipal s'est trompé lors de l'enregistrement de mon acte de naissance. Vous connaissez l'Administration: impossible de corriger!
- Theos, voilà un nom bien divin, intervient Mack. Dans l'avenir, je ne dirai plus que vous êtes architecte mais "Grand Architecte".

De nouveau enfermé dans ses pensées, ce dernier ne répond pas ni ne sourit. Rapidement, il termine son petit-déjeuner, étranger à la conversation passionnée qui s'engage entre la comédienne et l'urbaniste puis quitte Malpertuis.

Acheter des vêtements sur un marché. Quel acte banal! Sauf pour Theos qui, jusqu'alors, n'a fréquenté que des tailleurs de renom pour ses costumes, vestes ou manteaux et n'a jamais eu à s'occuper lui-même du reste de son habillement. Un premier tour systématique des échoppes le ramène à son point de départ, embarrassé de n'avoir rien aperçu de tentant. Lors d'un deuxième tour, il se préoccupe moins des offres que du visage des vendeurs et du comportement des chalands. La marchande âgée et courtoise chez laquelle il s'arrête enfin s'amuse visiblement de vendre à ce personnage distingué un pantalon de coton couleur Jeans, un pull à col roulé gris et une veste de grosse toile de voile marine bleue sombre. Dès l'échange d'une modique somme d'argent contre le sac en papier brun contenant ses achats, plutôt que de rentrer directement à Malpertuis, il se dirige, rapidement et en ligne droite, vers le parapet, irrésistiblement attiré par le panorama de la grande cité. Plus d'une heure, il reste là, fasciné par le spectacle, tentant vainement de déceler les éléments invisibles permettant l'accès aux mystères évoqués par les passionnés Mack et Agame, avant de rejoindre son appartement où il enfile sa nouvelle tenue.

Theos a perdu, ces derniers mois, l'habitude de porter des vêtements simples. Il est étonné par son allure banale. Longtemps, incapable de se concentrer, il vague d'une pièce à l'autre, changeant sans cesse de place entre les fenêtres et les fauteuils. Pour justifier ses déambulations inutiles, il observe attentivement l'aménagement. Jusqu'alors, seule la salle de bain l'avait impressionné. D'un coup, il prend conscience du luxe de ce qui l'entoure, l'assemblage subtil des meubles et objets, l'harmonie délicate des tissus, des tableaux et des couleurs, la richesse des éclairages. Ce décor l'interpelle par son élégance. Quelles sont les raisons de cette ambiance d'apparat? Un drame, une honte à cacher? Au moyen de costumes luxueux, lui-même avait tenté de se reconstruire une dignité. Maintenant, dans ses vêtements anodins, il se sent anonyme et dès lors mieux protégé. Décor, costume. Rien que des apparences.

Avec appréhension, il s'engage dans les obscures ruelles tordues et inquiétantes du vieux quartier qui entoure Malpertuis. Par un étroit passage, il accède à une place triangulaire entourée de maisons hautes et vétustes. L'entrée principale du théâtre en occupe la pointe. Ses accès sont clos et tout est éteint dans le vestibule. A gauche de la place s'ouvre un large portique donnant sur une grande cour intérieure. Au fond, Theos aperçoit une porte cochère et, plus proche, un perron de cinq marches donnant sur un lourd vantail fermé. Au vu des plaques "Ateliers", "Entrée des Artistes" et "Entrée Interdite", il se dirige de l'autre côté, où s'ouvre une porte entrebâillée. Un panonceau de cuivre verdâtre annonce "Bureaux". Un carton gondolant indique la mention manuscrite presque effacée "Fermé". Haussant les épaules, il entre dans un large couloir en légère pente et au plafond voûté, assurément vieux de plusieurs siècles. Une dizaine de mètres plus loin, une verrière quasi opaque laisse filtrer une faible lueur et un fond de chansonnette. L'inscription en plastique "Concierge" n'est guère encourageante. Malgré plusieurs coups, personne ne vient ouvrir. S'avançant plus loin dans le couloir de plus en plus sombre, il perçoit des bruits d'eau et de seaux.

- C'est fermé, aboie à son arrivée une vieille femme en tablier et foulard bleus.

- J'ai rendez-vous avec le directeur, répond Theos.

- Bah! réagit-elle en haussant les épaules, comme s'il s'agissait d'une démarche inutile. Par l'escalier là-bas, au premier étage.

La baie qui annonce en petites lettres "Secrétariat" ouvre sur une pièce vide. Theos frappe à la porte anonyme, de vieux chêne, qui lui fait face. Une voix ferme et claire crie d'entrer. A sa vue, Agame se précipite en souriant depuis son bureau pour l'accueillir d'une chaleureuse poignée de main.

- Je suis content que vous soyez venu. Asseyez-vous! Attendez, je vais d'abord vous débarrasser une chaise.

Cette proposition est judicieuse. La bibliothèque qui couvre le plus long mur déborde de bouquins et de revues empilés à la jean-foutre; un divan et deux fauteuils de cuir brun râpé ainsi que deux chaises disparaissent sous des piles de livres, jetés au hasard. De même, le sol et la table de travail, ainsi que la tablette de cheminée, et l'appui de fenêtre jusqu'à priver le local de lumière extérieure, sont couverts par des strates de papier, d'annuaires, de recueils, d'in octavo, ... bref, de tout ce que vendent libraires, bouquinistes et marchands de journaux et qui fait la fortune des recycleurs de papier. Un stylo décapuchonné et un cahier ouvert indiquent que, pour écrire, Agame ne fait même pas de la place sur la table mais écrit par-dessus ce qui s'y accumule.

- A ce point-là, il doit le faire exprès, pense Theos.

Ancien architecte, il se dit que de tels désordonnés pathologiques devraient disposer d'un bureau sur le modèle d'une cage pour canari, dont on puisse faire coulisser le sol pour le vider et le nettoyer!

- Donc, vous aimeriez en savoir plus sur la ville et sur Olys. J'en suis ravi.

Avec un sourire, en observant la tenue de son visiteur, il ajoute:

- Vous avez suivi mes conseils vestimentaires. Cela me permettra de vous montrer mon théâtre sans avoir un costume élégant sur la conscience. Cela vous dirait si nous commencions par une visite? Je suis convaincu que cela vous intéressera.

- Oui, répond poliment Theos sans enthousiasme mais soulagé cependant d'échapper à un long discours de spécialiste sur les mystères de la grande ville et sur les hypothèses au sujet de l'incertain Olys.

Visiblement, Agame est ravi de quitter son capharnaüm, de parler et de vanter son domaine.

- Voici, je suis le propriétaire du théâtre, son directeur, ainsi qu'actuellement le metteur en scène de la plupart des pièces ... et bientôt l'auteur d'une prochaine, je l'escompte. Quatrième génération! Il n'y a guère d'autres exemples. Mon arrière-grand-père a acquis les ruines du couvent des Barbusquins. A la place du cloître et de l'église abbatiale effondrée qui en constituaient le centre, il a fait construire le théâtre lui-même. Tout le reste du couvent a été converti en bureaux, loges, locaux techniques et entrepôts. Mon grand-père et surtout mon père sont devenus célèbres par les excellentes mises en scène des grandes pièces du répertoire classique. Pour ma part, j'ai décidé de rompre résolument avec cette tradition. J'ai jugé qu'il était indispensable de créer un nouveau style de théâtre, résolument contemporain, inventif et créatif. Je me cherche encore... comment dire...? Entretemps, je monte à nouveau les grands classiques familiaux mais le succès d'antan tarde à revenir.

Tout en traversant le grand hall plongé dans l'obscurité, il poursuit, intarissable:

- Je vous réserve la présentation de la salle, de la scène et des coulisses pour un soir de spectacle. Aujourd'hui, sans les feux et l'agitation, vous auriez l'impression de visiter un tombeau. Je ne voudrais pas vous créer des images de fantômes ou des cauchemars.

Theos hausse les épaules. Les fantômes des autres lui sont indifférents.

- Une salle de théâtre sans spectacle, c'est comme un livre moisi, comme une bobine de film abandonnée, comme des disques éparpillés dans la poussière. Suivez-moi, je vais commencer par vous montrer nos trésors cachés!

Au fond du Foyer obscur, au-delà du long bar, au moyen d'une des clés de son lourd trousseau, Agame ouvre une porte discrète qu'il referme après leur passage.

- Devant nous, se trouve le foyer des comédiens et l'accès aux loges. Je vous ferai découvrir cela plus tard. Prenons l'escalier ici à gauche.

La première porte qu'ils franchissent les conduit dans une salle haute, étroite et longue, sans fenêtres, dont les fins piliers incrustés dans les murs soutiennent des voutes en ogive. Ce qui fut certainement un vaste oratoire est envahi par des rangées de portiques en bois sur roulettes, où sont accrochées des centaines de housses. Seul ce qui devait constituer le chœur à l'époque monacale est dépourvu de ce rangement dense et meublé de trois grandes tables de bois et cerné de placards.

- C'était relâche hier et j'ai donné congé à la Troupe aujourd'hui. Vous ne verrez donc pas Pénélope, la couturière. Cet ancien sanctuaire lui sert d'Atelier de Couture et de Magasin des Costumes. Voyez comme il est bien rangé. C'est une femme expérimentée et très méticuleuse qui connaît de mémoire l'emplacement de chaque costume mais n'a rien écrit. Souvent, je suis saisi d'angoisse à l'idée du désastre auquel nous serions confrontés si elle venait à nous quitter.

- Qu'est-ce qui est déployé sur la table? demande Theos.

- Cela doit être un linceul, en réparation. Une pièce de costume utilisée dans une célèbre pièce anglaise, de celles que mon père vénérait...vous voyez ce dont je parle, n'est-ce-pas?

- Mais oui! répond Theos très tendu. Les drames, je connais, murmure-t-il entre ses dents serrées.

Agame le regarde interrogatif, sans obtenir de réponse à sa question silencieuse.

- Venez, ajoute-t-il. Allons vers la Réserve des Accessoires, nous y trouverons certainement le crâne correspondant au linceul.

Le Bureau du Régisseur est une petite pièce meublée d'armoires fermées et d'un long établi couvert de papiers et d'un incroyable bric-à-brac. Au fond, une porte ouverte donne accès à un entrepôt digne d'un brocanteur.

- Ah! souffle Theos. Il se retrouve là-dedans?

- Je pense que non. Il prétend conserver un maximum d'objets car cela peut resservir, mais jamais en plusieurs exemplaires, me jure-t-il. Cependant, je suis convaincu que beaucoup d'entre eux se trouvent là en double ou en triple. Tenez! Regardez, voilà déjà le troisième crâne que je vois. Maintenant, je vais vous montrer le plus important, poursuit Agame.

Entre de vieux murs en grosses pierres, ils parcourent une succession de couloirs puis, par un étroit escalier en colimaçon, rejoignent un long et large corridor.

- Nous voici au-delà de la cage de scène, derrière le mur du lointain, annonce Agame. Cette vaste partie de l'ancien couvent constitue l'arrière de l'édifice. C'est cela que vous apercevez derrière les arbres du parc de Malpertuis. Entrons dans l'ancienne chapelle.

La surprise de Theos est totale: ce lieu est immense, presque une cathédrale. Des rails couvrent le sol et se prolongent jusqu'à la scène par une large ouverture.

- Celle-ci constituait l'accès au cloître à l'époque des moines. A droite, ce large portique latéral, maintenant clos, conduisait à l'extérieur.

En l'air, des passerelles, des treuils, des glissières, des poulies la recouvrent en entier. Elle est surchargée d'éléments de décors appuyés les uns sur les autres et ne laissant que d'étroits passages pour se glisser.

- Quel volume incroyable! s'exclame-t-il.
- Vous n'avez encore rien vu! Ils sont stockés sur plusieurs niveaux. Cet entrepôt s'étend aussi aux anciens réfectoires et dortoirs et se poursuit dans d'immenses greniers et, ci-dessous, dans de nombreuses caves.

Theos est ahuri par une telle accumulation oppressante. S'infiltrant entre les panneaux serrés, il a l'impression d'être aussi minuscule qu'une souris zigzagant au milieu de la foison de livres de la bibliothèque nationale. Ici, un panorama de campagne; là, un mur de château féodal; une perspective de rue florentine; un chalet suisse; un quai; des ruines grecques; une salle d'attente; une fusée spatiale; une placette andalouse; un pont de caravelle; des tranchées protégées par des sacs de sable et des barbelés; un cabinet médical; une salle du trône baroque; un avion en panne dans le désert; un sous-marin; une enfilade de stalactites; Broadway;... la tête lui tourne.

Au moment de quitter la chapelle pour accéder aux autres entrepôts, par les hautes fenêtres, Theos aperçoit un large canal en contrebas. Il ne s'attendait pas à découvrir une voie d'eau dans cette banlieue haute. Agame poursuit sa description des lieux en l'entraînant vers l'ancienne salle capitulaire et l'empêche de l'interroger à ce sujet. Pendant plus d'une heure, ils circulent, d'un étage à l'autre, dans les labyrinthes successifs de ce rangement hallucinant.

- Je n'ai jamais entendu parler d'une Troupe disposant d'autant de décors!

- Vous avez raison. Nous sommes probablement les plus riches en cette matière. Ces décors sont le résultat d'une accumulation de trois générations de ma famille et de nombreuses acquisitions. En fait, la principale richesse de notre théâtre est là … car nous n'avons guère de spectateurs ces dernières années.

- Pourquoi n'exploitez-vous pas ce fantastique patrimoine de décors?

- Le désordre est immense. Tout cela a été empilé avec une négligence coupable pendant des décennies. Nous ne disposons plus d'inventaire à jour qui permette de savoir ce que nous possédons et de connaître l'emplacement de chaque élément. Comme vous savez, quelque chose de mal rangé est à considérer comme définitivement perdu. Sauf miracle, mais ceci est bien rare.

- Il faudrait trier! Vous ne pouvez pas laisser un tel capital à l'abandon

- Une tâche titanesque! Par ailleurs, elle est matériellement impossible car nous manquons de la place indispensable pour exécuter ce tri.

- Il doit bien y avoir un moyen, pense Theos qui s'étonne de parvenir, une deuxième fois en deux jours, à se passionner, d'abord pour la partie basse de la ville, gigantesque coquille brillante posée contre la mer et le fleuve, qui l'a fasciné, puis pour la visite du théâtre.

En outre, il vient d'acheter d'autres vêtements que ses costumes classiques qui le protégeaient et il a déclaré à haute voix "Les drames, je connais". Prend-il conscience, à cet instant, que sa fuite change de nature? C'est probablement encore prématuré.

- Mais vous étiez venu pour que je vous parle de la ville et d'Olys! s'exclame Agame. Retournons dans mon bureau. J'ai retrouvé plusieurs notes de mon grand-père. Il y transparaît qu'une part de ce gigantesque stock de pièces de décor, accumulées au fil des siècles, pourrait s'inspirer de gravures, de manuscrits et de maquettes urbaines provenant du lointain héritage d'Olys.

A leur arrivée, ils tombent sur Mack venu rapporter des documents empruntés à Agame. Très vite, la conversation s'oriente vers leur passion commune.

- Ainsi, vous avez visité la partie arrière du théâtre. La dénomination populaire de ce lieu est *"l'ancien couvent des Barbusquins"*. Ce couvent a occupé les restes d'un édifice beaucoup plus vaste, un immense monastère bénédictin qui occupait de ses bâtiments abbatiaux, fermes, entrepôts, chais, champs, prés, vergers, jardins aux humbles et jardins-maraîchers, tout le territoire actuel de la ville haute. Celle-ci est née d'une simple bourgade appuyée sur un de ses murs et qui s'est étendue ensuite, au fil des siècles, en couvrant peu à peu les prés et les champs puis en grignotant la plus grande partie de l'abbaye originelle.

- Aujourd'hui, il ne subsiste rien d'autre de ce domaine monastique gigantesque que notre théâtre, ainsi qu'un vaste terrain vague en bord de mer, à l'embouchure du fleuve, que les moines utilisaient pour la pisciculture, et qui, complète Agame, fut acquis par ma famille en même temps que les ruines du couvent.

- Disons plutôt qu'il ne subsiste rien de visible ou d'évident, reprend l'intarissable urbaniste. Cependant, je suis convaincu qu'il existe encore dans les soubassements de l'ancienne abbaye de nombreuses traces éparpillées. L'histoire de cette partie de la ville est inscrite secrètement dans ses fondements. Retrouver ces jalons statiques de pierre ou de dépôts enfouis permettrait de retracer son évolution au fil des siècles, "son voyage dans le temps".

- La grande ville moderne en contrebas est donc beaucoup plus récente? demande Theos.

- Deux choses à dire à ce sujet, réagit Mack d'un ton professoral. On ne peut pas qualifier de "grande ville" les quartiers de la partie basse car il s'agit de la même agglomération qu'ici. Ensuite, contrairement à son apparence qui vous la fait qualifier de "moderne", celle-ci est beaucoup plus ancienne qu'on ne le pense. Son évolution ne se compte pas en siècles mais en millénaires, du moins pour son centre originel au pied de la falaise, sous le parapet de l'esplanade du marché. Les moines, en asséchant les marais alentours et en déboisant peu à peu la grande forêt primaire, ont permis l'extension autour de ce noyau antique. Contrairement à la partie haute où nous sommes, ces quartiers ont mieux vécu grâce au commerce maritime et fluvial et ne se sont pas immobilisés dans une période en particulier. Pourtant, des traces essentielles de son histoire sont certainement parsemées, dont probablement celles laissées par Olys, bien qu'encore indécelables à ce jour.

- J'aimerais en savoir plus, dit Theos.

- Aujourd'hui, je n'ai guère de temps, répond Mack. Demain, je peux vous consacrer la journée. Partons en exploration dès la fin de notre petit-déjeuner.

- Je vous rejoindrai en fin de matinée, annonce Agame.

4

- Nous voici à nouveau les deux premiers au petit-déjeuner, déclare Mack à l'entrée de Theos dans la somptueuse salle à manger. Comme vous ne venez jamais dîner ici avec les autres hôtes, à part la comédienne, vous ne connaîtrez donc personne.
- J'ai besoin de solitude, répond sombrement Theos.

Sentant que sa réponse est de nouveau abrupte, par courtoisie, il poursuit:
- Je dîne en ville. Enfin, je veux dire dans une petite gargote sur une placette voisine.
- Pas trop sinistre?
- Oh! Si.
- Vous devriez vraiment vous joindre à nous. Le soir, cette salle à manger est merveilleusement décorée et Madame Elodie est une cuisinière remarquable. Nous sommes mieux servis que dans la plupart des célèbres restaurants de la ville basse. Et puis, les convives ne sont pas si désagréables que cela. Juste prétentieux mais pas complètement idiots.

Theos ne peut s'empêcher de trouver charmant ce jeune homme bavard et détendu, à la solide carrure, la chevelure élégante et la peau soignée. Il émane de lui une gentillesse évidente que confirment ses vêtements bohème. Quand, sans préambule, tandis qu'ils quittent Malpertuis par les tortueuses ruelles, Mack suggère:
- Si nous nous tutoyions?

Theos, qui ne s'était pas rendu compte que jusqu'alors ils se vouvoyaient, répond:
- Bien sûr!

A ce moment, il prend conscience de l'intensité de l'isolement auquel il était arrivé.
- Allons-y, enchaîne Mack. Partons à la découverte des trois parties de cette ville multiple.

- Trois parties?
- Le haut et le bas, comme on les appelle ici, et puis le marché.
- Le marché. Ce n'est pas une ville!
- Oh, que si! Laisse-moi t'expliquer. Les habitants du bas considèrent qu'ils résident dans la véritable métropole. A part ce marché, les quartiers du haut leur sont à peine connus tant ils leur paraissent sinistres et infréquentables. Même si cela peut te paraître étrange, ceux qui vivent dans le haut partagent aussi cette opinion! Pour eux, le marché est le seul lieu agréable, leur véritable cité, bien que seulement matinal. La preuve en est qu'il y a foule de l'aube jusqu'au milieu du jour et que les clients comme les marchands y sont souriants. Ainsi, ce lieu est celui de la rencontre de tous. Pour cette raison, j'y vois une représentation symbolique de la démocratie et de la spiritualité. C'est pourquoi, je la qualifie de "ville". Aucun palais, tribunal ou temple de toile n'y est installé. Cependant, aux périodes d'élections, c'est ici que les partis dépensent le plus d'énergie et que les candidats y serrent le plus de mains. De même, aux grandes fêtes religieuses, les représentants des cultes s'y promènent et font étal d'autant de bibelots, de rites et de bonhommie que possible.
- Je comprends ce que tu veux exprimer. Pourtant, cher urbaniste, ce marché, aussi vivant et passionnant soit-il, n'est pas une ville.
- Ah! Et pourquoi donc, Grand Architecte?
- C'est le lieu par excellence d'échange et de commerce, sur ce point, il n'y a aucun doute. Passons le fait que les activités d'artisanat n'y sont qu'embryonnaires. Je veux bien accepter ton explication que les édifices des pouvoirs politique, judiciaire et religieux sont remplacés par les individus qui tentent de les représenter. Pourtant, ce n'est pas une ville parce que les gens n'y dorment pas. Tout simplement. Donc, peu importent les qualités de ce domaine de toile, il n'en est pas une!

Mack se referme sur lui-même. Pour la première fois, Theos observe son air renfrogné et blessé. Cela lui provoque de la peine. A tort, car Mack est fort. Après quelques secondes, il réagit en souriant:

- Eh bien, moi je te prétends que c'en est une. Et pas n'importe laquelle! Les architectes construisent peut-être des cités pour y dormir. Moi, je suis urbaniste et mes villes sont des lieux pour vivre, non pas pour dormir! "On n'y dort pas", dis-tu du marché. Je suis d'accord avec toi puisqu'il n'existe pas la nuit! Cependant, tous ces gens autour de nous en emportent une part avec eux, jusque dans leur sommeil. Je prends un exemple, pas du tout au hasard: Venise. Comme tant de quartiers commerçants ou d'affaires des métropoles, elle se vide, en fin de journée, de ses travailleurs qui rejoignent leurs habitations dans des lieux moins onéreux. De nombreuses nuits, la Sérénissime est occupée par autant, sinon plus, de touristes que de Vénitiens. Malgré les apparences et les incessants commentaires en ce sens, ceci ne permet pas de conclure qu'elle perd son statut urbain pour n'être plus qu'un parc d'attraction.

Il y a plusieurs mois, Theos se serait insurgé contre une telle affirmation. Quoi! Qualifier de cité un campement de nomades, même si ceux-ci s'y sédentarisent huit heures chaque jour de l'année. Sans administration, sans tribunaux, sans église, temple, mosquée, synagogue et tutti quanti, sans école, sans sommeil! Mais il n'a plus l'énergie pour combattre cette idée-là. Ni aucune autre. Et puis, d'ailleurs, pourquoi n'y aurait-il qu'une seule définition de la ville, imposée par des gens sérieux et payés pour l'être? Et que valent les définitions? Si on accepte le concept de cité-dortoir, alors celui de cité-vie pourrait avoir du sens: une petite métropole lente, pédestre, humaine, nourricière.

- D'accord, Mack, je réfléchis à tes paroles. Si ce marché reçoit le statut urbain, probablement que d'autres endroits, différents et non encore révélés, le méritent aussi.

- Qu'importe qu'une ville magnifique comme celle-ci ne soit que de toile, de bric et de broc, d'aléas apparents. Qu'importe qu'elle soit démontée dès 13 heures. L'essentiel est que chaque matin, avant le lever du soleil, quelque drame ou extravagance qui se soit passé quelque part, elle renaît et ramène à elle ses habitants éphémères.

Mack entraîne rapidement Theos dans les dédales tordus des passages qui sillonnent entre les maisons, car il s'agit bien de cela plutôt que de rues au long desquelles des immeubles auraient été construits. Contournant le quartier du théâtre, ils suivent le mur de l'ancien couvent et aboutissent à un large ponton de grosses pierres qui borde le canal.

- Ce quai était à l'évidence réservé au monastère. Cette double porte donne sur le parvis de la chapelle, au-delà duquel on accédait aux bâtiments conventuels. Au bout de ce ponton, le canal continue en contrebas des larges fenêtres de ce qui est maintenant devenu l'entrepôt des décors.

Revenant sur leurs pas, au premier carrefour, ils butent sur le mendiant qui se met à hurler en agitant son bâton et en titubant:

- Que venez-vous rôder dans Ithaque, étrangers. Fuyez avant que la colère du dieu des océans ne s'acharne sur vous.

- Viens, dit Mack, fuyons ce fou qui se prend pour le roi de l'île mythique de la Mer Ionienne. Filons vers le marché.

En chemin, il ne cesse de parler avec passion.

- Si ce marché plait tant à la majorité des citoyens, c'est parce qu'il est l'endroit essentiel de l'approvisionnement. Je te le prouverai dans quelques instants. Tous ses clients le savent. Seuls les touristes indifférents n'y voient qu'un lieu de loisirs. Bien dommage pour eux! Ils ne perçoivent pas sa noblesse, car il est de vieille aristocratie: néolithique par ses origines dans les rencontres des premiers semi-nomades, carolingienne par ses racines dans les foires du Moyen Age, orientale par celles dans les chapelets de caravansérails. Pas plus, ils ne sont conscients de son caractère profondément fragile. Entre lointaine origine et disparition quotidienne, cet endroit est même le symbole par excellence de l'éphémère urbain. L'après-midi, quand les toiles sont repliées, les caisses, cageots et présentoirs évacués, les tréteaux et piquets rangés, plus personne ne vient sur l'esplanade. Il ne reste que de rares passants taiseux et pressés dans les tristes rues, entourés de chiens maigres, de chats galeux, de rats furtifs et de bandes d'oiseaux se chamaillant à la recherche des détritus oubliés. Alors, la banlieue haute cesse de vivre en attendant le lendemain. Elle ressemble à un dédale d'allées de cimetière entre de terrifiants monuments.

- C'est vrai, acquiesce Theos. C'est ainsi qu'elle m'est apparue à mon arrivée: sinistre, un écrin de terreur.

- Cette partie haute est si sombre et tortueuse qu'elle influence l'humeur de ses habitants. Par ailleurs, j'ai aussi la conviction qu'elle reflète l'état d'esprit de ceux qui y pénètrent. Dès lors, ils la ressentent tels qu'ils sont eux-mêmes.

- Ce fut mon expérience, opine Theos.

- Etais-tu donc si triste?

Theos ne répond que par un indéchiffrable hochement de tête. Puis, il enchaîne:

- Malpertuis m'est aussi apparue démoniaque, jusqu'à ce que je prenne conscience de sa brillante et luxueuse décoration et que je perçoive sa beauté formelle.

- Formelle, oui! Mais cette maison est une exception. Elle est l'œuvre de Madame Elodie qui a réalisé ce que personne n'avait tenté jusqu'à présent dans une ancienne demeure. Je ne sais pas si elle a profondément transformé Malpertuis, je veux dire dans sa nature et son histoire, ou bien si elle a caché son horreur profonde derrière une couche de vernis et de maquillage. Du décor, en quelque sorte.

Grâce aux commentaires de Mack, l'idée de cette ville éphémère mais quotidienne, interpelle Theos. Cette conversation ne sera pas sans conséquence sur son avenir.

Tous les jours de l'année, ouvrés ou de fête, par tous les temps, grands froids ou pluies torrentielles, tempêtes, canicules, dès sept heures du matin, cette métropole hétéroclite et bariolée renaît, dansant délicatement sous la brise ou avec violence sous le vent fort, comme les hautes herbes d'un pré, bruyante de musique, de conversations, d'annonces, de bruits de chariots et de caisses, odorante de café torréfié, de pains et de tartes cuisants dans des fours ambulants, d'amandes grillées ou de marrons, selon la saison, ou de brochettes, de saucisses, de sardines sur la braise dès neuf heures.

Visiblement passionné et joyeux, pareil aux "visiteurs" venus du bas et aux habitants du haut flânant là pour leur indispensable dose quotidienne de bonheur et d'illusion, Mack semble aussi y oublier ses soucis.

- Souvent, je m'amuse à penser à un objet ou à un produit en particulier, le plus baroque ou exotique possible, me disant qu'il devait être impossible de le trouver ici. Eh bien, chaque fois, je l'y ai déniché, après recherche, par chance ou suite à de multiples questions posées ci ou là. Tout! Il y a tout ici: aileron de requin, poudre de corne de rhinocéros, vin de Mongolie, bière laotienne, langoustine d'Ecosse, canoce de la lagune de Venise, cigale de mer d'Aigues-Mortes, talisman égyptien en forme de scarabée, homard bleu et fromage affiné de chèvre de Belle-Île, vieille bière d'Orval, rond de serviette en os de mouton, gousse de cacao, sel et thé de l'Himalaya, bidon d'eau de source des Fagnes, bouton de blazer aux armes d'un collège anglais, figurine de Gaston Lagaffe, vieux rouleau de cire avec un enregistrement de Sarah Bernhardt, bande perforée pour orgue de barbarie, vieille horloge en forme de chalet suisse, maïs et quinoa de l'Alti Plano, perle de verre de Murano, truffe blanche d'Alba, couque de Dinant, peau d'ours, poivre du Népal, œuf de cent ans, feuille tendre de coca, obsidienne de la Mer Egée, squelette d'hippocampe, bonnet en poils de chameau de derviche tourneur, ... Tout, te dis-je! Tout!

Theos sourit. Pour la première fois.

- Cite-moi ce qui te passe par la tête. Tu verras, nous le trouverons!
- Un raton-laveur, dit Theos.

Allée après allée, ils sillonnent les zones de cette cité miniature. Les spécialités y sont regroupées selon un ordre immuable, depuis l'angle froid où les étals sont couverts de glace, jusqu'au bout exposé au soleil[4]: poissons gris et roses; poulpes, crustacés et coquillages; bœuf et veau; agneau, mouton et chevreau; porc; abats et charcuteries; volailles; gibiers; légumes; salades, racines et tubercules; pois chiches; fruits; herbes et aromates; soupes, croquettes, compotes, potées et plats cuisinés; olives, cornichons et condiments; poivres, piments, baies et poudres d'épices ou herbes séchées; huiles et vinaigres; extraits de plantes; pains, pizze, tartes, gâteaux, biscuits, gaufres, galettes, macarons, meringues et crêpes; glaces et sorbets; bonbons, sucettes, sucres d'orge, chocolats, réglisses et fruits confits; confitures; sirops; laits, yaourt, œufs et fromages; limonades et bières; eaux; vins et liqueurs; cafés, thés et infusions; sacs, sacoches, valise et paniers; laines; tissus, nappes en lin ou en plastique, essuies et serviettes; draps et taies; matelas, oreillers et coussins; couvertures et couettes; tapis et carpettes; robes, jupes, chemisiers, cache-poussières, tabliers, chemises et pantalons; vestes, manteaux, anoraks et vestons; lainage, pull, écharpes et foulards; sous-vêtements, bas et chaussettes; souliers, pantoufles, sandales, bottines, lacets, bottes et bottillons; chapeaux, bérets, bonnets et casquettes; ceintures et bretelles; parapluies; maillots de bain, shorts et espadrilles; pinces et cordes à linge; boutons, fil à coudre ou à repriser, aiguilles et épingles; parfums, onguents, eaux de toilette, savons et sels parfumés; rasoirs et blaireaux; peignes et brosses; encres, crayons, papiers, pinceaux, aquarelles, gouaches, pigments et peintures; tableaux et encadrements; lampes, lustres, appliques et luminaires; jouets, ballons, cerceaux, cerfs-volants et

---

[4] Tous les premiers lecteurs, à croire qu'ils s'étaient concertés, m'ont conseillé de réduire, romancer, voire supprimer ce long inventaire. Ils avaient entièrement raison. Je m'obstine cependant à le maintenir tel quel, "à la Prévert" et "à la Rabelais", pour l'hommage que je veux rendre à ces derniers. Ces premiers lecteurs diront: "à quoi bon nous demander notre avis, si ce n'est pas pour en tenir compte". A nouveau, ils auront raison.

trottinettes; jeux de cartes et de dés; bassins, seaux et meubles en plastique; livres, encyclopédies et revues; disques et films; appareils photo et caméra; lampes de poche ou frontales; flutes, pipeaux, guitares et tambourins; aspirateurs, séchoirs, rasoirs, mixeurs, broyeurs et trancheurs; bouilloires et friteuses; casseroles, poêles, poêlons, lèchefrites et sauteuses; couteaux, cuillères, fourchettes, louches, écumoires et passoires; sonnettes; marteaux, scies, tenailles, pinces, clous, vis, écrous, boulons, punaises et fils de fer; bêches, pelles et râteaux; cordes, cordages et ficelles; montres et réveils; colliers, bagues, boucles d'oreilles et bracelets; drapeaux, médailles et décorations; téléphones, tablettes et ordinateurs; piles et batteries; chandelles, bougies et allumettes; térébenthine, acides, teintures, détergents, esprit de sel, soude, colle, enduits et vernis; canaris, perruches et perroquets; poules, coqs, poussins et canards; hamsters, lapins, souris blanches; cages; poissons, aquarium et plantes aquatiques; cannes à pêche, hameçons et épuisettes; arbustes, plantes grasses ou à fleurs, buissons et cactus; graines et semis; charbon de bois, bûches et écorces; roues, pneus et câbles de frein pour vélos et mobylettes; enjoliveurs et rétroviseurs pour voitures; laisses et muselières; planches, briques, pierres, cailloux, sable et ciments; ...
- Cet immense désordre est mieux structuré et organisé que les hypermarchés modernes de la ville basse, commente Mack. Des siècles d'expérience sont souvent plus efficaces que du merchandising à l'américaine.

Theos est ivre de cette profusion, de cette foule, de ce bourdonnement de vie. La tête vide, il avance, au hasard lui semble-t-il, fétu emporté au gré de courants incontrôlables. Il ne pense plus à rien, ce qui est, pour lui, la seule forme possible de paix.
- Il n'y a pas de raton-laveur, constate-t-il.
- Nous avons mal cherché, s'obstine Mack.
- Tant pis! Il est bientôt douze heures trente.
- Enfuyons-nous alors avant que sonne l'heure terrible de la destruction de cette ville magnifique et luxuriante. Sais-tu que ceux

qui démontent chaque jour ces échoppes sont des étrangers venant de continents lointains. Personne d'ici n'accepterait de s'impliquer dans une telle barbarie.

En quelques pas, ils rejoignent le parapet de l'esplanade dont ils s'étaient peu à peu rapprochés. Rien que de contempler ce spectacle, Mack en oublie le raton-laveur et s'abandonne à sa passion:

- Dès mon adolescence, j'ai été surpris par cette structure urbaine. Fasciné, devrais-je dire. Pourtant, au départ, je n'y voyais rien qu'une ville, particulière comme chacune, mais pas fondamentalement différente des autres. En tant qu'urbaniste obsédé par mes recherches, cette cité était source de questions mais pas encore de mystères. Il a fallu que je rencontre à ce balcon un homme de théâtre, notre ami Agame, pour que ma perception change. Il s'est appuyé ici à côté de moi, comme nous maintenant, tandis que tous les badauds regardaient vers le marché, et il m'a spontanément adressé la parole.

- J'ai connu exactement la même chose, le lendemain de mon installation à Malpertuis, lorsque je suis venu ici suivant ton conseil.

- Agame est héritier de générations de tragédiens, comédiens et gens de la représentation. Des manuscrits indéchiffrables, des mythes, des poèmes, des légendes constituent ses références, entreposées dans sa bibliothèque familiale. Lui, le maître des mises en scène a insinué en moi le soupçon que, au-delà des apparences, tout n'est pas visible, c'est-à-dire, en ce qui me concerne en tant qu'urbaniste, ni le squelette urbain, ni ses origines, ni son évolution, ni surtout les vécus de ses habitants.

- Et cela a modifié ta compréhension?

- Maintenant, ma conviction est que chaque ville est multiple, selon son histoire, mais surtout selon la vie de chacun de ses habitants. Ainsi, cette cité-ci, pour moi, telle que je l'appréhende et la connais, ne correspond en rien à sa définition géographique ou administrative, ni à ce qu'elle représente pour Agame, ni à ce que toi tu en perçois en la découvrant pour la première fois, ni à son ressenti par ses résidents d'en haut ou ceux d'en bas. En fait, la ville recèle autant d'éléments que la multitude de choses que nous venons de voir sur le marché.

- Je ne suis pas sûr de bien te comprendre, intervient Theos.

- Hélas, je crains que cela ne devienne pas plus clair si je t'explique! A ce stade, mes réflexions sont encore empiriques, si j'ose dire. Je tente d'exprimer qu'une ville n'est pas que du béton, de la pierre, du bois, du verre, … sur un périmètre précis. Elle est un corps vivant et multiforme parce qu'elle est vécue. Note bien, je n'ai pas dit "habitée" mais "vécue".

Theos le regarde de ses grands yeux attentifs. Mack respire profondément et commence, sans la moindre trace d'espièglerie, cette fois:

- Sa définition administrative et géographique, par exemple, est claire et admise par chacun: elle comporte vingt municipalités regroupées en une communauté de communes, sa superficie est d'autant de kilomètres carrés et elle s'étend de … à… Bon! Ça, c'est la théorie. Mais en pratique, quelle est mon expérience personnelle de cette ville, quelle en est, pour moi, sa géographie intuitive? Moi qui suis né ici, je peux te dire, cher Theos, ma ville personnelle, celle-ci même que tu contemples maintenant, ne se trouve pas sur le périmètre officiel des cartographes: elle exclut tous les quartiers au Nord et cette bande à l'Ouest, où je ne vais jamais parce que je n'ai rien à y faire et que je n'y ai aucune racine. Par contre, elle englobe tout ce territoire au Sud, qui s'étend là jusqu'à l'horizon, incluant une bonne part de la province voisine. Je ne joue pas sur les mots: les rares fois où je dois me rendre dans la partie Nord, j'ai l'impression d'aller "ailleurs" tandis que, loin dans le Sud, je me promène encore "en ville". Pour être plus précis encore, je te dirais que le seul crématorium de la cité se situant sur cette bande de terre à l'Ouest, outre le fait que je ne désire pas finir sur un barbecue, ajoute-t-il irrésistiblement entraîné par son espièglerie naturelle, j'ai décidé de renoncer à l'incinération pour préférer un cimetière à l'Est, un peu au-delà de la frontière urbaine, dans "ma" ville, à proximité des pistes de l'aéroport, où les avions disperseront au-dessus de ma tombe des évocations de voyages lointains. La voilà donc, ma ville telle que je la vis … et telle que j'en ai hérité. Tu me suis, Theos?

- Je t'écoute.

- Hérité, te disais-je. Il n'y a pas que l'expérience qui soit importante, l'acquis des parents et des ancêtres et celui de sa propre enfance sont essentiels. Cet héritage est si déterminant que je fréquente un univers totalement imperceptible par un touriste ou un primo-arrivant, même installé depuis des mois. Quand je marche dans les rues, je vois avec précision ce que j'y voyais enfant, lorsqu'il n'y avait encore que champs ou terrains vagues, avant le tracé des voiries et l'érection des immeubles, ou aussi avant la destruction des vieilles maisons et l'installation d'un jardin ou de parking publics. Mais, je vais plus loin. Ce ne sont pas que mes souvenirs qui se mêlent à mes regards mais aussi la mémoire de mes ancêtres, transmise par leurs récits: l'ombre des façades disparues, les cris du laitier, les conversations du facteur et des voisins, le tintamarre des éboueurs; le chemin de terre sillonnant sur le coteau aujourd'hui couvert de villas, les bosquets résonnant de la chamaillerie des volatiles, les ronces qui me griffaient en échange de la saveur chaude et acidulée des mûres sauvages. Plusieurs villes très différentes et imperceptibles pour autrui cohabitent donc dans les mêmes murs!

- Palimpsestes intimes, ose insinuer Theos.

Mack marque un silence en laissant planer son regard d'un bout à l'autre de l'horizon, se retournant aussi pour observer l'agitation du marché et scruter, par-delà, les reliefs de la ville haute.

- Perception et héritage n'expliquent pas tout. Le rêve, appelle cela comme tu veux, est déterminant. Je te dis que ma ville intime est aussi constituée d'un assemblage, sans imprécision ni rupture, de nombreux autres lieux que j'aime, dans une union vivante, changeante au gré de mes joies ou de mes peines. Que je déambule en solitaire ou isolé au cœur d'une foule dense, je ressens des parcours dans Amsterdam ou Bruges, je revis les dédales d'Amalfi, l'intimité de Venise, mes rêves d'Orient jusqu'à son Extrême. Tout cela est là-dessous. Tu vois?

Mack regarde attentivement son compagnon:

- Dès lors, dans la réalité vécue, il existe autant de villes que d'habitants. Tu me prends pour un fou? interroge-t-il d'un air vraiment inquiet.

- On ne se connaît que depuis peu de temps, répond Theos. Je te laisse donc le bénéfice du doute.

Après un silence, il ajoute:

- Bon! On y plonge maintenant?

Par la droite de l'esplanade, ils s'engagent dans un large escalier en zigzag qui les amène sur la place en demi-cercle d'où s'élancent les avenues en éventail. Après quelques dizaines de mètres entre des pâtés aérés de maisons gracieuses et à l'allure confortable qui bordent la falaise, dans une ambiance chaleureuse à l'opposé de celle du haut, ils rejoignent un canal. Au-dessus d'eux, si anciennes qu'elles paraissent être des passages initiatiques, trois grandes écluses amènent l'eau entre le niveau du haut de la ville et celui du fleuve.

- Au départ, je considérais cette partie haute comme une sorte de monstruosité justifiée seulement par la gare sinistre par laquelle tu es arrivé. Mais ce n'est pas le cas. Ce canal, grâce au travail de ces écluses, la relie à la mer et ainsi au reste du monde. Ce fut du moins le cas dans le passé, au temps de la splendeur du grand monastère.

Intrigué, Theos l'écoute sans répondre.

Comme convenu, Agame les rejoint dans un jardin ombragé sur la rive gauche, où ils déjeunent, le temps d'une conversation passionnée.

- Agame m'a montré des gravures et des manuscrits anciens provenant de la bibliothèque du théâtre, raconte Mack à Theos. Là, j'ai découvert les premières allusions à Olys. Quel étrange personnage, à la limite de la légende, de l'histoire et des mythes! Depuis, j'observe cette métropole avec un autre regard, tentant des lectures inédites de sa structure, puis y plongeant de mes pas litaniques, à la recherche de traces inscrites au plus profond de ses soubassements.

- Pourquoi penses-tu qu'Olys soit à l'origine de cette ville et que des témoignages de ses œuvres y soient encore présents?

- En fait, je n'en sais rien! Peut-être que j'en rêve, tout simplement. Que je confonds réel et illusion. Mon invention, en quelque sorte.

Après un silence, il ajoute:

- Inspirée par un auteur de pièces de théâtre.

Agame hausse les épaules tandis qu'il poursuit:

- Il est vrai, par le mélange de légendes ou de poèmes anciens et de rêves personnels, que le passé lointain est propice à la confusion entre la réalité et l'imaginaire.

- Aucun indice crédible, donc?

- Guère de pistes convaincantes: de vieux textes difficiles à interpréter, trois gravures où j'ai décelé deux cercles concentriques. Le premier peut correspondre à une enceinte de remparts et, en son milieu, un autre dessinant une sorte de forum entouré de deux monuments imposants, temples ou basiliques.

- Qu'en déduis-tu? questionne Agame.

- Regardez bien ce que je vais vous montrer. Là, au faîte du dernier bombement de la coquille, là où le fleuve s'incurve, on distingue le tracé de deux courbes.

- Ah, oui! Je devine ces lignes subtiles.

- Elles correspondent à mes observations sur les gravures, s'exclame Mack.

- Ne seraient-ce pas des pistes concrètes? suggère Agame.

- Il me faudra chercher encore longtemps avant de repérer d'autres traces profondément enfouies dans les strates ou confondues dans les structures contemporaines. Mais je ne désespère pas de trouver un chemin vers les origines de cette cité et les raisons de son existence.

- Ce que tu espères trouver pourrait-il corroborer l'existence d'Olys?
- Cela démontre uniquement l'origine antique de la cité. Concernant sa vie et son rôle, des recherches plus approfondies sont nécessaires.
- Comme tu le disais, ces observations personnelles et tes audacieuses déductions ne seraient-elles pas influencées par la verve et l'enthousiasme d'un directeur de théâtre? insinue Theos.
- Ne te moque pas! Venez dans mon bureau demain. Je suis persuadé que nous pourrons mettre la main sur d'autres documents.
- Maintenant, allons inspecter le terrain, conclut Mack.

Alors, ils entament un long parcours. Pour Theos, cette métropole moderne ne génère aucune surprise tant il en a visité de semblables pour y construire de nombreux immeubles. Jusqu'aux rives et au rivage, de larges boulevards et avenues s'étendent entre de vastes places et parcs, dessinant les quartiers, parfois symétriques, parfois déstructurés. Etendus ou courts, larges ou étroits, ces axes tous différents égrènent en colliers des belles maisons, de hauts immeubles, des gratte-ciel et des jardins. Est-il un meilleur critère que l'existence de multiples jardins pour déterminer le luxe d'un quartier? La majorité des rez-de-chaussée sont occupés par des magasins de tous genres. Les trottoirs sont parcourus par des foules discontinues dans lesquelles personne ne flâne, à côté des flux continus de vélos, motos, voitures, tramways et bus.
- Voilà une grande ville, active et prospère, … explique Mack.

Agame l'interrompt:
- C'est comme une pièce sans acteur et rien que des figurants, dans laquelle aucune personne n'est identifiable en tant qu'individu mais seulement comme un élément non particulier de l'ensemble et où la mémoire des origines lui est indécelable.

Theos le regarde, interrogatif.
- La foule urbaine réduit les gens à leurs apparences, complète Agame. Ils n'y sont plus des personnes mais, au regard des autres, des images dont le rôle leur est imposé selon des règles non

explicites mais absolues. Ainsi, à force de ne quasi plus rencontrer des êtres réels, la folie guette. A vrai dire, la plupart des citadins en sont atteints, sans que ces signes extravagants ne soient déjà perceptibles.

Mack ne répond pas. Réfléchit-il? Theos regrette d'être venu.

- Autour de ce que je vous ai décrit comme pouvant être un forum, déclare abruptement Mack, j'ai pu descendre dans des caves. Certains murs y sont indiscutablement antiques.

Ses deux interlocuteurs attendent en silence qu'il précise son discours. Il est lent à reprendre la parole. Essaie-t-il de détourner la conversation?

- Souvent, je pense à Pompéi, continue-t-il. En l'an 62, un tremblement de terre l'a partiellement détruite. En 79, presque restaurée, le Vésuve l'a ensevelie et l'a ainsi conservée. Son excavation au 19° siècle l'a ramenée en surface, admirable lien entre les millénaires. Proie aux pillages, à la superficialité touristique et à l'incurie administrative, elle risque, cependant, d'être vouée à l'effritement et à la disparition. Sauf à être sauvée par une nouvelle éruption! Alors, pour une deuxième longue période, tandis qu'elle reposera à nouveau sous des décamètres de cendre, il n'en subsistera que des représentations, et seulement pour le temps que celles-ci dureront. Car le temps a toujours raison de quelque point de l'espace que ce soit. Subsister là-bas ou en ce lieu ci, autant hier qu'aujourd'hui, est aussi impossible que de persister dans un instant particulier. La survie exige une autre démarche.

- Quelle étrange façon de parler d'une cité. Pourquoi un tel discours? demande Agame.

- Parce qu'il y a du Pompéi aussi dans cette ville. Des traces d'histoire dans le bas et des annonces de disparition dans le haut. Et dans la nature-même du marché, c'est évident.

- Tu veux en dire plus, suggère Theos.

- Oui mais je ne suis pas certain de parvenir à me rendre plus clair! Il y a surtout, ici, ce que j'y cherche et ce que je rêve y trouver. Ce que j'appelle ses mystères sont certainement plus que de simples traces que d'autres que moi pourraient repérer. Mes regards, mon questionnement, les émotions et les passions qu'elle crée en moi, les rêves que j'y invente, provoquent en elle des changements aussi déterminant que ceux provoqués par un volcan, ou pire par des générations de maires et d'architectes. Ainsi, je la transforme, même si je suis le seul a en être conscient. Et il en est ainsi pour beaucoup d'autres que moi.

La pierre serait donc meuble et souple, se demande Theos. Voilà bien une idée d'urbaniste, se dit-il, se souvenant des contraintes techniques, légales et de résistance des matériaux qui rendirent son métier si contraignant. Sans que cela soit clair, ni qu'il puisse se l'exprimer, il ressent que ce qui l'entoure est différent de ce qu'il a connu. Pour la première fois, alors qu'il avait acquis la certitude absolue d'être prisonnier à perpétuité de ses propres ruines, il pressent, au-delà des paroles confuses de Mack, l'éventualité d'une vie différente. S'être vu lui-même dans Malpertuis et dans les ruelles sombres et sinistres qui l'entourent, a généré une distance, encore infime, avec son passé. En s'observant, comme de l'extérieur, un subtil changement s'opère. Sa découverte des mystères urbains dévoilés par Mack et de l'incroyable patrimoine de décors du théâtre d'Agame, lui ouvrent des perspectives inattendues.

5

- Mon père, explique Agame dès que Mack et Theos le rejoignent dans son capharnaüm nommé bureau, a réalisé un travail admirable. Pendant des années, scrupuleusement, il a classé et enrichi les collections de livres, revues, manuscrits et gravures accumulés par ses aïeux. Chaque fois que je regarde cette bibliothèque, je suis admiratif. Maintenant, à nous d'exploiter ce précieux filon à la recherche des origines de la ville et du légendaire Olys.

Mack qui est passionné n'a rien à ajouter. Theos, aussi, se tait, tout en pensant qu'Agame n'a pas hérité du sens du classement de ses ancêtres. Il se borne à déclarer:

- Pendant que vous travaillez ici, j'aimerais plutôt inspecter les rangements des décors. Comme je vous l'ai peut-être dit, j'ai été architecte et ces morceaux épars de lieux m'attirent.

- Pas de problème, Theos, si tu préfères cela. Circules-y à ta convenance. Je téléphone immédiatement au régisseur pour annoncer que tu y seras libre de tes mouvements.

Cette conversation, anodine s'il en est, aura des conséquences, aujourd'hui insoupçonnables.

Tous les jours, Theos se rend au théâtre. A peine le très matinal petit déjeuner terminé, pris en solitaire ou en compagnie de Mack, il traverse le jardin de Malpertuis et passe le rideau d'arbres. Par une porte étroite dont Agame lui a donné la clé, il accède à l'ancienne chapelle. Celle-ci est si remplie que seuls d'étroits passages permettent de se glisser entre de véritables pâtés, non de maisons, mais de décors empilés, debout les uns contre les autres. En y pénétrant, il pense à une agglomération où les habitations seraient si serrées les unes contre les autres que les rues seraient réduites à de fins interstices dans lesquels les gens ne pourraient circuler que de côté, en se frottant le dos et la poitrine contre les parois. Certains panneaux sont plats, représentant soit un paysage, soit une façade, soit un mur intérieur. La plupart sont en relief, intégrant escaliers, terrasses, balcons et fenêtres ouvertes sur des panoramas. En majorité, leurs dimensions vont de cinq à six mètres de long et de trois à quatre de haut. De par leur adossement les uns contre les autres, seuls ceux de l'extérieur sont apparents, bien que difficilement observables à cause de l'absence de recul résultant de l'étroitesse des allées. Quand Theos parvient à les distinguer de biais, il tente de deviner ce qu'ils représentent, comme s'il cherchait à reconnaître par la tranche des tableaux appuyés verticalement les uns contre les autres. Ce qui le surprend le plus, dès le début de son exploration, est l'incroyable diversité des représentations. Le sentiment de s'infiltrer au cœur d'un résumé complet, en bois, carton, toile et peinture, de l'ensemble de l'univers réel et imaginaire, le laisse pantois. Après la chapelle, seule partie éclairée naturellement par les grandes fenêtres en épais verre mat qui la protège des effets du soleil, Theos poursuit la découverte de ce lieu étrange, car il s'agit de bien plus qu'un simple entrepôt, aussi gigantesque et complexe soit-il. Equipé d'une puissante lampe frontale, il s'introduit dans les anciens réfectoires et dortoirs dont les volets clos empêchent l'excès de chaleur et de lumière. Ensuite, il s'immisce dans d'immenses greniers aérés ou parcourt d'interminables successions de caves voutées, fraîches et sèches.

Ce qu'il entraperçoit, l'interpelle et l'enchante. Enfoui au plus profond de ces empilements, il est partout à la fois. A chaque regard, des images l'assaillent, parfois anodines, parfois ahurissantes: Rome, Venise, perspective du soleil levant dans le temple de Louxor, La Paz, Rio, Baie de Naples et Vésuve, Santorin, clairière de la forêt amazonienne, ponton de bambou sur le Mékong, hutte perchée dans la canopée, Temple du Soleil à Machu Pichu, ruines de l'Atlantide, Temple de Salomon, Cercles des Enfers, pyramides de Gizeh, Tour de Babel, jardins de Babylone, Thèbes, Parthénon, Château de Lord

Valentin, plage tropicale, tranchées de Verdun, souterrains de la piste Ho Chi Min, Samarcande, Arkham, Dunwich et Innsmouth, Trantor, …

Vertige? Hallucinations? S'il tient debout, sans défaillance, c'est d'être maintenu coincé entre des parois. Heure après heure, jour après jour, durant ce périple extravagant, il n'a cure de ses vêtements couverts de poussière et effilochés par les aspérités des murs et des décors. Peu à peu, de plus en plus souvent, il oublie qui il est et surtout, les raisons de sa fuite à cette extrémité du continent.

Parfois, épuisé de parcourir les étages et dédales de l'immense entrepôt des décors, il se retire dans la loge qu'Agame a mise à sa disposition et tente de jeter quelques notes sur ce qu'il a entrevu. Ces parcelles d'espace-temps sont si éclatées, multiples, diverses, confuses, éparpillées et empilées que la simple idée de dresser un inventaire apparaît impossible.

Comment Agame a-t-il expliqué à la Troupe, comédiens, administratifs, techniciens et personnel d'accueil, les motifs de sa présence? En tout cas, chaque fois qu'il croise l'un d'eux, il est salué par un aimable et respectueux "Bonjour, Monsieur l'Architecte". Ce soir, poussiéreux et fatigué, il croise dans les couloirs des loges les comédiens en costume, fébriles et cabotins.

- Nous répétons, lui lance chacun qu'il croise.

Agame débouche d'une loge.

- Demain, c'est la générale. Viens donc y assister depuis les coulisses. Ce sera passionnant, tu verras!

Déjà au bout du couloir, il se retourne:

- Que penses-tu de notre réserve de décors?

- De la folie! Ce n'est pas un stock: c'est une galaxie! Que dis-je: un amas de galaxies!

- Le chaos, tu veux dire.

- Je te l'affirme, il faut trier, insiste Theos.

- Je te le répète: impossible!

- On verra. Et Mack et toi? Vous progressez dans vos recherches dans la bibliothèque?

- Nous avons déjà rassemblé quelques pièces mais il reste du travail. Mon père a constitué cette documentation dans un contexte purement théâtral, sans s'intéresser aux aspects urbains ni à Olys. Aucun critère de classement n'est donc basé sur ces références.

- Je comprends. Probablement que vous êtes, un peu comme moi dans les entrepôts, confrontés à un tel excès qu'il équivaut à de l'absence d'information.

- Il y a de cela. Mack va poursuivre seul pendant quelques jours car je suis pris par la préparation de cette représentation d'un grand classique du répertoire de la maison. A demain soir, donc! crie-t-il en s'engouffrant dans l'escalier.

Pour rejoindre l'entrepôt, Theos traverse les coulisses. La cage de scène est vide et sombre. Il est entouré d'armatures, de passerelles, de glissières, d'échelles verticales, d'escaliers métalliques. Des rideaux et tentures noires pendent depuis l'obscurité des cintres jusqu'au plancher sillonné de rails. Soudain, des projecteurs s'allument sur le gril et l'éblouissent.

- Bonjour, Monsieur l'Architecte.

Deux mécaniciens poussent un vaste panneau de décor, un troisième tire une large estrade sur roulettes, cernée d'un balustre baroque. Le temps qu'il la place côté jardin, ses deux collègues hissent deux nouveaux panneaux et les ajustent.

Le spectacle qui se déroule sous les yeux de Theos n'est pas banal. Les trois hommes en salopette usée vont et viennent sans interruption. Des roues grincent, des cordages frottent et chuchotent, des poulies crient.

Habitué, sur ses chantiers, aux mouvements des grues, hauts échassiers filiformes de métal, aux monte-charges aériens, aux brouettes motorisées, aux excavatrices et tracteurs multifonctionnels, tous engins transportant ou manipulant des matériaux bruts au milieu de danseurs lents, colorés et casqués, il découvre devant lui un ballet de prestidigitateurs.

Pendant qu'une paroi est installée, Theos recule pour laisser passer une longue table. Il se retourne au son d'un nouveau:
- Bonjour, Monsieur l'Architecte.

Les gestes s'enchaînent. Le régisseur apporte, en équilibre instable, un plateau de verres anciens colorés qu'il dépose sur celle-ci et repart pour réapparaître aussitôt avec un bouquet de fleurs en tissu qu'il installe sur un guéridon amené par un assistant.
- Attention où vous mettez les pieds, Monsieur l'Architecte! crie un mécanicien. Vous coincez un cordage.

Tandis qu'il s'en dépêtre, un dernier panneau est fixé. Deux fauteuils sont apparus. Régisseur et mécaniciens ont disparu. Vers le foyer probablement. Theos est seul au milieu du salon d'apparat d'un palais Renaissance, à Rimini. Il était arrivé là, 18 minutes plus tôt, sur une scène quasi vide.

Le lendemain soir, après une nouvelle journée d'exploration, lorsque Theos rejoint sa loge pour changer de vêtements, l'atmosphère est électrique. Les portes des petites loges sont ouvertes et l'on discute de l'une à l'autre. Celles des premiers rôles sont closes, parfois s'ouvrent le temps d'un cri:
- Couturière! Vite, mon chou!

Puis elles claquent. Parfois l'appel est impérieux, non de colère mais d'angoisse:
- Habilleuse!
- J'arrive, ma chérie!

Des bruits de pas précipités résonnent dans les escaliers et les couloirs suite à plusieurs appels insistants, désespérés parfois. Calme et discrète, Pénélope, la précieuse costumière-couturière de la Troupe, va d'une loge à l'autre, surveille ses assistantes couturières-habilleuses, leur conseille les derniers ajustages, rassure les acteurs, surtout Elena, la plus exigeante et la plus capricieuse et Achille, l'acteur-vedette, arrogant comme un gallinacé et en permanente quête d'admiration.

Pour sentir l'ambiance "côté public", Theos descend et rejoint l'entrée principale par une porte dérobée, derrière les vestiaires. Trois jeunes filles s'y affairent en accrochant, en échange de plaquettes numérotées, des monceaux de manteaux que des hommes en costume empilent sur le petit comptoir, disciplinés et patients, avant de rejoindre leurs compagnes et amis dans le grand hall qui se remplit de monde et de brouhaha. Devant la billetterie, quelques groupes inquiets s'impatientent dans la file devant le vieil employé voûté, impassible, qui distribue les réservations ou, avec un air de connivence, vend les derniers mauvais sièges à prix d'or. L'efficacité hautaine du double duos du contrôle des billets, côté pair et côté impair, polis et sévères comme il se doit, permet au public de rejoindre sans attendre le promenoir où les ouvreuses, sûres d'elles, vendent les programmes contre des pourboires dont l'importance déterminera si elles conduiront les spectateurs vers leurs places, pour une partie du trajet seulement ou pas du tout.

Theos est ému de constater que le bouche à oreille fonctionne, même auprès du personnel intérimaire, car tous le saluent respectueusement d'un souriant:

- Bonsoir, Monsieur l'Architecte.

En attente de l'entracte, le foyer du public est désert. Theos s'y glisse. Par une porte au bout du long bar encore vide, il passe dans les coulisses.

- Dans une demi-heure, Mesdames, Messieurs. Dans une demi-heure!

L'annonce du régisseur s'entend dans tous les haut-parleurs des loges et des couloirs, y compris dans l'entrepôt des décors, allez savoir pourquoi, sauf sur la scène qu'il traverse seul, angoissé que le rideau ne s'entrouve par accident.

- Dans un quart d'heure, Mesdames, Messieurs. Dans un quart d'heure!

Bien à l'avance, sûrs d'eux, les figurants envahissent le plateau.

- Dans cinq minutes, Mesdames, Messieurs. Dans cinq minutes!

Depuis le couloir du foyer, quelques pas lents résonnent. Un premier acteur, suivi rapidement d'un deuxième, les rejoignent. Ils saluent, ils hument... puis s'écartent lorsqu'Achille entre, souverain et méprisant, dans un costume magnifique.

- Tous en scène pour le "Un". Tous en scène!

Les portes des loges claquent. Des bruits de talons résonnent dans l'escalier métallique tel des roulements de baguettes sur des bidons de reggae. Souvent, de sa voix tonitruante, un acteur vedette lance une courte réplique qui résonne dans les couloirs, par panache ou par exorcisme du trac.

En un instant, surgissant de cour et jardin, ainsi que du lointain par une ouverture du décor, les derniers comédiens envahissent la scène, la parcourant en tous sens en d'amples mouvements. Ceux qui ne se sont pas déjà croisés au foyer, se saluent respectueusement ou s'embrassent selon la hiérarchie de la célébrité. En absence de celle-ci, le caractère et l'humeur de chacun en décide. C'est dire à quel point la retrouvaille quotidienne peut être parfois tendue.

Chacun pour soi, selon son rôle, ils prennent possession de l'espace. A ce moment, contrairement à ce qu'ils croient d'eux-mêmes et surtout à ce qu'ils souhaitent en montrer, ils ne peuvent plus rien cacher de ce qu'ils sont réellement. Pas encore acteurs, ils ne sont déjà plus ce qu'ils veulent paraître "à la ville". Ils sont eux-mêmes, isolés des autres, sans masque ni illusions. Un comédien, inquiet depuis sa petite enfance, tente de déchiffrer l'humeur du public par l'œilleton du rideau de scène; Achille le repousse et embrasse d'un regard dominateur parterre, baignoires, corbeille, balcons et loges, voulant déjà imposer son succès; derrière lui, une vieille célébrité angoissée se répète ses premières tirades; un petit acteur, éternel deuxième rôle, se pavane dans un luxueux costume dans lequel il se croit magnifique; ... Ainsi chacun se révèle.

Armé de son lourd bâton décoré, le régisseur s'avance à pas feutrés. A cet instant, côté scène, il est la personne la plus importante. Côté salle, il le deviendra dans quelques secondes. Theos s'assied à côté du pompier de service et se fige. Au premier des treize coups rapides sur le plancher, tous s'immobilisent à leur place de début de la première scène. Les trois coups solennels provoquent instantanément un changement d'état de l'espace-temps.

Sur scène, le lever de rideau provoque un choc. La soudaine lumière éblouissante des projecteurs et la brutale onde de chaleur qui l'accompagne sont rendues plus angoissantes encore par les regards fascinants des spectateurs des premiers rangs et les silhouettes noires et impénétrables du public des rangs suivants. Theos qui ne voit pas la salle depuis sa chaise, observe la violence de ces contacts sur les visages de profil des comédiens.

"Malatesta" de Henry de Montherlant. La pièce est classique, en costume. Hélas, le décor est minimaliste suite à l'impossibilité d'en avoir retrouvé certains éléments dans la confusion des entrepôts et de n'avoir pu en déplacer d'autres. La mise en scène en souffre ainsi que la concentration des comédiens, surtout chez Elena et Achille. Theos s'ennuie. Dès la fin du premier acte, il se retire au foyer des artistes. Là au moins, il y a de l'ambiance! Deux comédiens et trois figurants, attendant leur retour en scène, jouent un poker acharné. Pour le dernier acte, par politesse envers la Troupe et son directeur qui l'accueillent, il rejoint le pompier qui somnole. Au moment où débute la dernière scène, Agame vient se poster derrière lui, suivi par le régisseur, inquiets de la réaction du public. Dès la fin tragique, le rideau tombe à l'italienne mais s'arrête brutalement à mi-course.

- Ah! cette foutue poulie, jure le mécanicien. Il tire sur les cordes, les relâche, donne de violents coups de pied sur les montants. Rien n'y fait, sauf que les deux pans sont secoués de spasmes. D'un coup, la partie côté jardin s'affaisse lourdement dans un grand nuage de poussière sur les acteurs venus saluer. La salle interrompt son début d'applaudissement et est prise d'un fou-rire général.

- Quel mauvais public. Des rires en fin de pièce alors qu'il s'agit d'une tragédie! Ils ne comprennent donc rien.

- La comédie n'est pas si loin de la tragédie qu'on le croit, marmonne le régisseur sarcastique.

- Hélas! C'est plutôt le contraire qui est vrai, soupire Agame tandis qu'Elena s'éloigne, furieuse, en claquant des talons et qu'Achille, blanc de rage, le toise d'un regard assassin.

- En tout cas, il serait grand temps de rénover ce théâtre, conclut pragmatiquement le régisseur.

Les pantalons et vestes de Theos souffrent tant qu'il retourne souvent chez la même vendeuse du marché pour en acheter d'identiques. Celle-ci ne l'observe plus avec le sourire un peu surpris et moqueur de la première fois. Débarrassé des costumes luxueux et des blazers distingués qu'il portait dans une tentative désespérée de restaurer une dignité perdue, Theos apparaît presque paisible. Grâce aux poussières du théâtre, il s'habille d'une tenue anonyme, se fondant ainsi dans l'invisibilité de la foule.

- Tiens! Voici Madame Pénélope qui approche, annonce la vendeuse. Une créatrice de génie. Elle est connue et respectée par tous les marchands de vêtements du marché. Sa réputation s'étend même aux boutiques de luxe du bas de la ville.

- Bonjour, Monsieur l'Architecte, dit gentiment la couturière en approchant.

- Bonjour, Madame Pénélope.

- Oh! Appelez-moi Péné, comme tous dans la Troupe.

- Moi, c'est Theos.

- Vous cherchez une nouvelle tenue? Je peux vous conseiller?

La marchande intervient:

- Vous avez bien raison de l'aider car Monsieur choisit toujours les mêmes.
- Apprenez à vous vêtir, enchaîne Péné. Car, contrairement au dicton populaire, l'habit fait le moine! Les comédiens, même lorsqu'ils jouent en style contemporain, "comme à la ville", vous apprendront cela.

Les toiles des auvents s'agitent en vagues autour d'eux, au rythme des souffles du vent. Theos se tait, non par indifférence mais cette fois par ignorance. Est-il comparable à cette ville éphémère qui ne dure que le matin mais renaît tous les jours et dont les murs ne sont que de tissu?

Péné poursuit, mi sérieuse, mi enjouée:
- J'ai, dans ma réserve, de quoi vous transformer en bien plus de personnages que vous ne pourriez rêver: conquérant, poète, prince, explorateur, dieu ou démon, héros, vagabond, ... Dites-moi qui vous souhaitez devenir et ce sera réalisé. Alors, tous ceux qui vous rencontreront croiront que vous êtes celui qu'ils voient. A vous, simplement, de vous appliquer pour y croire aussi.

Malgré ce discours, Theos ne modifie pas ses choix traditionnels. Obsédé par les décors, il ne traîne guère entre les échoppes ni ne traverse l'esplanade jusqu'au panorama sur la grande métropole. Ses paquets sous le bras, il fonce vers le théâtre où il se terre à nouveau pendant des heures dans l'entrepôt.

Lorsqu'il se prépare à rejoindre Malpertuis, Agame l'interpelle.
- Accompagne-moi dans la salle, Theos, s'il te plaît. J'aimerais avoir ton opinion sur une pièce que j'ai écrite et qui est jouée en petit comité, à titre d'essai, pour la première fois ce soir.

Il s'assied au deuxième rang de la corbeille, dans une salle quasi vide. Le rideau, encore bloqué depuis la dernière représentation, est maintenu par des cordes et ouvert sur une antichambre terne, à peine décorée. Les personnages sont vêtus de polo, pantalon et espadrilles blancs.

L'HOMME DEBOUT *(Il entre, côté cour, par une porte qu'il ouvre timidement)* :

C'est ici?

L'HOMME ASSIS *(Il lève la tête de son livre en soupirant, visiblement dérangé)* :

Oui, c'est ici.

L'HOMME DEBOUT :

Ah, enfin! J'ai beaucoup tourné en rond mais j'ai trouvé.

(Il soupire d'aise et s'assied)

L'HOMME ASSIS *(Dans un murmure)* :

Tant mieux.

(Il se replonge dans son livre en se tournant de côté pour signifier qu'il ne souhaite plus être dérangé)

L'HOMME DEBOUT *(Il se cale confortablement sur la chaise, visiblement soulagé)* :

Aaaah!

L'HOMME ASSIS *(Il se détourne encore plus et toussote)* :

Hum! Hum!

L'HOMME DEBOUT *(Bien appuyé contre le dossier de sa chaise)* :

Intéressant, votre livre?

L'HOMME ASSIS *(Il se lève)* :

A condition de parvenir à se concentrer.

L'HOMME DEBOUT :

Vous êtes ici depuis longtemps?

L'HOMME ASSIS :

Depuis toujours.

L'HOMME DEBOUT :

Je ne comprends pas.

L'HOMME ASSIS:

Je ne vois pas ce qu'il y a à comprendre. Je vous dis que je suis ici depuis toujours et je trouve désagréable que vous mettiez ma parole en doute.

L'HOMME DEBOUT:

Excusez-moi. Je ne voulais pas vous vexer. Je ne suis pas habitué à des situations sans début ni fin.

L'HOMME ASSIS:

Pourquoi dites-vous "sans début ni fin"?

L'HOMME DEBOUT:

Mais vous avez dit "toujours"!

L'HOMME ASSIS:

Quand bien même l'aurais-je dit. Rien n'exclut que l'éternité ait un début et une fin!

L'HOMME DEBOUT:

Oh, là! Comme vous y allez! Il ne s'agirait plus d'éternité alors.

L'HOMME ASSIS:

Vous êtes un être humain ou un dictionnaire? Vous parlez des choses comme si elles étaient des mots.

L'HOMME DEBOUT:

Pardon, mais …

(Un homme entre, côté jardin, par une porte qu'il ouvre violemment. Il trébuche et s'étale)

L'HOMME COUCHÉ:

Ah! Me voici enfin!

L'HOMME DEBOUT *(A califourchon sur sa chaise)*:

Peut-on savoir où?

L'HOMME COUCHÉ *(Se mettant péniblement sur les genoux):*

Où quoi?

L'HOMME DEBOUT:

Où vous êtes arrivé?

L'HOMME COUCHÉ *(A quatre pattes)*:

Mais ici!

L'HOMME ASSIS *(Bien droit sur ses jambes écartées, mains dans le dos)*:
Vous répondez vraiment n'importe quoi. Ce qui vous passe par la tête, sans réfléchir.
L'HOMME COUCHÉ *(Enfin debout)*:
Permettez! Je suis très sérieux. Je regrette de ne pouvoir être plus précis car je n'ai que les idées Les mots me manquent encore.
L'HOMME DEBOUT *(qui s'avance en faisant sauter sa chaise)*:
Il se moque de nous…

A cet instant, un cri vient de la salle:
- C'est de nous que l'on se moque! Quel spectacle stupide!
L'HOMME DEBOUT, L'HOMME ASSIS et L'HOMME COUCHÉ *(Ils sont saisis de stupeur. Leurs regards scrutent la salle, tentant de vaincre la force éblouissante des projecteurs)*
A ce moment, côté jardin, la porte s'ouvre en frappant fort contre la paroi, vraisemblablement poussée du pied. L'homme qui entre, la claque si brutalement que le décor en tremble, prêt à s'effondrer. Les trois acteurs, ahuris, se retournent vers lui.
L'HOMME DEBOUT:
Mais, nous jouons …
L'HOMME ASSIS:
Le public, là …

Le régisseur, qui vient d'entrer, se fige, paralysé, stupide. Pas à pas, lentement, il recule et tente de s'éclipser par la porte côté jardin qui résiste, bloquée par le mouvement du décor. A tâtons, il s'échappe en longeant le rideau. Dans la salle, on entend de bruyants bruits de pas qui s'éloignent.
- Rideau! crie l'ouvreuse, visiblement impatiente de rentrer chez elle.

Le dernier spectateur crie:
- Vous êtes vraiment un mauvais auteur!
- Et vous alors, êtes-vous bon spectateur? se fâche Agame.

- Je pense qu'ici la salle était remplie de plus grands artistes que ceux qui étaient sur scène.

- Si pour vous, l'auteur est exécrable et les acteurs médiocres, que faites-vous ici? Tentez plutôt le cirque. Bel orchestre, un fringant Monsieur Loyal, des prestidigitateurs, avec chapeau, lapins, ... même des ratons laveurs qui viennent et reviennent sans cesse comme dans un poème, ... En outre, certains de leurs illusionnistes font parfois disparaître les spectateurs grognons!

- Comment osez-vous?

- Il y a aussi des acrobates, de vieux lions indifférents qui sont là chez eux, ... Et des clowns, bien sûr, des clowns! hurle Agame.

- Vous en êtes un!

- Nous n'y arriverons jamais! soupire Agame qui les intègre dans son échec.

- C'est du Théâtre Impossible, dit Theos. Il ne peut être que lu comme un roman mais jamais joué. Et puis, surtout, les décors sont mal agencés.

6

L'hiver, lorsque les arbres dénudés agitent sauvagement leurs ramures sous les effets hargneux du vent, dans l'air chargé d'humidité grasse et *sous un ciel si gris qu'il fait l'humilité*[5], le jardin noir et boueux de Malpertuis, son étang vert sombre et l'arrière délabré du théâtre paraissent sinistres et angoissants. Par contre, à cette saison-ci, les vieux murs de l'ancien couvent, seuls éléments ternes et tristes du paysage, sont entièrement cachés derrière le rideau d'arbres au feuillage touffu. La large pelouse étale sa fraîcheur vert tendre depuis la terrasse jusqu'aux bords de l'étang. Au premier soleil après sa tonte, elle se pare de nouvelles marguerites, boutons d'or et, en bordure, seulement pour le promeneur lent et attentif, de quelques myosotis et mourons rouges. L'eau, selon les négociations complexes entre les nuages et le vent qui la rase, prend des teintes alternées de plomb ou d'étain, parfois de nacre. Entre les nénuphars, des canards, poules d'eau, cygnes, oies du Nil et, parfois, un élégant héron cendré se pavanent et s'échangent quelques chamailleries stridentes, tels de petits snobs à plumes sur une Place M'as-Tu-Vu. Les fleurs fanées n'attirent plus l'attention tant les bourgeons et boutons passionnent le regard par leurs annonces.

A l'aube et au crépuscule, des alignements de petites lampes à peine plus grandes que des vers luisants, dessinent les courbes des chemins et de nombreux projecteurs créent des halos doux où s'affichent sans pudeur des talus de coquelicots, des bouquets de narcisses ou d'iris, des bosquets luxuriants d'azalées et de rhododendrons précoces, des tapis de bruyère. A ces heures-là, toute de lumière et de couleurs fardées, la paix devient luxe. Un seul trajet a suffi pour convaincre Theos. Matin et soir, à pas lents, s'arrêtant souvent, il choisit ce jardin comme unique accès au théâtre. Même

---

[5] Jacques Brel

quand il va dîner en solitaire dans un bistrot des environs, il s'y offre un détour. Pour lui, la "ville haute" n'est plus que ce jardin magnifique, la cité éphémère de toile du marché, le théâtre fascinant et la luxueuse maison qu'est Malpertuis. Le reste n'existe plus. Tels sont les lieux où il cache son désespoir et qui l'aident enfin à se supporter, mais encore seulement un peu. En plus des médicaments.

- D'accord, hier cela s'est mal passé et j'ai mal réagi, entame Agame dès l'arrivée de Theos dans son bureau. Tout le monde se trompe, au moins quelques fois. Après un silence gêné, il reprend:
- Je me cherche encore. Laisse-moi te lire une autre idée.
- Bon! soupire Theos en se callant dans le fauteuil du bureau.
- J'entre dans le vif du sujet. La Scène X me plait assez, se flatte Agame. Ecoute!
JÉSUS:
Je les entends arriver.
(Trois hommes entrent, assez âgés et en bure)
SAINT-JOSEPH:
Bonjour, fils.
JÉSUS:
Bonjour, Papa
DIEU LE PÈRE:
Salut, gamin
JÉSUS:
Bonjour, Papa
LE SAINT-ESPRIT:
...
- Arrête! dit Theos. C'est très mauvais.
- Si tu n'écoutes pas jusqu'à la fin, tu ne seras pas en mesure de juger. Je reprends plus loin dans le texte.
DIEU LE PÈRE:
Non, non. Et non!

JÉSUS:

Non, non! Pourquoi toujours ce refus? Ils ont oublié, après deux mille ans.

DIEU LE PÈRE:

Tu sais bien qu'ils s'en souviennent. Ils n'arrêtent pas de se bagarrer sur ce sujet.

JÉSUS:

Et toi, tu sais bien que ce n'est qu'un alibi.

DIEU LE PÈRE:

Peut-être. Mais dans tous les cas, ce n'est pas le moment de retourner sur terre. Le contexte divin actuel ne nous permet pas le moindre faux pas. Tu t'imagines, si les autres apprennent cela, ils vont crier que c'est de la concurrence déloyale. Laissons du temps à la négociation prudente. Je compte beaucoup sur ce que peut apporter la Conférence.

JÉSUS:

D'accord. Je prends patience mais je te promets de te reparler bientôt de ce projet.

- Rien d'autre? demande Theos.

- Je te lis la Scène XXII. Ne m'interromps pas cette fois:

SATAN:

Je te donnerai des palais et toutes les richesses du monde …

JÉSUS:

Va te faire cuire.

SATAN:

Cabotin!

JÉSUS:

Tu n'es qu'un …

ZEUS *(Qui entre):*

Bonjour, bonjour. Ah! Ah! On complote?

- Si tu m'expliquais ton projet? le coupe Theos.

- Voilà! De nouveau, tu m'empêches d'aller jusqu'au bout.
- C'est quoi ton projet? insiste Theos
- Je voudrais raconter une Conférence des Dieux. Avec tous les dieux. Et leur compagnie.
- Ce n'est pas banal. Je t'écoute.
- Je te parle d'abord des personnages. Il y aura Dieu le Père (vieux et assez arrogant), Saint-Esprit (dit Son Excellence, un Monsieur Sait-Tout, je le verrais bien avec une gueule à la Louis Jouvet), Jésus (dit Christ, trente-trois ans et des poussières, un peu style du Che), Le Petit Jésus (beau bébé, assez joufflu, pas souriant), Jésus du Temple (douze ans, doué, un chouia impertinent), Satan (dans le genre classique, à la Méphisto quoi, entouré de sa tribu de démons style rappeurs ou guérilleros), des anges, des saints, …
- Il n'y a que des mecs. Tu n'ajouterais pas la Sainte-Vierge?
- J'y penserai. Puis, il y les Grecs, Zeus et beaucoup de dieux de l'Olympe.

A l'écoute de ces galimatias, Theos commence à perdre patience:
- Ah! Oui. Si tu ajoutes les Grecs, … Tiens, cela pourrait prendre la forme d'une comédie musicale, non?
- Tais-toi! Cela sera du théâtre!
- Et les dieux égyptiens et romains?
- Pas nécessaires, les Grecs feront l'affaire. Mais ce n'est pas tout: il y aura Allah, Bouddha, Jéhovah, le Grand Manitou, Vishnou, Shiva, … tous quoi…
- Diable! s'exclame Théo, j'y perds mon divin. Et donc tout ce petit monde se réunit pour une conférence? questionne-t-il.
- Oui. Voilà, les hommes sont totalement déboussolés: replis sur eux-mêmes et égoïsme, absence d'utopie, enfin je ne vais pas te faire un dessin. Ils ne le savent pas encore mais ils ont besoin de divin.
- Pourquoi pas, répond Theos en haussant les sourcils. Cela ne mange pas de pain.
- Cela commencerait approximativement comme ceci:

SATAN:

Non mais! Tu te prends pour Dieu ou quoi?

DIEU:

Certes!

SATAN:

N'importe quoi! Dieu le Père, peut-être?

DIEU:

Ah, non, je te corrige: Dieu le Grand-Père.

SATAN:

Hein?

DIEU:

Eh bien, oui. J'ai cédé la main. En d'autres mots, j'ai abdiqué. C'est toute une histoire. J'avais promis d'éradiquer tous les papes, popes, archevêques, imans, diacres, évêques, … et autres petits chefs religieux, en un mot tous les proxénètes du sacré. Mais je n'y ai pas consacré assez d'énergie et mon projet a lamentablement échoué. Mon successeur, mon fils, enfin si tu comprends ce que je veux dire, a eu peur d'une telle audace et a "laissé faire" ces hordes de charlatans. L'ultra libéralisme religieux! Aujourd'hui, tu vois le résultat!

- Si nous allions boire une bière? suggère Theos en désespoir de cause et attristé par ce salmigondis.

- Voilà! Tu ne crois pas en mes tentatives !

- Reconnais que tu y mets du tien! Mais, soyons positifs. J'ai une suggestion: si nous nous occupions plutôt des décors, ne crois-tu pas que nous aurions plus de chance?

Agame, boudeur, regarde par la fenêtre, enfermé dans le silence. Theos se lève et fait quelques allers-retours. Mack surgit alors, poussant la porte de l'épaule, les bras chargés de vieux bouquins à la reliure de cuir.

- Je ne vous dérange pas? demande-t-il, visiblement pas intéressé par la réponse qui pourrait être donnée à cette fausse question.

- Non, non, répond Agame sans conviction. Nous réfléchissons.

- Pourquoi ne tentes-tu pas l'improvisation? demande Theos, visiblement embarrassé par la déconvenue d'Agame.

- Quoi! De l'impro! Cela jamais: ce n'est pas de l'art, seulement un jeu …

- Mais cela plaît …

- Voilà bien le problème! Il ne s'agit pas de ne plaire qu'une seule fois mais de créer et de traverser le temps. Seules me conviennent la comédie et la tragédie, peut-être aussi la farce et les mystères à condition qu'ils soient modernisés. En tous les cas, pas la pantomime, ni le vaudeville, ni le mélodrame. Je ne parle pas du reste, de ce théâtre soi-disant contemporain, de fête foraine, de performance … bref de n'importe quoi! Quand on ne peut plus manipuler que la forme, c'est que le fond est épuisé.

- Et l'autobiographie? tente Theos.

- Tous mes textes sont autobiographiques, répond Agame, en balayant l'espace de la main comme s'il s'agissait d'une évidence, car ils racontent ce que je souhaite vivre ou inventer. Pourquoi faudrait-il que l'autobiographie ne traite que du passé?

- Mais, alors?

- Je voudrais écrire une pièce qui représente un parcours initiatique dans les quatre dimensions de l'espace-temps, des spirales lancinantes de voyages et de mises en abyme vers des lieux et des époques inattendus. Les personnages, en pleine confusion, y évolueraient entre conscience et inconscience simultanées de leur déclin et de leurs rêves. Leurs interrogations seraient hallucinantes, sans aboutissement autre que leurs gestes maladroits pour se retenir d'une chute désespérée ou d'un bond naïf. Leurs paroles n'auraient ni sens ni raison. Leur générosité serait inutile mais infinie, pareille à celle des poètes.

Mack qui a déposé sa pile de livres, lève les yeux d'un air interrogateur.

- Imposer l'Imaginaire! poursuit Agame. Voilà ce qui me tente. Ce n'est pas parce que le monde-là est invisible à l'œil nu et incompris par les bons penseurs que son existence ni sa capacité de représenter le vécu avec une précision et un apport de vérité sinon très souvent impossible, puissent pour autant être mises en doute. Quelle banalité de ne parler que de lieux, d'événements ou de situations qui existent dans le quotidien! Ce n'est qu'un travail de journaliste ou d'écrivain qui "écrit bien et vite" mais n'a guère d'essentiel à proposer. Hélas, les textes qui plaisent au grand public sont trop souvent les leurs, dépourvus de l'acte créateur fondamental.

Theos intervient:

- Beaucoup de lecteurs aiment lire ce qu'ils connaissent et ce qu'ils vivent, comme s'ils se regardaient dans un miroir ou, même sans être voyeurs, juste à peine peut-être, s'ils observaient quelque drame tendre, abject ou malchanceux arrivant à son voisin ou à un inconnu pas trop différent.

- Non! s'enflamme Agame. Les vrais écrivains de littérature romanesque ou théâtrale ont le devoir absolu de l'invention. Le véritable enjeu est de créer sinon où est la liberté et la puissance de l'artiste? Il ne peut pas rester prisonnier d'un héritage. Son devoir est d'exploiter son imaginaire pour donner naissance à des univers nouveaux "qui sans cela n'existeraient jamais".

- Bigrement ambitieux, non? ajoute Mack.

- En outre, je voudrais débarrasser les mots que j'utilise de leur rôle de représentation afin de mettre à l'honneur l'évocation et l'émotion.

- Pourquoi ne tenterais-je pas un écrit pareil à une toile de Pollock. Des mots en mosaïque, pixels d'une image souveraine, des mots avec des couleurs, du relief, de la musique, … Mais peut-être que les mots sont trop proches de l'individu pour garder un sens dans l'art pur, je veux dire dans la démarche artistique sans contrainte autant que dans l'œuvre résultante.

- Je ne suis pas sûr de te comprendre, dit Theos. Quels amphigouris! pense-t-il.

- Si j'ose me permettre, le problème est cependant de rester lisible et passionnant, réagit Mack. Pas faciles tes idées! Cela peut marcher pour la poésie. Déjà moins pour le roman. Je ne suis pas sûr que cela puisse fonctionner dans le théâtre…

- Tout cela dépend un peu de son talent et beaucoup de son inspiration. De sa muse!

- De quoi parles-tu? Une muse, cela existe-t-il encore? demande Theos. Qu'est-ce donc?

- Elle est comme un booster de fusée qui, ensuite, traîne, inerte et inutile, dans un espace de proximité, sur une orbite paramétrée et elliptique, avant de se disloquer puis de retomber en se désagrégeant.

- Etrange comparaison! Pas très poétique, réagit Mack. Ni très aimable. Veux-tu signifier qu'elle ne compte plus dès qu'elle a livré l'étincelle de la création? Telle une nymphe ou une ondine qui, le matin venu ou la conscience du créateur revenue, doit laisser la place aux dames du siècle…

- Pas toujours. Parfois, elle subsiste en tant que mère d'une nouvelle vie, grâce à son ovule séducteur qui se transforma par l'avalement du spermatozoïde épuisé par son parcours hasardeux ou son obstination grotesque …

- A entendre ce discours surprenant, intervient Theos, je te recommanderais de virer ta muse et de consacrer plutôt plusieurs heures par jour à un travail discipliné d'écriture.

- Pas sûr, marmonne Agame…

A ce moment, un battement conquérant de hauts talons résonne dans le couloir et le visage magnifique d'Elena apparaît par la porte entrebâillée.

- Je vous dérange? Dis Ag', je venais te proposer de déjeuner avec moi.

Le temps que Mack, visiblement impressionné, se lève prestement et que Theos tourne la tête avec indifférence, Agame, illuminé, se trouve à ses côtés en l'entraînant sans se retourner.

- Ah! dit Theos qui vient de comprendre. La muse!

Mack et lui restent pantois suite à cette apparition soudaine et la fin brutale de leur conversation.

- Ils sont…? interroge-t-il.
- Ce n'est un mystère pour personne, ni ici ni à Malpertuis.
- Je suppose que cette situation est fréquente entre un directeur de théâtre et sa comédienne vedette.
- Certes. Le seul détail qui trouble, ou du moins étonne, est qu'Elena est mariée…
- Je vois…
- … et que son mari n'est pas n'importe qui. Je ne le connais pas mais Madame Elodie qui l'a déjà souvent rencontré, m'en a parlé. Elle l'appelle Lord Ménélas. Je ne sais pas s'il est vraiment lord mais il en a le style et les moyens: la soixantaine, élégant, somptueuse moustache et cheveux blancs, toujours vêtu luxueusement de tenues en fils d'Ecosse, où d'ailleurs il possède un vaste domaine consacré aux vaches, aux moutons, aux brebis et au whisky.
- Que penses-tu de ce qu'Agame nous disait au sujet de l'écriture théâtrale? lance Theos que ces ragots dérangent. Pour ma part, je lui conseillerais de se consacrer à la mise en scène. Tant de pièces magnifiques ont été écrites. Qu'il les joue! Je n'y connais rien au théâtre mais je soupçonne que plus il en représentera, plus il alimentera le feu de son imagination.
- Il parlait comme si seul l'acte créateur comptait. Je ne suis qu'un urbaniste. A cause de cela, je suppose que dans cet art de la scène, ce sont les personnages, puis leurs interrelations et enfin les textes qui importent. Certaines Compagnies montent des pièces non traditionnelles, sans décors, sans costumes et hors de la salle de spectacle elle-même. C'est la forme minimaliste du théâtre, sa limite

en quelque sorte, car l'étape suivante serait de supprimer le texte. Il n'y aurait plus que du mime.

- Mais plus de théâtre, alors! De mon côté, mais c'est la première fois que j'y réfléchis, car je ne suis qu'un ancien architecte, je pense que j'ai une vision maximaliste du théâtre. Ce ne sont encore que de vagues idées.

- Mais encore?

- Les personnages, les interrelations, les textes, comme tu dis, ne suffisent pas. Les comédiens sont essentiels ainsi que leurs costumes, quels que soient ceux-ci. Depuis que je suis ici, j'ai acquis la conviction que les décors aussi sont déterminants. Ils pourraient même remplacer des parties du texte et certains comédiens! En outre, poursuit Theos avec passion, je prends de plus en plus conscience que les multiples et complexes parties de l'édifice du théâtre, occupées tant par la Troupe et son personnel que par le public, véhiculent de la passion et de l'émotion qui résonnent avec les pièces qui y sont jouées. Du théâtre, hors ses murs, me chagrine.

Dans la septième cave, le passage devient très étroit, bien plus qu'à l'accoutumé. Plusieurs mètres plus loin, une brillance dorée sur un panneau proche d'un soupirail attire le regard de Theos. Tel un spéléologue audacieux, il tente de se glisser dans la fente qui résiste. S'appuyant des deux mains sur la structure du panneau qui lui fait face, il pousse du dos, par saccades, l'ensemble derrière lui. D'un coup, celui-ci s'écarte, libérant à son sommet un ballot de tissu qui, en se bloquant juste au-dessus de sa tête, libère un cumulus de poussière qui l'enveloppe de son opacité et l'asphyxie. Suffocant, il parvient à s'extirper de l'étau et, en suivant les rails au sol et les passerelles et glissières du plafond, il rejoint à tâtons un passage incliné qu'il n'avait pas encore découvert. En quête d'air frais, dont il ressent un souffle venant d'une double porte disjointe à son sommet, il se précipite et aboutit sur le quai au bord du canal. De longues minutes, il reste là à respirer profondément et à tousser, à se secouer les vêtements et à se frotter la tête et le corps pour se débarrasser de la poussière compacte et collante.

Par la porte cochère du cloître, au bout de l'ancienne chapelle, le régisseur le rejoint sur le quai, surpris de le trouver là.
- Ah! Bonjour Monsieur l'Architecte. Oh là! Ainsi empoussiéré, vous pourriez jouer le spectre dans Hamlet sans avoir besoin de maquillage.
- Oui, Monsieur le Régisseur, il y a là-dedans un volume de poussière presque équivalent au volume des décors. Un solide nettoyage est nécessaire.
- Il n'y a pas que cela qui devrait être nettoyé! Tout ce théâtre doit être refait. Dites! Appelez-moi Régis, comme les autres, même si c'est une blague idiote qui a fini par me faire oublier mon vrai prénom. Et tutoyez-moi.
- Moi, c'est Theos, dit Theos. Tu viens souvent ici?

- Oui. J'aime venir fumer une pipe sur ce banc de pierre face au canal tranquille.

- Guère de trafic!

- Dans le passé, il grouillait d'embarcations. Une grande partie du commerce y passait. Cela a justifié la construction de cet impressionnant dispositif d'écluses, véritable patrimoine historique encore en parfait état de fonctionnement mais peu utilisé depuis le développement de voies ferroviaires et d'autoroutes qui conduisent directement aux ports fluviaux et maritimes. Ah! Pour me contredire, voici justement une grande barge qui s'apprête à accéder à la première écluse.

Longtemps après le départ de Régis, Theos reste pensif sur le banc, jambes croisées et dos appuyé contre les pierres, parcourant du regard l'étendue du quai. Celui-ci se prolonge sur toute la longueur du mur de l'ancien monastère, percé seulement de deux accès: le plan incliné par lequel Theos est arrivé et la porte cochère empruntée par Régis. La porte de l'écluse s'est refermée derrière la barge. Des ondes s'apaisent lentement sur le canal. Au-dessus de lui, les fenêtres de la chapelle reflètent les rayons de plus en plus cuivrés du soleil couchant. Le calme de ce lieu, ses déambulations dans les décors, celles entre les étals fragiles du marché ou sa contemplation, depuis le parapet de son esplanade, de la grande métropole en forme de coquille au bord de la mer et du fleuve, lui apportent une ébauche d'apaisement. Il sait que celui-ci est éphémère et que, bientôt, il devra repartir, vers un peu d'oubli, vers un peu de paix, dans sa quête irrésistible mais illusoire, d'effacer le passé.

Le moment de fin d'effet du panaché de somnifère et d'anxiolytique est aussi précis qu'un réveille-matin. L'aube s'est à peine installée que Theos jaillit des draps aux couleurs de schiste et de grès pour se réfugier dans la salle de bain au décor insulaire, sous la douce pluie d'eau tiède qui ruisselle finement du plafond de la douche. Posté ensuite devant la fenêtre grande ouverte, il se concentre sur la seule gymnastique qu'il pratique: des exercices mentaux pour capturer les fantômes de ses hallucinations et de son désespoir et les parquer dans une zone de son être où il tentera, tout au long de la journée, de les maintenir de force. Devant lui, le relief du jardin est paré de la subtile palette des teintes de sa flore. Dès que le soleil aura dépassé les couronnes des arbres, les premiers hydrangeas révèleront leurs couleurs au-dessus des massifs de roses. Au-delà de l'étang et du rideau d'arbres, les murs du couvent sont cachés derrière la végétation. Seul le chemin de gravier qui y conduit au travers du bosquet touffu est visible. Après le petit-déjeuner, selon le rituel quotidien, Theos l'empruntera pour se rendre au théâtre.

De son pas lent habituel, par un labyrinthe de détours qu'il essaie à chaque fois de renouveler, il traverse les nombreux escaliers, paliers et couloirs illuminés, brillants et fleuris de Malpertuis vers la salle à manger. Seule Madame Elodie l'y a précédé, terminant d'installer le somptueux buffet. Déjà, l'odeur du café envahit la pièce, se mêlant à l'appétissant parfum des viennoiseries et des pains encore tièdes.

- Bonjour Monsieur. Toujours aussi matinal. Je vois que vous appréciez mes petits déjeuners mais cela me peine que vous ne profitiez pas de mes dîners. Tous mes hôtes sont enthousiastes chaque soir.

- Je n'en doute pas un instant. Votre réputation d'excellente cuisinière m'a été vantée. Cependant, actuellement j'ai besoin de solitude.

- Savez-vous que Madame Elena nous a quittés hier après-midi?

- Un déplacement?

- Non. Elle est partie définitivement. Sans me fournir d'explication.

Après le départ de Madame Elodie, Theos s'attarde, reprenant du café et un pain sucré aux raisins de Corinthe, sans trop savoir ce qui le retient: l'atmosphère douce de la saison que renforce la fragrance de deux grands bouquets de fleurs et feuillages du jardin, l'attente de Mack dont les conversations enthousiastes et les projets passionnés l'apaisent, le calme qui règne ici, favorisant sa concentration, bien que les nouvelles idées encore éparses qui se bousculent dans son esprit n'aboutissent à aucune synthèse. Souriant et spontané à son habitude, vêtu d'un costume sport en velours bleu marine, Mack interrompt ses pensées en clamant un joyeux bonjour à son entrée.

- Tu ne m'avais pas dit qu'Elena s'en allait, dit Theos après que le jeune homme se soit installé devant lui avec une copieuse assiette de pains, fromages et jambons et une grande tasse de thé.

Celui-ci le regarde ahuri.

- Malgré mon métier, j'évite de déclarer des choses que j'ignore! Et quand revient-elle?

- Pas de retour prévu.

- Quelle surprise! Agame ne nous a rien dit. Je suppose qu'il nous en parlera ce matin. Nous avons convenu de poursuivre dans sa bibliothèque des recherches concernant Olys.

- Cela progresse? interroge Theos, plus intéressé par ce personnage légendaire que par la prétentieuse et frivole Elena.

- Je suppose que tu vas au théâtre, comme tous les jours. Theos opine de la tête et Mack poursuit:

- Allons-y ensemble. Je te raconterai en marchant.

Mack est intarissable au long de leur lente progression au travers du jardin luxuriant jusqu'aux murs délabrés de l'ancien couvent:

- Un travail de bénédictin! Epuisant. Cependant, je m'obstine car je suis encouragé par des découvertes, timides encore mais combien enthousiasmantes. Autour de ma première trouvaille dans le bas de la ville, dont je t'ai montré quelques pierres, j'ai trouvé d'autres jalons à l'évidence très anciens. Ils ne semblent pas constituer les soubassements d'un édifice mais bien des tracés urbains. Tu sais que c'est ma spécialité! J'ai l'intuition d'une cité complexe, créée de toutes pièces …

- Tu y poursuis des explorations? l'interrompt Theos.

- Je progresse beaucoup moins vite que je le souhaiterais. Mes responsabilités dans l'administration municipale accaparent une part de plus en plus importante de mon temps et, par ailleurs, Agame m'a ouvert la fameuse bibliothèque de son père dans laquelle nous avons mis la main sur plusieurs documents dont les recoupements sont passionnants. Je ne sais plus comment gérer toutes mes priorités!

- Agame ne t'aide-t-il pas?

- Enormément en m'ouvrant ses collections et en me consacrant du temps pour m'y guider. Cependant, il est indispensable d'appliquer des approches rigoureuses pour interpréter nos découvertes. Or, Agame est un homme de théâtre, ne l'oublie pas. Pour lui le spectacle est plus important que la rigueur scientifique!

- Rien de sérieux, alors?

- Je n'ai pas dit cela. Tandis qu'Agame imagine Olys en personnage héroïque, digne d'une pièce de théâtre, de mon côté, selon quelques indices que je cherche à confirmer, je pense qu'il n'est pas un personnage de légende. Il aurait joué un rôle déterminant dans les origines de la cité.

- A quel titre?

- Comme urbaniste de génie ou comme prince, difficile à juger à ce stade. Un document atteste qu'il aurait longuement voyagé avant d'arriver ici. Pour poursuivre les recherches et parvenir à mieux le comprendre, il faudrait retrouver des traces de ses réalisations dans ses autres lieux de passage.

- Tu les connais. Où est-ce?

- A vrai dire, je n'en sais encore rien. Mais tu verras: je trouverai!

Leur conversation s'arrête net à l'instant où ils pénètrent dans le bureau d'Agame. Celui-ci est livide, les avant-bras, les mains et les doigts étalés en éventail sur le désordre de sa table. Figé, il murmure à leur entrée:

- Elle est partie! Elena nous abandonne. Elle m'a quitté!

Après ces mots d'une pathétique banalité, Theos et Mack restent muets devant l'évidente souffrance d'Agame qui poursuit:

- Une simple lettre que j'ai trouvée hier soir! Courte et sèche. Un départ qu'elle ne justifie que par une proposition de l'arrogant Alexandre Pâris de rejoindre son prestigieux "Théâtre des Trois Mondes"! "Une offre qu'on ne refuse pas", ajoute-t-elle. C'est tout! Je suis effondré.

L'air gêné, Mack se tait. Selon sa mine et ses regards indifférents, Theos semble considérer que la tragédie d'Agame n'est qu'un banal marivaudage.

Soudain, l'agent immobilier Aymé, apparaît dans le cadre de la porte, suivi d'un personnage particulièrement distingué:

- Je vous présente Monsieur Ménélas, le mari de Madame Elena. Il vient d'arriver et m'a demandé de le conduire chez vous.

Agame, toujours aussi blafard, se redresse dans une posture confuse de honte et de dignité.

- Good morning, Lord Ménélas. I'm very glad to welcome you here, déclare poliment Agame, avec des accents toniques italiens.

Le sexagénaire élancé et élégant dont la chevelure et la fine moustache blanches affirment à la fois l'air seigneurial et l'apparence flegmatique, sursaute et répond dans un français classique et pur:

- Ravi de vous rencontrer, Monsieur le Directeur. Permettez-moi de vous indiquer que je ne suis pas Lord. Avez-vous des nouvelles de mon épouse? Je suis très inquiet depuis la réception d'un bref message qu'elle m'a transmis hier.

- Your wife! I only received a short letter yesterday evening …

- En français, lui chuchote Mack en le poussant par le coude. Agame le regarde ahuri:

- Hein? puis poursuit: This is a tragedy! She left my Company…

- C'est vraiment dommage que vous ne parliez pas le français car j'ai quelques difficultés à interpréter l'étrange anglais dans lequel vous tentez de vous exprimer. Que dit-elle, dans cette lettre? interroge affablement Ménélas.

Agame semble s'éveiller et enfin comprendre:

- Que sa carrière prime et qu'elle veut la poursuivre dans un théâtre plus célèbre que le mien!

- Owh yes! Je sais. Votre théâtre ne compte guère plus que mon domaine. Elle cherche la notoriété, la célébrité. Pour cette raison, elle avait déjà refusé de mener une existence confortable dans mon château et sur mes terres. Elle n'acceptait d'y venir que quand elle ne jouait pas. Sinon, c'était ici qu'elle consacrait sa vie à ses ambitions sans limite. Pour la voir, je venais ici aussi souvent que possible.

- Ce n'est donc pas votre première visite ici? lui demande Aymé avec étonnement.

- Même si jamais vous ne m'y avez vu, par discrétion, je connais très bien ce lieu! Côté public, mais aussi côté scène grâce à ce que je ressentais et devinais par le jeu d'Elena et ses nombreux commentaires. Nous logions dans son magnifique appartement de Malpertuis. Un endroit extravagant, n'est-ce pas, hors du temps, des lieux et des passions ordinaires. Au cœur de l'art, me disait-elle.

Alors qu'il n'en est que le besogneux loueur, Aymé opine, comme s'il en était l'architecte.

Interrompant sans scrupule la conversation, le régisseur et le chef mécanicien surgissent dans le bureau. Régis a l'air résigné de celui qui revient, une fois encore, avec une requête sans plus imaginer qu'on puisse y apporter une réponse. Le chef mécanicien regarde sévèrement son directeur, tel un juge reprochant les méfaits à l'accusé.

- Soucis majeurs dans les cintres! Un support latéral du gril risque de lâcher à cause de la maçonnerie qui s'effrite. De plus, plusieurs roues sont coincées dans les glissières …

La bouche grande ouverte, Agame dresse les bras pour l'appel à l'aide de celui qui suffoque.

- Il faudrait rénover, annonce Mack avec emphase, comme si cette idée venait de lui surgir à l'esprit. Ce théâtre a besoin d'une profonde rénovation.

- Demandez des subsides, enchaîne Aymé. La majorité des salles de spectacle de la ville basse les mendient et en reçoivent.

Sept personnes sont entassées dans le grandiloquent désordre de ce lieu! Trop de chaleur, trop d'émotions, trop peu d'air. D'un coup, Agame s'écroule sur le bureau. Tous, sauf Theos pensif dans un coin, se précipitent, se bousculent, le tirent, le poussent, le portent, le couchent dans le couloir. A peine ouvre-t-il les yeux que Ménélas s'exclame:

- Ramenez-moi Elena ici! Pour la convaincre de revenir, rénover ce théâtre, faites-en un des plus beaux et des plus glorieux. Je vous apporterai les fonds nécessaires si le montant des subsides est insuffisant!

En se faufilant discrètement derrière le groupe affairé autour du directeur, Theos s'éloigne afin de se terrer dans l'entrepôt. Il entend ce dernier crier dans un sanglot:

- Une rénovation! Irréalisable! Impossible de déménager les décors!

Par le grand hall et la salle obscure, Theos monte sur la scène. Le plancher a été débarrassé et nettoyé mais il y subsiste l'éternelle poussière âcre et sèche. La cage de scène est entièrement vide. Les rideaux latéraux et les tentures jadis noires sont tirés, révélant les murs bruts de briques effritées et les échelles rouillées. Au-dessus de lui, jusque dans l'obscurité des cintres où se perdent les escaliers métalliques, la machinerie de scène est silencieuse. Les cordages et poulies pendent immobiles depuis les armatures et ponts de service. Les projecteurs noirs sont accrochés en désordre sur le gril, pareils à des bandes de corbeaux. Une des poutrelles pend dangereusement. Le rideau de scène n'est encore qu'aux trois quarts ouvert, vaguement maintenu côté cour par un jeu pathétique de cordes. Theos traverse cet espace abandonné et angoissant, loin du foisonnement baroque des coulisses avant une représentation. Il dépasse le lointain. Quel beau mot, pense-t-il chaque fois. Caché au public, méprisé par les comédiens, contingence pour la régie, ce mur à la fois banal et symbolique du théâtre, est pour lui le passage à dépasser. L'atelier, le local de Régis et le magasin des accessoires sont éclairés mais déserts. Plus loin, la porte de l'atelier de Péné est close. Par les larges portes coulissantes, suivant le tracé des rails, passerelles et glissières, il pénètre dans son immense refuge.

Quittant la chapelle-entrepôt par sa grande porte d'entrée, il se glisse dans l'ancien cloître. Celui-ci est couvert d'un toit de hangar parcouru par un réseau de poutrelles métalliques. Toute sa surface est remplie de panneaux et de rideaux de fond de scène représentant des panoramas. Il est évident que, là aussi, l'accumulation s'est produite au fil du temps, tel un phénomène de stratification. Le résultat, en tous cas, saute aux yeux de n'importe quel observateur: seuls les derniers apports sont accessibles tandis que tout ce qui a précédé est indéplaçable. Agame a raison, pense Theos. L'exceptionnelle richesse de ce théâtre le paralyse et risque de le ruiner. Quelle rage de voir cette multitude de passerelles instables, de glissières rouillées, de poulies rongées par le temps, de grues vétustes et de monte-charges hoquetants devenus inutiles par cet entreposage excessif et mal organisé!

Au travers du labyrinthe créé par les empilements hasardeux, souvent forcé à des demi-tours à cause de passages trop étroits ou d'empilements compacts, il progresse péniblement au travers du cloître jusqu'au grand réfectoire, puis aux dortoirs et greniers, aux caves enfin. Longtemps, il tâtonne avant de retrouver le plan incliné qui lui avait permis d'accéder au quai du canal. Là, sur le banc de pierre, il profite du vent léger et de la fraîcheur. Devant lui, arrêtée par l'écluse fermée, l'eau est calme, à peine frémissante sous la légère brise. A cet endroit, le plan d'eau est large afin de faciliter les croisements des embarcations et leurs manœuvres d'accès aux sas. La douceur de la température et le silence l'incitent à marcher au bord de l'eau, enfin libéré de la poussière et de l'enfermement de l'entrepôt. Lors de sa conversation avec Régis, il ne s'était pas rendu compte de la dimension du quai. Y flânant maintenant, il prend conscience de son étonnante longueur. En une seconde, tout devient clair!

En sortant, tard dans la soirée, il hésite dans la cour puis il se décide à monter jusqu'au Bureau de la Direction où une pâle clarté filtre au travers des vitres. Agame est seul, affalé dans son fauteuil, le visage sinistre sous le faible éclairage de sa lampe de bureau. Il regarde à peine Theos.

- Je suis mort! articule-t-il péniblement.
- Je pense qu'ils ont tous raison. Tu dois rénover.
- Une rénovation! Encore cette idée absurde! Une rénovation prendrait des années et coûterait une fortune, s'obstine-t-il avec autorité et colère.
- Pour la fortune, profite de celle de Ménélas et des subsides. Pour les années, organise une tournée grandiose, qui dure le temps nécessaire.
- Une tournée? Je ne comprends pas
- Pars! De par le monde, va jouer les spectacles prestigieux qui ont fait votre réputation. Emporte ton extraordinaire trésor de décors. Rejoins Elena et, grâce à ton succès et à ton théâtre entretemps entièrement remis à neuf, convaincs-la de revenir avec toi.
- Tu sais bien que c'est impossible! Même avec l'aide financière municipale et celle de Ménélas, il subsiste une contrainte insurmontable: l'espace nécessaire pour organiser le tri de cet immense stock. La salle, vidée de tous ses fauteuils, depuis le parterre jusqu'aux loges et même au dernier balcon, est bien trop petite. Et puis, comment transporter un tel volume? Je te le répète: c'est impossible!

D'abord, Theos reste impassible. Son regard se déplace sur le relief himalayen du désordre du bureau d'Agame. A cette vue, il revisite en pensée l'entreposage gigantesque qui a abrité sa solitude durant ces dernières semaines et, comme s'ils étaient enfoui dans ce chaos, il pense à son passé et à la tragédie qui l'a détruit. Alors, pour la première fois depuis des mois, l'intuition qu'une échappatoire est possible, s'éveille en lui. Pendant un long moment, il profite du silence. Puis posément:

- Et bien non! C'est possible, annonce-t-il impassible. J'ai la solution!

8

Deux barges spectaculaires, tirées par de minuscules mais surpuissants remorqueurs, sont arrivées très lentement puis ont été amarrées aux deux extrémités du quai, où leurs vastes plateaux se sont positionnés parfaitement à niveau. En une trentaine de minutes, le temps d'enlever les nombreuses cales et les multiples filins qui les sécurisaient, quatre grandes grues en ont été débarquées, quasi en même temps, dans le grincement de leurs chenilles et le bourdonnement de leurs moteurs. Cela s'est déroulé dans l'indifférence générale du voisinage. Moins d'une heure plus tard, les barges avaient disparu derrière le coude du canal.

Confortablement installé sur le banc de pierre, Régis fume une grosse pipe en écume. Il porte un vieux pantalon élimé et délavé et un veston de velours tabac sur une chemise en coton d'un autre temps. Les trois mécaniciens, mains dans les poches, admirent une des grues. Theos est debout, jambes écartées, mains dans le dos, au bord de l'eau. Quelques mouettes passent bas au-dessus d'eux dans un tel silence qu'il laisse percevoir le souffle de l'air sur leurs ailes. A ce moment, un léger bourdonnement devient perceptible et se transforme peu à peu en un grondement intense et grave, au fur et à mesure de l'apparition de dix barges. L'une après l'autre, elles accostent, fermant la vue par la paroi de métal que constituent les quatre grands conteneurs maritimes que chacune transporte.
- A demain, Régis, dit Theos lorsque le convoi complet est solidement amarré. Chacun en place à sept heures.

Il s'éloigne par la porte de la chapelle. Un vaste sas y est aménagé, entièrement tendu, au plafond et sur les quatre côtés, de longues et opaques tentures noires. Les plus puissants projecteurs détachés du gril y sont installés sur des trépieds, ainsi qu'une longue table. Plus tôt, en arrivant sur le quai par le plan incliné, Theos y a vérifié qu'une installation identique était conforme à ses instructions.

A sept heures du matin, le théâtre est désert. Sur le perron, les larges portes vitrées sont cadenassées. Des panneaux affichent: *Fermé pour travaux.* A l'intérieur tout est obscur: vestibule, grand hall, billetterie, vestiaire où traînent quelques plaquettes numérotées sur le petit comptoir, foyer dont les chaises sont empilées, bar. Côté pair et côté impair, les portes d'accueil sont ouvertes sur la salle sans lumière au fond de laquelle la scène et les coulisses sont invisibles dans le noir. A l'étage, les loges sont abandonnées en désordre.

Par contre, dans la clarté encore pâle du lever du jour, l'entrepôt des décors et le quai grouillent de monde. Chacun est à sa place, doté de son cahier de charges précis et rigoureux, selon les rôles attribués pendant les deux journées précédentes de préparation et de répétition: grutiers sur leurs engins; deux manœuvres sur chaque barge dont les conteneurs numérotés ont les panneaux du toit ouverts; ouvriers déjà occupés à démonter deux grandes fenêtres de l'ancienne chapelle; secrétaires dans l'atelier transformé en bureau de coordination; photographes avec leurs appareils sophistiqués dans les deux sas tendus de tentures noires, à leurs côtés, informaticiens responsables de l'enregistrement de l'inventaire dans les bases de données et décorateurs professionnels chargés de qualifier et d'évaluer chaque pièce; équipes de déménageurs dans les trois premières zones d'action, l'ancien cloître, la chapelle et les caves au bas du plan incliné. Ces derniers connaissent déjà leur plan de progression: après ces endroits, ils passeront aux réfectoires, aux dortoirs puis aux greniers.

La méthode? On vide le stock comme on épluche un oignon, couche après couche, a expliqué Theos. Chaque pièce est numérotée, inventoriée, photographiée, digitalisée en 3 dimensions, et orientée vers un des quarante conteneurs selon un plan de tri scrupuleux: par type, par genre, par style, par époque, … A huit heures déjà, cette ruche bourdonne. Les instructions de Theos sont brèves, claires et sans appel, typiques d'un homme qui veut agir vite et qui pense n'avoir plus rien à gagner ni à perdre. Régis l'a compris. Il ne pose aucune question, se borne à répéter l'instruction comme un pilote avec la tour de contrôle et ne prend jamais l'air étonné, même quand l'objectif lui échappe. Pour ne pas perdre la face, il procède de même avec l'équipe nombreuse engagée pour exécuter ce *grand dérangement* et tout cela marche comme une armée professionnelle.

Frottements des roues sur les glissières, grincements stridents des wagonnets sur les rails, cris des poulies, chocs saccadés des monte-charges, chuchotement des cordages, grondement des grues, appels des manœuvres.

- Panorama de la baie de Naples, début du XX°?
- Barge 4, conteneur 16!
- Plus haut le panneau! On va griffer!
- Morceau de façade véronaise avec balcon de Juliette: à digitaliser en trois dimensions. Ensuite, Coco, tu me l'envoies barge 8, conteneur 31.
- C'est quoi, ce truc?
- Tiens, peut-être un morceau du cabinet médical du docteur Knock.

Et ça n'arrête pas!

- Les conteneurs des barges 3 et 7 sont pleins, téléphone le chef mécanicien au bureau de coordination.

Dans la minute, l'instruction est donnée aux remorqueurs de les hâler par les écluses jusqu'à une vaste darse réservée en contrebas dans le port. A peine, se sont-elles éloignées que deux nouvelles barges apparaissent au coude du canal.

Les curieux ne se sont pas fait attendre. Dès le troisième jour, les pontons et les fenêtres des façades face au quai, les bords des écluses se remplissent d'une foule qui devient de plus en plus compacte au fil des jours. Au bout d'une semaine, le passage de chaque barge à la dernière porte d'écluse donne lieu à une salve d'applaudissements. Pour la première fois, de mémoire de citoyen, il y a moins de clients au marché. Des journalistes, en nombre exponentiel comme d'habitude, se pressent sur le trajet et sollicitent des interviews à Agame, rapidement débordé par les invitations des élus locaux en quête de leur propre notoriété. Jamais, depuis des décennies, son théâtre n'a connu une telle réputation ni attiré un tel public, hélas hors ses murs.

Theos est omniprésent. Son air absent, l'avarice de ses propos, sa politesse distante, ses tenues simples de coton, laine et velours, conseillées par Péné, provoquent un respect inné et une obéissance sans faille. A chacune de leurs rencontres, Agame le considère avec amitié et surprise, comme si ce sauveur ne faisait pas partie des humains.

- Dis, Theos, il faudrait que je leur explique à tous ce qui va se passer bientôt et comment la tournée va se dérouler.
- Ah! bon, répond Theos, peu convaincu.
- Je vais demander à Régis d'organiser une réunion générale dans la salle et sur la scène, car ce sont les seuls endroits calmes et suffisamment grands.

Chose dite, chose faite. Dite par Agame, exécutée par Régis dès le lendemain.

La salle est éclairée *a mezza luce*. Les quatre premières rangées sont restées vides afin que personne ne doive lever la tête pour regarder la scène. Au milieu de la cinquième, Achille trône seul, les bras étendus sur les sièges voisins. Du sixième au huitième rang, les autres comédiens se sont éparpillés, les plus petits rôles sur les bords. Derrière eux, les habilleuses et les couturières sont respectueusement séparées de Régis par quelques fauteuils. Deux rangées vides plus loin, les techniciens et machinistes sont regroupés.

Le rideau est ouvert à l'italienne aux trois-quarts, encore bloqué depuis la fin de "Malatesta". A part une longue table et cinq chaises face à la salle, la scène est vide jusqu'au lointain. Dépourvue de ses tentures, les murs de pierre, les échelles verticales et les escaliers métalliques sont apparents, faiblement éclairés par les projecteurs du balcon.

AGAME *(entre côté jardin)* :

Bonjour les amis. Merci d'être tous présents pour cette réunion d'information au sujet de notre prochaine tournée.

(Il s'assied au milieu de la table, bientôt suivi par Theos qui s'installe en silence à côté de lui).

Monsieur l'Architecte a accepté de se joindre à nous pour répondre aux éventuelles questions.

PENELOPE *(entre côté cour, suivie de Mack et de Ménélas)* :

Bonjour à tous.

MACK :

Je suis Mack. Je vous parlerai plus tard de mon rôle dans la rénovation. Je vous présente Monsieur Ménélas, qui est l'époux de notre amie Elena et qui apporte une assistance exceptionnelle dans la restauration de votre théâtre.

MENELAS :

Mesdames et Messieurs, Bonjour.

AGAME :

Commençons peut-être par parler de la rénovation

MENELAS :

Personnellement, je vous aiderai sur le plan financier ainsi qu'en contrôlant et gérant les financements de la municipalité.

PENELOPE :

Je suis trop âgée pour entreprendre une longue tournée. Ma place reste ici. Je surveillerai la rénovation en m'occupant de tout ce qui concerne le style, les couleurs, la décoration. En plus, je conseillerai aussi les marchands de vêtements du marché et des boutiques. Il est temps qu'ils soient aidés dans l'approvisionnement et les styles. Je suis convaincue qu'il est possible de transformer cette ville en une capitale de la mode. D'ici là, je vais préparer votre réserve de costumes pour l'embarquement.

MACK :
Mes responsabilités d'urbaniste dans l'administration de la cité m'empêchent de vous accompagner. Je m'occuperai des travaux et de Péné, qui a l'âge d'être ma mère. J'assurerai le suivi du chantier de rénovation et, comme expert, je m'occuperai des aspects liés à la structure et à la dynamique des foules. J'ai toujours rêvé de réinventer un colisée moderne.

ACHILLE *(d'une voix sonore, depuis la salle)* :
C'est surtout la tournée qui nous intéresse …

AGAME :
Parlons-en …

LE CHEF MECANICIEN *(depuis la salle, d'un ton revendicateur)* :
Y aura-t-il des heures supplémentaires?

AGAME :
Certains jours, peut-être. Mais certainement pas au total puisque nous naviguerons beaucoup. Ce sera une croisière en quelque sorte. Presque des vacances.

(Ménélas regarde Agame d'un air atterré tandis que Mack prend l'allure indifférente d'un étranger à cette conversation. Péné, habituée, continue de sourire tandis que Theos par ses mouvements de jambes montre son impatience de voir la fin de cette perte de temps.)

UN MECANICIEN *(dans la salle, à voix basse à son voisin)* :
Bah! Partons sans hésiter pour cette tournée. Nous négocierons mieux en cours de route, quand nous serons indispensables.

UNE HABILLEUSE *(en se retournant)* :
Vous croyez?

AGAME :
Je n'entends pas vos questions. Parlez plus fort!

D'un coup, le lourd rideau de scène tombe. A l'italienne. Le chef mécanicien s'exclame du fond de la salle:

LE CHEF MECANICIEN :

- Chouette! Il s'est décoincé tout seul.

En tâtonnant, Agame se glisse entre les rideaux et apparaît, furieux, sur l'avant-scène.

AGAME :

- Régis, nom de dieu! Fais-moi relever ça.

Achille provoque le fou rire de la salle en ajoutant:

ACHILLE :

- Et n'oublie pas les trois coups!

- Petit con, murmure Agame.

Derrière le rideau, Ménélas n'a pas l'air rassuré mais est définitivement convaincu de l'urgence de la rénovation. Il pense à Elena, à ses moutons, ses brebis et son whisky. Péné rêve déjà à la vie paisible qu'elle mènera dès le départ de la Troupe. Mack rit à gorge déployée. Theos s'en va en disant:

- J'ai du travail.

Le lendemain matin, Theos croise Agame.

- Elle s'est finalement bien terminée, la réunion d'hier?

- Mouais, bougonne le directeur.

- Tant mieux. Cela aurait été dommage que nous commencions un tel périple sur une fausse note.

- Tu en parles comme si tu partais avec nous.

- C'est bien mon intention. Je n'ai rien à faire ici.

- Si tu m'aides ainsi, je te rétribuerai.

- Pas nécessaire, répond Theos.

- Mais sinon tu ne feras pas vraiment partie de la Troupe et nous n'aurons aucun contrôle sur tes initiatives.

- Alors, c'est clair: je refuse! Je veux ma liberté. Totale. Je n'accepte aucune idée d'une quelconque subordination.

- Admettons. Comment vivras-tu alors?

- J'ai vendu mes parts dans mon bureau d'architecte et les autres biens qui me revenaient. J'ai de quoi tenir un petit nombre d'années.
- Et après?
- Après? Quel après? répond Theos en se détournant.

La tournée est devenue, bien avant son commencement, un véritable événement. Grâce à l'effet médiatique, des demandes de représentations affluent depuis les pays voisins. Agame, dans son bureau débordant de paperasses chaotiques, en aurait perdu la majorité si Theos n'avait pas démontré son autorité. Sans annonce préalable, il a affecté deux déménageurs au rangement, inventaire compris, de ce capharnaüm dans une kyrielle de caisses en bois. Le premier jour, le spectacle de cette mise en ordre forcée avait fait rire Péné jusqu'aux larmes, d'émotion aussi en voyant là une reconnaissance absolue de sa bonne organisation.

Le chargement est terminé. Les bâtiments de l'ancien couvent des Barbusquins sont rendus à leur paix. Cloître, chapelle, réfectoires, dortoirs, immenses greniers et alignements de caves sont à nouveau envahis du silence conventuel. Il ne reste rien au sol que quelques bouts de bois ou de toile et énormément de poussière. Les dernières barges quittent le quai. Leur passage à l'écluse tourne au triomphe. Les badauds viennent là en famille ou entre amis, attirés par la rumeur publique et les incessantes publications journalistiques. Voir quoi? Des conteneurs maritimes sur des barges. Quel spectacle! La belle affaire, dont ils parleront longtemps! Dès les premières expressions de cet enthousiasme populaire, Ménélas ne perd pas de temps. En quelques jours, avec les principaux banquiers, il organise une grande souscription de financement de la rénovation du prestigieux théâtre de la ville. La somme rassemblée en peu de temps est si considérable que le nouvel édifice pourra devenir un des plus magnifiques lieux de spectacle. Elena, se convainc-t-il, ne pourra jamais résister à la tentation d'y revenir.

En quelques heures, les centaines de conteneurs accumulés dans la darse sont transférés par une noria d'immenses ponts de levage sur plusieurs bateaux de navigation mixte. Les voici enfin prêts pour une incroyable tournée, de ville fluviale en ville côtière, d'île en île, de continent en continent par-delà les océans!

Nombreux sont les habitants qui découvrent à cette occasion l'existence de ce théâtre dont l'importance du convoi leur fait supposer une notoriété planétaire. Apprenant que cette Troupe part en tournée pour plusieurs années dans une multitude de pays, ils l'acclament avec fierté comme s'il s'agissait d'une imposante délégation portant partout la renommée de la cité. Il y a fort à parier que les nouvelles concernant ce théâtre seront aux unes de la presse locale pendant sa longue absence. Sa gloire débute avec son départ.
- Les voici déjà célèbres sans avoir encore rien accompli, pense Theos. Il leur suffit de partir pour acquérir la notoriété.
Cela le laisse indifférent. Il sait que les humains fonctionnent, si l'on peut utiliser ce verbe, souvent à l'envers.

Avant l'embarquement, Aymé dit à Theos:
- Lorsque vous reviendrez, appelez-moi. Selon une ancienne tradition d'hospitalité de notre famille, je serai ravi de vous aider à vous réinstaller dans cette ville.
- Ma maison vous est ouverte, ajoute Madame Elodie.
Les adieux avec Mack et Péné sont sobres. Un jour, ils seront de nouveau réunis, chacun en est sûr, car c'est certainement écrit ainsi.
La foule se presse tout au long du parcours. Cette fois, le marché de toile sur la grande esplanade est quasi vide. Même plusieurs vendeurs n'y ont pas installé, dès l'aube, leur tente et leur étal. Depuis la darse, une ovation les accompagne jusqu'à la mer. Ils sont les nouveaux conquérants. Leur départ est leur plus beau

spectacle. Achille, heureux de n'avoir pas à subir la concurrence d'Elena, pavoise sur le pont, avide des regards admiratifs. Une fraction de seconde, cependant, il se demande si la présence de sa célèbre consœur n'aurait pas renforcé sa propre gloire. Cette réflexion instantanée ne se fixe pas dans sa conscience et s'évapore plus vite qu'une perle de sueur. Agame est extatique. Déjà, il rêve à son retour triomphal. Pour la première fois, il se sent moins effondré par le départ d'Elena. Il sait à cet instant qu'il va la reconquérir, grâce à son nouveau théâtre et à la renommée qu'il escompte de sa tournée.

Theos est seul sur le pont supérieur. Tandis que tous les autres contemplent les côtes et les gens euphoriques qui s'y massent, il regarde devant lui. L'eau, l'horizon au loin, toujours aussi loin. Cet Olys de légende venait de là, leur a expliqué Mack qui a enfin découvert dans la documentation des indices au sujet des derniers lieux par lesquels il était passé.

Pour Theos, rien n'a changé. Partir à nouveau. Poursuivre la fuite sans espoir. Agir en sorte que tout cela n'existe pas.

Deuxième page du cahier d'Atrée

Le crayon est suspendu au-dessus de la page, à hauteur de la première des lignes horizontales imprimées en bleu pâle.

Pourquoi ce qui, pendant un bref instant fut une évidence, est devenu ensuite un mystère, de l'incompréhension. Quelque chose d'étranger. Que c'est difficile à raconter!

Pourtant, je sais que je dois rédiger le récit de ce qui s'est passé. Pour l'expliquer aux autres. Pour qu'ils le comprennent. Et moi aussi!

Alors, j'écris les mots tels qu'ils me viennent à l'esprit.

Je m'agrippe à ce crayon comme s'il était ma seule chance de survie, l'unique morceau de bois auquel m'accrocher suite à mon naufrage. Je l'appuie avec une telle énergie sur le papier que la mine de graphite commence à bouger dans sa gangue. J'espère qu'elle ne cassera pas! Je n'ai rien près de moi pour tailler ce crayon qui est, cette nuit, mon seul salut. Pourvu qu'il tienne longtemps, que je ne sois pas atrocement seul, que les horreurs qui peuplent ma mémoire ne m'assaill …

9

Irrésistiblement, les berges du fleuve s'éloignent l'une de l'autre et la force du courant se dilue dans le large delta. A tribord et à bâbord, les rives deviennent rivage. A la proue du premier bateau, un long yacht de style ancien, sur lequel voyagent la "Direction" et les comédiens, Theos fixe la ligne d'horizon océane, mystérieuse et inquiétante, qui rapidement s'approprie la totalité du panorama. En l'absence d'autres repères que ce trait diffus entre mer et ciel, le bateau semble immobile. Theos ressent une étrange solitude, paralysé au cœur de ce mouvement figé, en direction de l'inconnu.

Pourtant, il n'ignore pas que dans le long sillage étincelant au soleil et hérissé d'écume blanche frisottante qui s'étale derrière la poupe, le suit une armada de navires bourrés de décors grâce auxquels n'importe quel lieu de l'espace et du temps peut être recréé.

Il est seul à la proue. Sa peau ressent le vent, le sel, les embruns, le soleil. Ses vêtements l'en abritent. Qu'est-ce cela au regard de sa blessure profonde? Quels costumes pourraient le protéger? Dans quel autre scénario et dans quels autres décors pourrait-il être un autre personnage, ni coupable, ni victime?

Les souvenirs de ces dernières semaines reviennent sans cesse, toujours dans le même ordre: la "ville haute" aux demeures sinistres et aux sombres ruelles envahies de mendiants; Malpertuis aux couleurs brillantes et au luxe sobre voilés par son désespoir; l'éphémère mais résilient marché de toile et de noble lignée; la mystérieuse "ville basse" que Mack et Agame lui ont rendue fascinante; les dédales du théâtre; le cocon réconfortant de l'entrepôt des décors où naquirent des ébauches de rêves. Est-il chrysalide? Au fil de ce bref séjour dans cette complexe métropole du bord de l'océan, ses perceptions sont devenues différentes. Qu'adviendra-t-il au terme du long périple qui débute?

Agame vient s'appuyer au bastingage de cuivre jaune patiné et cabossé, à côté de lui, et regarde la mer. Aucun d'eux ne parle. Ils sont entourés du ronronnement sourd du moteur, des cris déchirants des goélands, des chocs des vagues sur la coque, du sifflement du vent, des claquements des pavillons et des câbles métalliques contre les mâts. Sans quitter du regard l'immensité marine devant lui, Agame déclare enfin:

- Te voilà de nouveau bien silencieux, Theos.

Celui-ci fait la moue, comme si l'explication était évidente et ne répond pas, le regard fixé sur les lattes de bois sombre du pont. Au bout d'un moment, Agame se tourne vers lui et, en haussant les sourcils, l'interroge à nouveau d'un mouvement de tête. Theos répond, lentement en hésitant parce que, finalement, la réponse n'est pas simple:

- Qu'y a-t-il à dire? Nous avons quitté ton théâtre de l'ancien couvent des Barbusquins. La Troupe, dans ce vieux yacht, et les décors, dans les cargos, nous accompagnent. A cet instant précis, aucune action ne doit être menée, aucune décision n'est nécessaire. Nous sommes dans un passage vers d'autres lieux et un autre temps.

- Tes paroles sont étranges, Theos. A nouveau, elles ne révèlent rien sur toi.

- Permets-moi de remarquer que toi non plus tu n'es guère bavard ces derniers jours.

- Theos, je n'arrive pas à comprendre pourquoi tu as entrepris ce voyage. Pour ma part, je suis parti à cause d'Elena. Le théâtre, pour moi, n'est pas qu'un lieu de spectacle mais celui de ma vie, dans laquelle cette femme est indispensable. Je n'avance que poussé par l'espoir de la reconquérir. Peu importe le temps que prendra cette quête. En dehors de cela, peu compte. Tant qu'elle ne sera pas près de moi, les villes que nous allons parcourir selon le plan de recherche d'Olys proposé par Mack, ne me seront que des décors, peuplés de figurants inutiles.

- Elena! Tu en parles avec une force qui me trouble, Agame. Tes paroles éveillent des souvenirs qui m'accablent. Tu n'es pas le seul à avoir aimé.

- Theos, tu me parles enfin de toi. C'est la première fois. Je devine au fond de toi des marques indéchiffrables de profonde souffrance, semblables à celles que Mack décèle dans les lignes antiques de la cité. Pourquoi ne me divulgues-tu pas ton mystère? Tu as été marié, Theos?

Ce dernier ne répond pas, le regard figé sur l'horizon.

- As-tu des enfants? insiste Agame.

Le silence est long.

- Non, murmure Theos d'un ton quasi inaudible.

Puis, à peine plus fort:

- Je suis incapable de m'exprimer. Rien que ces mots que je prononce maintenant me rongent. Peut-être qu'un jour, je parviendrai à te raconter, sans que mon récit ne me détruise. La quête est impossible de vouloir remonter le temps jusqu'avant le moment du malheur, là où il aurait, peut-être, été possible de l'éviter. Alors, je voyage parce que je n'ai pas d'autre choix que de fuir.

- C'est donc si atroce ce qui t'est arrivé?

- Oui, je le pense. Mais combien d'autres êtres humains ne sont-ils pas confrontés à un sort insupportable, combien d'enfants ne sont-ils pas victimes des guerres, soldats envoyés à la mort ou détruits par les monstruosités qu'elles génèrent?

Une voix féminine, douce et affectueuse, les interrompt.

- Agame?

- A'na! Tu as bien fait de nous rejoindre. Je te présente Theos dont je t'ai déjà tant parlé.

La jeune femme est grande. Sa chevelure blonde entoure son visage et coule sur son dos, renforçant son allure élancée. Son regard attentif, scrutateur et sérieux se fixe avec attention sur Theos. Celui-ci est fasciné par son fin sourire tendre et maternel.

- A'na s'est spontanément présentée à moi la semaine dernière. Nous avons eu des discussions passionnantes. En conclusion, je l'ai engagée comme Directrice Administrative du théâtre pour toute la durée de la tournée. Je n'avais pas eu l'occasion de t'en parler, Theos.

- Félicitation, A'na. Et bienvenue, répond Theos avec courtoisie. Bon courage aussi car notre projet, qualifié d'ambitieux, est plutôt fou, admettons-le.

- Avec elle, nous augmentons nos chances de succès, réagit Agame avec autorité. Ses références sont impressionnantes. En outre, son père joue un rôle majeur dans les instances internationales: cela pourra nous être d'un grand secours.

- Je ferai de mon mieux. Votre ami Mack n'est pas avec vous? interroge A'na.

- Il n'a pas pu se libérer. La rénovation du théâtre lui prendra beaucoup de temps en plus de son métier d'urbaniste et de ses recherches passionnées de traces urbaines.

- Il nous a parlé de cela lorsque qu'il nous a rejoints dans votre bureau, ajoute-t-elle. Il était intarissable sur cet Olys qui semble le fasciner. Combien de conseils ne nous a-t-il pas donnés au sujet des lieux à parcourir sur sa piste!

- On peut le dire, ironise Theos. Vous aussi vous vous intéressez à ce personnage?

- Oh! Non, répond-elle en s'esclaffant. Le bonhomme ne m'intéresse pas. J'en ai trop entendu parler pendant mon enfance. La tradition familiale veut qu'une aïeule se soit beaucoup occupée d'un personnage malchanceux qui portait ce nom. De mon côté, je ne me sens pas concernée par ce type de sujet. Je pense que j'aurai suffisamment de travail à m'occuper d'organiser votre tournée. Pardon, notre tournée.

- Telle une sage déesse au génie raisonnable, vous veillerez au succès de notre entreprise et à notre salut! conclut Agame en souriant malicieusement.

- Je vous quitte, dit A'na. Cette dernière déclaration exprime tant d'attente que je vais me mettre au travail!

Dès qu'elle eut disparu à l'entrée de la coursive, Agame poursuit:
- Sévérité, sérieux, confiance sont les sentiments qu'elle génère automatiquement chez ceux qui la rencontrent. Elle impressionne au point que personne ne se permet la moindre familiarité à son égard. Sa réputation est de réussir tout ce qu'elle entreprend.
- Quelle chance pour toi.
- Je ne parviens pas à comprendre pourquoi elle s'est présentée à moi pour s'occuper de mon étrange théâtre.

Après un silence:
- D'ailleurs, je ne comprends pas très bien ce qui m'arrive, continue-t-il. Je perdais mon temps et mes illusions dans mon bureau encombré, à m'enorgueillir des mérites de mon père et de mes ancêtres et à mettre à l'affiche des pièces qui me ridiculisaient sans que je m'en rende compte, trop fier d'être l'amant d'Elena dont je ne mesurais pas encore l'importance ni l'imposture. Un jour, par hasard, j'ai rencontré l'enthousiaste et sympathique Mack qui m'a communiqué sa passion pour Olys. Cela a provoqué en moi une réflexion sur le théâtre qui mûrit encore doucement et dont je te parlerai plus tard. Ensuite, je t'ai croisé, Theos. Tu es entré dans le théâtre et, malgré ton habitude de ne presque pas parler, tu en as bouleversé l'existence et l'avenir.

Theos a l'air gêné qu'on parle ainsi de lui.
- Et maintenant, voici A'na qui se présente! Mon destin semble être géré par d'autres que moi. Et pourtant, j'en suis épuisé. Tiens, je vais me coucher.

Resté seul, Theos se déplace de quelques mètres sur le pont bâbord jusqu'à une chaise longue beige où il s'abrite de la brise et de la fraîcheur sous plusieurs couvertures. Le calme immuable de la mer et du ciel, à peine voilé de quelques stratus légèrement teintés des parmes du soleil couchant, le plongent dans un état contemplatif dénué de toute pensée. Pour la première fois sans son cocktail médicamenteux vespéral, il sombre dans un profond sommeil, sans rêve ni cauchemar. Le bourdonnement sourd et régulier des machines, au tréfonds de la cale, et la légère houle le bercent et le maintiennent hors du monde et du temps. Quand un vif rayon de soleil lui transperce les paupières, il entrouvre les yeux devant les bleus de la mer paisible et du ciel sans nuage, sans ressentir ses angoisses démoniaques.

Depuis la passerelle, A'na l'observe. En le voyant s'éveiller, elle vient le rejoindre.

- Regarde, dit-elle, désignant le rivage de la main.

Theos croit se trouver face à un mirage: à quelques miles marins, une ville immense occupe tout le littoral.

- C'est incroyable, s'exclame-t-il. Quelle heure est-il?

- Il est près de neuf heures.

Il ne se souvient pas d'avoir autant dormi. Certainement pas ces derniers mois.

- Je ne comprends pas. Comment est-ce possible que nous soyons déjà arrivés?

- La navigation fut rapide, répond-elle sobrement. Très rapide.

- Ma surprise est totale: pourquoi si vite et pourquoi ici? Était-ce prévu?

- Agame aurait dû t'en parler. Mais vous avez été tellement débordés par les préparatifs du départ que l'occasion ne s'est pas présentée. Mack est l'instigateur de cette idée de commencer notre périple par ce lieu très médiatisé afin d'accroître encore plus notre notoriété. En outre, il est convaincu qu'Olys arriva d'ici.

- Alors, Agame va certainement y rechercher ses traces.

Jamais, Theos n'a contemplé un tel panorama. Une mégalopole s'étale à perte de vue le long de la mer et s'étend loin dans les terres. Son relief est incroyablement varié, combinant plaines, collines et montagnes. Aussi loin que porte son regard, il distingue de vastes péninsules, plusieurs grandes îles, de longs fleuves, des bras de mer et, au loin, des lacs ponctués d'îlots. Plusieurs quartiers sont hérissés de gratte-ciel à l'architecture audacieuse. Entre eux, s'étendent de vastes zones dont l'habitat est incroyablement hétéroclite et d'immenses surfaces de larges ondulations désertiques de sable, de forêts denses, de champs, de rochers.

- Comme tu le perçois certainement, même vu de notre bateau, ce n'est pas du tout une ville comme les autres, indique A'na. Peux-tu deviner ce qui la rend si particulière? C'est une question difficile car la vue d'ici est loin d'en permettre la vision entière.

- Cette variété est vraiment impressionnante, constate Theos.

- Depuis des siècles, elle reçoit des migrants venus de partout. Au fil du temps, ceux-ci l'ont façonnée selon la mémoire de leurs origines et selon leurs cultures.

- Je devine que cette fabuleuse Phéacie reproduit le dessin précis des continents de la Terre.

A'na sursaute.

- Depuis que Mack et Agame m'ont appris à regarder leur ville, je regarde autrement les cités des hommes.

- Phéacie?

- Je n'ai pas d'autre choix que de vivre hors des lieux réels

Elle le contemple avec attention et tristesse, tandis qu'il poursuit.

- Je suis impatient de la parcourir en tous sens, jusqu'à ses plus hauts sommets pour confirmer mon impression et admirer le spectacle fabuleux de notre planète, déployé là en miniature.

Les bateaux, en file, poursuivent lentement leur course en direction d'une somptueuse construction en forme de navire émergeant de la mer.

- Voici l'Opéra Poséidon, annonce Agame.
- C'est là que nos spectacles seront présentés, explique A'na. La salle est immense et les installations ultra-modernes. Le capitaine m'a expliqué que nous allons accoster le long des quais qui se profilent à sa proximité immédiate. Les bagages ainsi que le matériel et les décors nécessaires pour les représentations pourront être transportés aisément.
- Le programme pour les semaines que nous passerons ici est-il confirmé? demande Theos.
- Comme prévu: Ubu, Godot, Quatre Sous et La Cantatrice.
- Achille suggère aussi "Six personnages en quête d'auteur", répond Theos. J'y ai pensé. Dans cette pièce, les costumes n'apportent rien. Les acteurs guère plus d'ailleurs.

Agame lève un sourcil ahuri tandis que Theos poursuit:
- Les décors pourraient créer une vraie différence. Réfléchissons-y. Pas de décors simplistes mais majestueux comme une ville! Celle-ci, par exemple. Tu comprends le message: ce n'est plus l'individu mais la cité qui fabrique les personnages et les situations. De même au théâtre où l'individu n'est jamais seul…
- Theos, s'il te plait. Je ne comprends rien de ce que tu racontes et Achille n'a rien à dire. Restons-en à nos choix initiaux. Nous jouerons Pirandello une autre fois.
- Bon, je résume, dit A'na pour clore la discussion: " Ubu Roi" d'Alfred Jarry, "En attendant Godot" de Samuel Beckett, "L'Opéra de Quatre Sous" de Bertolt Brecht et "La Cantatrice Chauve" d'Eugène Ionesco. Pour les mises en scène, Agame compte reprendre les montages habituels. Pour les décors, Theos, as-tu des propositions?
- Pour " La Cantatrice", je vois des empilements de boîtes. Des grandes boîtes dont on ouvre, une après l'autre, le panneau avant, et dans lesquelles les scènes sont jouées par les acteurs attachés à des fils comme des marionnettes …

Agame s'étrangle.

- Des boîtes, des fils! Mais n'as-tu pas assez de décors avec toi! Cette armada de décors que tu nous fais transporter! C'était ton idée. Et tu veux construire un nouveau décor ... de boîtes!

- Tu sais, il y a le texte qui impose ...

- Des boîtes! hurle Agame dans un sanglot. Alors que nous disposons du plus immense trésor de décors qui ait jamais existé!

- Ce serait trop simple, répond paisiblement Theos. C'est une des contradictions de la vie. Alors que l'on a tout à portée de la main, souvent il semble manquer un élément essentiel qui justifie une nouvelle quête.

Agame semble désespéré. A'na est impassible. Theos déclare:

- Pour Brecht, tu verras, je te monterai des reconstitutions de Berlin, à l'époque de la République de Weimar et de la naissance du nazisme. Tu adoreras.

- N'en fait pas de trop. N'oublie pas le texte, lance Agame, hors de lui.

A'na fait la moue typique de la dégustatrice d'un grand whisky: légère grimace des lèvres et clignement des paupières qui s'ouvrent sur des yeux illuminés de plaisir. Que se passe-t-il, à ce moment, dans la tête de Theos? Veux-il briller devant A'na? Souhaite-t-il montrer de l'affection à Agame? Se distrait-il pour une fois de ses cauchemars? Soudain, il se met en scène.

THEOS:

"En attendant Godot", c'est simple: route de campagne avec un arbre. Le décor est dans le stock car vous l'avez déjà joué. Donc, on récupère. Mais ce n'est pas très important.

AGAME:

Ah! Je serais heureux d'apprendre ce qui est important.

THEOS:

Je te dirais qu'ici le décor ne compte pas. Seuls les costumes, ... enfin du moins le pantalon d'Estragon qui doit bien tomber sur ses pieds à la fin.

AGAME:

Là, tu parles de mise en scène. C'est mon boulot!

THEOS:

On pourrait simuler une chute de rideau au début de l'acte II. Afin de se mettre en connexion avec l'époque où la pièce fut créée.

AGAME:

De nouveau: mise en scène! Et puis, cela ferait trop cabotin. Dis, Theos, depuis que je te connais, tu n'as jamais été autant bavard.

Theos le regarde d'un air étonné. Troublé, plutôt.

AGAME:

Tu sais, Theos, je suis bien content de t'entendre parler ainsi.

D'abord, ce dernier se tait, en contemplant ses pieds. Il semble plongé dans une profonde réflexion. Puis, sans un mot, il s'avance vers le côté cour. Pardon, côté tribord.

Tandis que Theos s'éloigne lentement, A'na annonce avec enthousiasme que le maire de la ville, son épouse et ses adjoints invitent la Troupe à un banquet en son honneur. Theos accélère le pas et disparaît par la première porte qu'il rencontre. Agame, se sentant abandonné, répond avec brusquerie qu'il a d'autres occupations que de supporter ces politiciens en quête de notoriété. En réaction, A'na pâlit et serre les lèvres qui deviennent blanches. Sa réaction fuse avec une colère contenue, en courtes phrases et d'un ton cinglant. Elle annonce avoir quatre choses à déclarer. La première est qu'elle a dépensé beaucoup d'énergie à développer la promotion du théâtre auprès des autorités locales. La deuxième devrait être une évidence pour tous, et pour Agame en particulier: sans notoriété et soutien médiatique, la Troupe restera provinciale, et encore! La troisième consiste à ce qu'elle ne comprend pas les raisons d'entamer un tel voyage spectaculaire s'il s'agit de se cacher. La quatrième est une question fondamentale sur sa propre présence ici et sur l'aide réelle qu'elle pourrait apporter ailleurs, à de vrais entrepreneurs dynamiques.

Assurément, la réponse d'Agame manque de panache. Quand il déclare, stupidement, qu'il était bien tranquille dans l'ancien couvent des Barbusquins, A'na s'éloigne sans un mot, claquant avec force ses talons sur les longues planches vernies du pont, l'abandonnant dépité et honteux.

Plus tard, traînant un Theos boudeur derrière lui, Agame la rejoint au salon arrière où dans un canapé de cuir brun, elle déguste un thé darjeeling himalaya face à un large hublot. Avec une courtoisie presque exagérée, il balbutie quelques mots au sujet de détails de gestion. Puis, sous le regard ferme d'A'na qui ne doit pas faire appel à ses talents de diplomate ni à son autorité naturelle, Agame et Theos, très gênés, déclarent qu'ils seront présents à la réception chez le maire. Sur base de la réputation du lieu, les comédiens, Achille en premier, avaient déjà accepté, sans la moindre hésitation, cette occasion d'être somptueusement reçu dans le magnifique palais municipal.

Somptueux et magnifiques sont bien les mots qui conviennent pour qualifier tant le palais que le banquet du Maire Zino et de son épouse. L'assistance d'édiles, de notables, de riches commerçants, de cadres des partis au pouvoir est nombreuse. A'na est installée à côté de l'épouse du Maire. Celui-ci et Démod, son Adjoint à la Culture, entourent Agame et Theos. Si Zino est un homme affable, attentif et curieux, son adjoint, par contre, est hautain et assertif. Dès le début du banquet, il étale longuement sa passion pour les jeux olympiques.
- Nous devrions profiter de votre présence pour organiser quelques joutes avec vos acteurs, propose-t-il avec le plus grand sérieux.

Suite à une succession de mets prestigieux et de discours indigestes, la conversation s'engage sur le programme des spectacles prévus dans le célèbre Opéra Poséidon.
- Je compte bien que vous y jouerez "La Guerre de Troie n'aura pas lieu", déclare avec fermeté Démod.

Agame qui est de méchante humeur en fin de ce trop long repas, lui répond en tendant une affichette du programme des représentations. Démod le parcourt d'un air dégoûté, revient sur sa proposition et conclut agressivement par:

- Est-ce Troie ou Giraudoux que vous n'aimez pas, Monsieur Agame?

Venant au secours de son ami au bord de perdre patience, Theos déclare:

- Je ne suis pas convaincu que nous disposions des décors qui conviennent pour cela.

- Donc, vous prévoyez ces Jarry, Beckett, Brecht et Ionesco, énumère l'Adjoint à la Culture avec mépris. Est-ce vraiment sérieux tout cela?

- Des pièces célèbres, s'il en est. Des références! se justifie Agame en Directeur de Théâtre sûr de lui.

- Mais elles ne sont que des mots, des cascades de mots. On peut s'interroger: quel est leur sens? insiste l'Adjoint.

- Probablement celui de rendre clair qu'il n'y a pas de sens, répond sèchement Agame.

- Cette absence de sens n'est pas anodine, ajoute Theos. Quelle autre fuite face à l'insupportable? Comment ne pas perdre pied là où les questions n'appellent pas de réponses, car les unes et les autres sont inutiles. Trouver le sens de l'univers à l'instant de sa mort ou bien mourir dans l'ignorance: il n'y a guère de différence, pas plus que de comprendre ou non un monde qui meurt.

- Du loufoque, du grotesque, de l'absurde …

- Certes. Par exemple, vous le savez, Alfred Jarry est l'inventeur de la 'Pataphysique, "la science des solutions imaginaires". Par son œuvre, un précurseur du théâtre de l'absurde et du surréalisme. D'ailleurs, il était à la ville comme au théâtre, pareil à son Père Ubu, un peu Macbeth, un peu Œdipe Roi, ou les deux ensemble. Tiens, j'y pense, Theos, quels décors envisages-tu pour Ubu Roi?

- Un mur de bicyclettes, un autre de caisses de bouteilles d'absinthe, des revolvers qui pendent du plafond et un large panneau couvert de grandes gidouilles, d'injures, des "Merdre!", des "Foutres!", des "Cornegidouille!" ainsi que de slogans du genre "Qu'on les décervelle!".

Dès la fin du mot de clôture du Maire qui interrompt cet échange, l'Adjoint rouge d'énervement et de dépit, les quitte en les saluant à peine.

- Pourquoi n'aime-t-il pas ces pièces, cet Adjoint à la Culture? Soit dit en passant, elles ne sont pas bien différentes de ce que j'ai tenté d'écrire, bougonne Agame, et que tu as trouvé mauvais, Monsieur l'Architecte!

- Peut-être. Je ne suis pas bon juge en cette matière. Je ne sais même pas s'il existe de bons juges. Une chose est sûre cependant: cela a déjà été écrit. Il faut donc créer autre chose. Ou se limiter à le représenter.

- Qu'insinues-tu?

- N'oublie pas qu'avant tout, tu diriges un théâtre. Au départ, tu n'es pas écrivain …

- Ah! Et Molière alors! Et Shakespeare!

- D'accord, d'accord. Molière! Shakespeare! Enfin, Shakespeare, tu es sûr de l'AOC?

- L'AOC?

- Appellation d'Origine Contrôlée.

A'na qui a entendu toute la discussion, les rejoint en les félicitant d'avoir été intransigeants sur le programme car les affiches et dossiers de presse sont déjà distribués.

- Dans l'avenir, évite d'autres invitations de ce genre, s'il-te-plait A'na, demande Agame avec le plus grand sérieux.

Il ne se doute pas encore que la semaine qui suit, un nouveau banquet aura lieu, et un autre encore le mois suivant, et ainsi de suite.

- Banquet! Banquet! Banquet! A croire qu'ils ne font que cela ici, s'énervera-t-il souvent.

Au fil des mois, pièce après pièce, les représentations s'enchaînent avec succès. Malgré les banquets, dès les montages et changements de décors mis au point, Theos entreprend de nombreuses expéditions dans les plus hautes montagnes. De là, il contemple cette extraordinaire ville qui représente la carte du monde. Avec attention, A'na écoute les récits de son exploration et, avec étonnement, sa dernière explication:

- Les migrants continuent d'arriver. Peu d'anciens repartent. Une part s'isole dans certains quartiers, d'autres se mélangent dans la population. Le processus est lent mais permanent, irrésistible. Les modes de vie changent et cette mégalopole se transforme tandis que les continents continuent de dériver.

Pendant ce temps, Agame se renseigne sur la présence d'Olys et sur son rôle dans la conception de cette ville universelle, mélange de la plupart des peuples et des croyances. Il déduit de ses recherches quelques hypothèses sur son parcours précédant son arrivée en ce lieu. En concertation avec A'na, il adapte le plan de la tournée afin de passer par ces endroits.

Le programme des spectacles atteint sa fin, la réputation de la Compagnie son optimum, les résultats financiers un sommet inattendu et le dégoût des banquets son apogée. Alors, une kyrielle de camions ramènent les conteneurs vers les cargos, parés pour une nouvelle étape de gloire, de fortune et de connaissance, selon les aspirations de chacun.

Sur la passerelle du yacht, Agame s'exclame avec un enthousiasme touchant:

- Maintenant en route vers …
- Calypso! le coupe Theos.

10

Les vieux cargos aux couleurs ternies par le sel et les embruns au long de nombreuses traversées, chargés des conteneurs des décors, sont sortis les premiers et s'avancent vers la haute mer, éparpillés dans la rade derrière le Léviathan où voyage l'équipe technique. Le yacht Thália[6], transportant la Troupe, est un bâtiment déjà ancien mais d'une telle élégance qu'il crée inévitablement chez les spectateurs des rêves de longues croisières, au travers des océans, vers les îles des tropiques et les rivages des antipodes. Depuis les quais, de nombreux badauds admirent la longue coque bleue, la superstructure de bois sombre et les fins profilés de métal blanc de ce conquérant des mers lointaines.

Au moment de larguer les amarres, Theos s'étonne du grand nombre de femmes en cache-poussière massées sur le quai pour observer le départ de la flottille. A'na répond:
- Ce sont sûrement des ouvrières de la grande entreprise de blanchisserie installée au bout du quai, là où la longue enseigne lumineuse fait clignoter le nom "Nausicaa".

La ville de Phéacie s'estompe peu à peu dans la brume bleutée qui s'approprie bientôt l'ensemble du panorama. Dès le passage entre les phares vert et rouge marquant la sortie du port, Theos qui a observé le départ depuis le bastingage bâbord, se dirige vers la poupe. A'na rejoint Agame dans la plus grande des cabines de ce "vaisseau amiral", transformée en bureau. Après quelques heures consacrées à la planification de la tournée, ils sortent se détendre sur le pont. La proue et le côté tribord, exposés au vent du large, sont déserts. Sur l'autre bord, Achille et Sarah, les deux partenaires

---

[6] Thalie, Muse de la Comédie, fille de Zeus et de Mnémozyne, Déesse de la Mémoire

principaux de la prochaine pièce, répètent leur texte en compagnie de cinq autres comédiens, tous drapés dans les couvertures beiges des chaises longues, qui leur donnent des airs de tragédiens antiques. Plus loin, Régis fume sa grosse pipe d'écume en annotant le cahier de toile grise dans lequel il enregistre les multiples, et très souvent étonnantes, tâches dont il est chargé.

Theos est seul à la poupe qu'il n'a pas quittée depuis la sortie du port, jambes croisées sur une banquette de bois, immobile et appuyé bien droit contre la paroi. Au fil des jours et de ses contemplations, il se sent en sécurité sur ce yacht élégant qui le transporte ailleurs tandis qu'il y circule comme dans une maison. Les planchers patinés, les lambris brillants des cloisons vernies à l'extérieur, cirées à l'intérieur, les cuivres clairs ou fauves des hublots, bastingages, buses et rampes, le rassurent. La longue salle à manger d'acajou et le salon aux fauteuils de cuir brun sont paisibles. Son étroite cabine, pareille à une boite à bijoux, est fonctionnelle au plus haut point. Le cabinet de toilette et la douche sont si stylés qu'il se croit dans un luxueux wagon-lit de l'Orient-Express.

- Tu parais bien triste, lui dit Agame qui vient de le rejoindre en compagnie d'A'na.

- Méfie-toi des apparences, Ag'. Quelqu'un de seul n'est pas nécessairement triste. D'ailleurs, les plus grandes solitudes et tristesses sont habituellement cachées au cœur de la foule.

Pour interrompre cette tentative évidente de Theos d'échapper à la question concernant sa tristesse, A'na jette une question, comme une lame:

- Pourquoi voyages-tu, Theos?

- Après une longue absence, les lieux familiers paraissent étrangers. Je pensais donc que les longs voyages donnaient naissance à l'oubli.

- Que fuis-tu, Theos? insiste-t-elle.

- Je me trompais. Rien ne sert de s'éloigner d'un lieu car on en emporte la mémoire et celle des événements avec soi.

A'na hausse les sourcils de dépit devant cette nouvelle barrière hissée par Theos.

- Venez! Allons déjeuner, intervient Agame convaincu qu'ils n'obtiendront aucune révélation de la part de Theos. Ne faisons pas attendre les comédiens.

A leur arrivée dans la salle à manger, ceux-ci sont debout, impatients de s'attaquer au buffet richement fourni. Chargé d'une assiette copieusement remplie et d'un grand verre de rosé, Achille s'attable à côté de Theos qui ne s'est servi que de bar cru mariné.

- Hier soir, j'ai visionné la vidéo de notre représentation de "L'Opéra de Quat'Sous". déclare-t-il d'emblée. Vus depuis la salle, tes décors sont tout simplement fascinants. Grâce aux miroirs, tu es parvenu à tirer un impressionnant parti des dimensions extravagantes du plateau, en exploitant autant sa largeur que sa profondeur, pour créer un jeu complexe de perspectives. J'étais projeté dans le Berlin de la naissance du nazisme, peuplé exclusivement de mendiants en guenilles et de nazis en uniforme. Agame a bien compris cette puissance en engageant une masse inhabituelle de figurants. Cette construction scénique transpire la terreur et l'absurde par la multitude et par cette mendicité désespérée. J'ai eu l'impression que cette ville était déjà en ruines. Grandiose!

- Merci, répond humblement Theos. Je me suis inspiré des quartiers entourant les "Barbusquins" qui m'ont sinistrement impressionné à mon arrivée. J'ai créé ce dispositif de miroirs et de perspectives pour illustrer une sorte d'écho entre le public et la foule des figurants. Ceux-ci, costumés en mendiants, en étaient-ils réellement ou s'agissait-il seulement d'apparence? Dans quelle mesure étaient-ils différents des spectateurs?

- Que veux-tu dire? interroge Agame venu les rejoindre avec une grande assiette de fromage et un verre de vin rouge.

- C'est l'architecte qui te répond, pas un sociologue ni un philosophe. La majorité des gens qui viennent dans le théâtre pour cette pièce,

entrent par le Grand Hall car ils ont choisi d'être spectateurs. D'autres passent par l'Entrée des Artistes car ils se sont proposés comme figurants. Leur décision n'est pas une question d'argent car les places sont bon marché et les figurants à peine payés. Le public est "en tenue de ville" tandis que sur scène les figurants portent également des vêtements contemporains, mais en haillons. Le même groupe est séparé en deux, face à face, entre salle et scène. Vous me suivez?
- Jusque-là, ça va, ironise Achille.
- Imaginez que le rideau de scène soit remplacé par un miroir "sans tain à double face", ce qui n'existe très certainement pas. De part et d'autre, il renverrait les images mais, en même temps, il permettrait de voir de l'autre côté. Par ce montage de décors, j'ai tenté de créer l'illusion de ce phénomène afin d'obtenir une confusion entre les spectateurs et les acteurs.
        Agame semble perplexe:
- Dans quel but?
- Une œuvre d'art, cette pièce de Brecht en l'occurrence, peut être plus que l'expression d'une époque, elle peut être aussi une préfiguration de la suivante.
- Je suis d'accord, intervient Achille.
- De nombreux Berlinois de l'époque de la pièce se sont transformés en acteurs "jouant" une horde de barbares monstrueux qui ont ravagé l'Europe. D'autres sont devenus spectateurs, avec parmi eux des victimes. Ce sont ces dimensions sous-jacentes que j'ai tenté d'illustrer par ces décors…
        La double porte donnant sur le pont s'ouvre soudain, comme sous l'effet d'un vent de tempête. A'na, qui s'était éclipsée en début de repas à la réception d'un appel, bondit dans la salle, seul signe de sa tension, le visage calme et sérieux, comme à son habitude.
- Nous avons un gros problème!
        Le brouhaha cesse immédiatement et les gestes se figent. Ailleurs, probablement, plusieurs convives seraient restés indifférents et auraient poursuivi le repas et leurs conversations. Les

gens du spectacle sont peut-être différents. A'na s'assied entre Agame et Theos. Délaissant le repas, la Troupe se resserre autour d'eux.

- L'accès à "Calypso", comme dit Theos, nous est refusé! lance-t-elle. Alexandre Pâris fait valoir un contrat d'exclusivité pour son Théâtre des Trois Mondes, empêchant tout autre compagnie théâtrale d'y jouer.

- Ils ont pourtant signé avec nous ...

- Certes! Mais j'ai relu les clauses du contrat que vous avez accepté. Légèrement, oserais-je dire! Ils sont en droit d'annuler votre accord en échange d'une indemnité médiocre. Dans ce cas, nous serions en déroute. Ce contrat de longue durée est vital pour garantir le succès de la tournée. Sans lui, les coûts de l'ahurissant transport de la montagne de décors ne seront jamais couverts et conduiront à la faillite!

- Je suis donc mort, sanglote Agame. Une fois de plus.

- Laissez-moi m'occuper de cela, dit A'na avec fermeté.

- Et moi, demande timidement Theos, puis-je être utile?

En l'absence de réponse, il sort en silence. Côté cour ou côté jardin, bâbord ou tribord? Personne ne s'en souvient. A'na et Agame ont d'autres préoccupations. Telles sont les circonstances: il n'est plus question d'urbanisme, d'architecture ni de décor, ni même de tragédie, de drame, de comédie ou de vaudeville mais de business.

Pendant deux jours et demi, nuits comprises, plus personne ne voit A'na, sauf les stewards qui lui apportent des boissons et de légères collations. A aucun moment, l'un d'eux ne la surprend endormie ou montrant le moindre signe de faiblesse. C'est du moins ce qu'ils racontent après leur service. Lorsqu'ils entrent avec leurs plateaux dans la vaste cabine-bureau, ils la découvrent en conversation téléphonique, ce qui semble être le plus fréquent selon leurs récits, ou concentrée sur son ordinateur.

Durant les soixante heures non interrompues que dure cette situation, Agame ne parle pas, mange à peine et boit plus que de coutume, encore plus blafard qu'à l'annonce du départ d'Elena pour son monstrueux concurrent. Cette fois, il a la certitude d'avoir définitivement perdu Elena et de se perdre lui-même, engloutissant dans ce désastre l'héritage de ses ancêtres. Il vit en état d'apnée, ne survivant que par l'espoir que l'étonnante A'na, enfermée dans le bureau, le sauve de cette tempête.

La Troupe parle à peine et presque en chuchotant. D'un coup, ces comédiens n'ont plus rien à dire parce qu'ils craignent que le moindre bruit ne dérange la seule personne du bateau en mesure de sauver du naufrage leur convoi, maintenant à l'ancre, et leur Compagnie, aux abois.

De son côté, Theos ne change pas ses habitudes. Lorsqu'il n'est pas dans sa cabine ni dans la salle à manger, il reste immobile sur un des ponts, le regard fixe, face à l'océan où seuls les mouvements du soleil, de la lune et des nuages changent les horizons. Personne ne peut en conclure s'il observe l'eau ou le ciel ni s'il est seulement là, paralysé par une force ou un souvenir qui le domine. Et personne n'a l'audace de lui en poser la question.

Avant la moitié de la soixante-et-unième heure, tandis que les derniers attardés, dont Theos et Agame, donnent du temps à ce qu'ils ont déclaré être leur dernier verre de cognac, A'na pousse la porte du salon. Sa démarche est lente et convenue, sous l'effet de la solennité ou d'une grande fatigue maîtrisée. Son visage est pâle et ses yeux impénétrables. La douche et le séchage ont dû être rapides ainsi que le révèlent la luisance de sa magnifique chevelure blonde et les fragrances de savon que le parfum de muguet dont elle s'est aspergée laisse perceptibles. L'effet du cognac n'est peut-être pas étranger à l'impression générale qu'une déesse, mystérieuse et puissante, se présente à eux.

- Cap sur "Calypso"! lance-t-elle d'une voix ferme, en souriant à Theos, sans y joindre d'effet cependant, comme s'il s'agissait d'une évidence. Nous y sommes attendus dans dix-huit jours. La météo est bonne. La traversée sera agréable.

- A'na! s'exclame Agame.
- Y jouerons-nous? crie Achille.
- Oui! Des mois, répond-elle, et dans plusieurs salles.
- Comment as-tu obtenu cela? Tu es donc une magicienne, murmure Theos.
- Je vous expliquerai demain matin. Maintenant, permettez-moi d'aller me reposer.

En sortant, elle se retient au bras de Theos. Cette fois, le regard impénétrable de celui-ci ne se fixe pas sur une quelconque ligne d'horizon mais, avec étonnement, sur cette fine main, élégante et gracieuse, qu'il imagine d'une fée, posée sur son bras.

Le lendemain, l'équipe au complet est matinale autour de la table du petit-déjeuner afin de ne manquer aucune explication d'A'na. Dès son arrivée, les questions fusent.

- Comment as-tu résolu cela? C'est extraordinaire.
- Extraordinaire! Quel mot extravagant. J'ai simplement travaillé, sans compter, pendant des heures. Discuter, négocier, écouter, argumenter, jouer aussi avec les argumentations des autres: voici la recette. En outre, j'ai utilisé les services du cabinet international d'avocats Leu & Co dont l'efficacité fut déterminante. En une phrase, je vous résume ce qui peut tenir en des centaines de pages. Des vices de forme, une erreur de procédure et, par chance pour nous, de sérieux soupçons de collusion avec de hauts fonctionnaires, nous permettaient un dépôt de plainte. Cela a suffi à bloquer la tentative de Pâris. Pour être tout à fait complète et honnête, je vous avoue avoir appelé mon père qui m'a volontiers aidée. Un de ses proches collaborateurs, Marc Hermès, Directeur à l'Unesco, séduit par le caractère novateur de notre tournée, ainsi que par la démesure de notre stock de décors, nous a apporté son concours.

Dix-huit jours tranquilles plus tard, le convoi s'amarre dans une darse proche des salles de spectacle. Enthousiaste, l'équipe se prépare à briller à chaque lever de rideau. Agame, avec l'allure bougonne qui convient si bien à son imposant corps voûté et avec le style préoccupé de celui qui résout des questions fondamentales, passe les journées à prendre des notes dans divers carnets dont il est fort probable que certains, victimes de son étonnant système de classement, ne réapparaîtront que des mois plus tard. Pêle mêle, il y accumule des indications de mise en scène, des renseignements glanés ci et là sur le voyage d'Olys et des répliques de sa pièce. De l'air détaché de celle qui ne traite que des problèmes déjà résolus, et très heureuse de son autonomie, A'na organise avec minutie les innombrables détails de l'étape. Régis, qui imite maintenant à la perfection le comportement détaché de Theos, apporte avec une efficacité qui est source de mystère pour ce dernier, une réponse quasi immédiate aux exigences continues, et souvent farfelues de la régie. Les comédiens, soudain indifférents à ce qui les entoure, révisent leurs textes et s'échangent leurs répliques.

Pendant ce temps, irrésistiblement attiré par la ville, Theos se lance à sa découverte, laissant Régis gérer seul le débarquement et le transport des conteneurs.

Spontanément, Agame lui annonce:
- Tu verras: une cité dense, complexe, passionnante.
- A l'évidence, il n'y est jamais venu et n'en a rien lu, pense Theos dès son premier jour d'exploration. Ses pauvres qualificatifs sont bien banals en comparaison avec ce que je découvre.

Les structures urbaines traditionnelles sont étalées sur le relief comme une couverture, épousant le dessin des vallées, des collines ou des pentes montagneuses. Par contre, Calypso est inscrite dans un volume! A l'intérieur de celui-ci, les étages ne sont pas horizontaux mais se mélangent dans une structure complexe que Theos a des difficultés à comprendre. Quelques caractéristiques lui sautent cependant immédiatement aux yeux: le réseau des transports est totalement séparé de celui des piétons. Le premier se situe au niveau des garages et des caves des habitations tandis que le deuxième donne accès à leur premier étage. A aucun endroit, ils ne se confondent, se mêlant exclusivement par des jeux séparés de passerelles, galeries, viaducs et ponts. Après deux heures de marche, Theos est perdu. Aucun repère ne lui permet de retrouver son chemin. Dans une librairie, il demande un plan de la ville. La jeune dame lui répond gentiment, quoique en le regardant avec surprise:

- Un plan, Monsieur! Mais nous n'avons pas de plan. Comment voulez-vous? Il faudrait un cube! Imaginez-vous déambuler avec une grosse boite dans les bras? conclut-elle en riant. Mais je vais vous aider. Où voulez-vous aller?

- Vers le port. Les salles de spectacle...

- Oh! C'est facile. Par cet escalier, montez au parc du troisième étage. Vous n'aurez qu'à vous diriger vers le rivage que vous apercevrez à gauche.

- Montez au parc! pense Theos. Jamais entendu cela!

Ici aussi, des jardins prolongent les terrasses et balcons des habitations. Des squares arborés et fleuris agrémentent les carrefours. Des parcs et esplanades attirent les promeneurs. Cependant, le végétal s'étale à tous les niveaux et autrement: jardins suspendus au-dessus des voies routières, canopée luxuriante sur les bâtiments fonctionnels, nombreuses plantations verticales, accrochées aux façades et aux murs où jaillissent des touffes de plantes et d'herbes étranges.

Au bout d'un temps, cette confusion trouble l'esprit! Pour déceler le sens du plan, sans l'aide du fil à plomb ou d'une bulle dans l'huile, il faut observer l'eau qui coule. Si elle ruisselle, tranquille, entre les buissons, les bosquets et les massifs de fleurs, le jardin est alors de ceux qui sont familiers. Par contre, si l'eau s'écoule en chute, ajoutant, pour s'amuser, des chants cristallins et des ondes de tambour, le jardin est vertical. C'est l'eau, par sa course, qui ramène la vision au juste plan, ainsi que la boussole met de l'ordre dans les directions.

Agame passe la tête par la porte entrebâillée de la cabine de Theos. Crispé par l'évanescence des idées qui lui traversent l'esprit, ce dernier griffonne des schémas de décors.

- Viens vite, Theos. Mack va m'appeler dans quelques minutes. Nous pourrons discuter tous les trois en mode téléconférence.

Malgré des traces de fatigue, leur ami apparaît à l'écran, souriant et espiègle.

- Mack, ne viendrais-tu pas nous rejoindre, ne fût-ce que peu de jours? Cela te ferait le plus grand bien.

- Ce serait avec joie, mon cher Agame, mais je n'ai pas le temps. Les projets d'urbanisation qui me sont confiés m'accaparent. Ajoutes-y le temps que je consacre à la rénovation de ton théâtre et les pauvres heures qui me restent pour poursuivre mes recherches concernant Olys et tu comprendras que je suis condamné au rôle de sédentaire urbain, bien éloigné de votre nomadisme artistique.

- Dommage pour nous. Mais, si tu penses que tel est ton destin, nous devrons attendre la fin de notre périple pour avoir le bonheur de te revoir.

- Je vous le souhaite long et aventureux, cher Theos. Entretemps, laissez-moi vous donner quelques informations concernant nos relations communes et la rénovation des ruines des "Barbusquins".

A ce qualificatif, Agame sursaute mais l'espiègle Mack poursuit, sans relever le résultat de sa provocation facile. En quelques minutes, il dresse un résumé enthousiaste des progrès de la rénovation.

- Péné élabore un magnifique projet de décoration de la salle, des foyers et du grand hall. En parallèle, elle développe une ligne de vêtements de mode que distribuent plusieurs boutiques célèbres de la "ville basse". Elle s'impatiente de votre retour, prête à concevoir de nouveaux costumes pour les pièces futures.

- Et les autres? se hasarde timidement Agame.

- Ces dernières semaines, je n'ai plus vu Ménélas qui m'a laissé les pleins pouvoirs pour gérer la rénovation et la gestion de son financement. Cependant, nous nous parlons fréquemment par téléphone. Il se consacre à ses activités écossaises et à rejoindre Elena le plus souvent possible dans son théâtre de l'autre bout du monde.

- Elena …, la voix d'Agame est quasi inaudible.

- Elena? Elle va très bien, m'a-t-il indiqué. Rien ne lui va mieux que la célébrité. La réputation du Théâtre des Trois Mondes lui en apporte beaucoup.

- Et les autres, demande Theos afin de détourner la conversation.

- Elodie poursuit l'aménagement de Malpertuis. Vous vous souvenez des multiples diodes électroluminescentes? Elle persévère dans cette idée par un nombre incroyable de lampes supplémentaires et de grands panneaux de verre électrochrome dont les couleurs varient au fil de la journée, des saisons et de la lumière extérieure. Le résultat est absolument saisissant. Les loyers qu'elle demande aussi! Sauf pour moi, heureusement, car elle me fait l'amitié de ne pas augmenter le mien. De son côté, Aymé lui amène de nouveaux hôtes si bien que les chambres et appartements sont occupés en permanence. Mais, dis-moi, Agame, découvres-tu de nouveaux renseignements sur Olys?

- Pendant de longues années, il a séjourné ici. Quelques documents l'attestent. Je viens de recevoir la confirmation de plusieurs experts: la structure actuelle de la ville serait la conséquence de l'urbanisation initiale qu'il entreprit. A ce stade de mes recherches et contacts, je ne peux guère t'en dire plus.

Theos intervient:

- Je ne connais pas son rôle dans la création initiale de cette cité. Le résultat, aujourd'hui, est ahurissant: un ensemble de réseaux urbains entremêlés! Ce sont deux villes, ou même plus, qui occupent le même espace, en restant cependant tout à fait distinctes.

- Que veux-tu dire? s'étonne Mack.

- Au début, j'ai cru découvrir une structure urbaine étonnante déployée sur plusieurs niveaux. Je me trompais. Il en existe plusieurs, bien séparées, occupant le même espace. Aucune communication directe n'existe entre elles. Pour accéder à l'une, il faut rejoindre ses accès extérieurs en sortant de l'autre jusqu'à la campagne avoisinante, que ce soit à pied ou par un quelconque moyen de transport.

- Peux-tu être plus précis? demande Agame.

- Les habitants résident dans le même volume de l'espace mais ne peuvent jamais se rencontrer sauf à accomplir le voyage "par l'extérieur", comme s'ils se rendaient dans un lieu éloigné. J'ai compris que dans certains cas, le trajet peut prendre plusieurs heures pour rejoindre un quartier "de l'autre ville", qui se situe, pour une souris, à moins de dix mètres.

- Enfin, Theos, un tel ensemble urbain ne peut pas exister!

- Peut-être que la ville de pierre, de béton, de verre, de bois, de métal, de bitume n'est pas comme cela. Mais je peux vous assurer que ses habitants y vivent ainsi que je la décris!

Cette conclusion provoque un silence étonné chez Mack et Agame qui mettent fin peu après à la conversation.

Inspiré par ses visions lors des déambulements dans Calypso, Theos poursuit sa réflexion au sujet des décors.

- Agame, je te propose de déployer une imposante structure scénique, constituée de plusieurs plateaux, des cubes empilés côte à côte et sur plusieurs étages, dans lesquels les acteurs joueront. Ils se déplaceront de l'un à l'autre par des passages, tels des raccourcis au cœur des villes emmêlées, métaphore des liens cachés entre les personnages et entre des événements enfouis de leur vie.

- L'ampleur du stock que nous transportons te pousse à des conceptions extravagantes!

- Exact. J'ai la possibilité de répéter les mêmes décors dans plusieurs de ces cubes. Ainsi, les acteurs joueront une scène dans des décors identiques mais chacun isolé dans un cube différent.

Après de longues discussions, Agame accepte d'adapter les mises en scène à cette idée inattendue:

- Tout bien réfléchi, Theos, cela convient parfaitement à ce que je veux mettre en évidence des drames réalistes que sont "Une maison de poupée" d'Henrik Ibsen et "La Mouette" d'Anton Tchékhov. J'imagine déjà le personnage d'Elena … pardon de Nina…

- Lapsus révélateur. Était-ce ta raison de choisir cette pièce? le coupe Theos.

Agame hausse les épaules et poursuit:

- Au-delà du réalisme de ces drames, cette construction permettra de rendre encore plus clair le caractère inéluctable de leurs conclusions, inscrites dans le passé et les failles des personnages. Une telle structure novatrice conviendrait admirablement pour le "Peer Gynt" d'Ibsen. J'ai la vision folle de chaque scène se répétant en mime tandis que les suivantes sont récitées à leur tour … Mais serait-ce encore vraiment du théâtre?

- Avec la musique d'Edvard Grieg jouée par un orchestre, non pas dans la fosse mais le plus haut possible dans les cintres, se hasarde Theos.

- Du théâtre, de l'opéra, du cinéma? poursuit Agame, perdu dans ses pensées.

- Quel pathos, mon vieux, s'exprimerait dans un tel film!

- Ah! Si l'on n'avait pas inventé le violon, le cinéma ne serait pas ce qu'il est!

- Romantisme, quand tu nous tiens! Peux-tu imaginer un Peer Gynt contemporain sur le mode des réseaux sociaux, avec les ampleurs sonores des violons ou des percussions …

- … on serait loin du fonctionnement silencieux des neurones

- Du théâtre finalement, si on le décide et si l'on y met les formes.

- Tu as certainement raison. A condition que les formes ne soient ni figées, ni exclusives.
- C'est vrai, chaque nouvelle pièce devrait provoquer une bataille d'Hernani.
- Hélas, les passions ne sont plus ce qu'elles étaient!
- Bon! Revenons à notre sujet car nous ne pouvons pas ajouter "Peer Gynt" à notre programme déjà chargé. Comment mettre en œuvre une approche comparable pour traduire l'enfermement des personnages dans le processus romantique contraignant de l'"Hernani" de Victor Hugo ou du "Faust II" de Goethe?

Sage décision que ces montages et mises en scène! Le succès est immédiat et ininterrompu durant les sept mois de leur contrat à Calypso. L'enthousiasme du public entraîne celui des organisateurs qui proposent à la Compagnie un contrat de très longue durée, assorti de plantureux bénéfices.
- Je refuse cette forme de succès, répond Agame à A'na, venue lui transmettre la généreuse proposition. Ce n'est pas en restant ici, malgré cette offre magnifique, que j'accèderai au futur. Et puis, je refuse que la routine s'installe, même si le mot "routine" a, dans toute compagnie artistique, et dans cette Troupe-ci en particulier, un sens très différent de celui des dictionnaires. Je dois poursuivre mes quêtes: trouver les traces d'Olys, reconquérir Elena, retourner dans mon théâtre rénové. Et réaliser mon projet d'auteur.

Theos connait l'impatience et l'ambition de son ami. Il sait qu'avant même que son œuvre ne soit écrite, Agame s'illusionne de prix littéraires, convaincu pourtant de leur caractère éphémère, car les plus grandes œuvres sont passées à la postérité sans la reconnaissance médiatique d'une poignée de critiques.
- Tandis que tu rêves de gloire, de grandeur et d'immortalité, moi je ne pense pas à l'avenir, et à peine au présent. Je sais que toutes les œuvres seront détruites, à une inéluctable échéance, proche ou lointaine selon la qualité de l'œuvre ou la chance, selon les lois ou les

hasards de l'espace-temps. Ma seule raison d'être est d'oublier le passé en parcourant le monde et en comprenant les villes.

- Je n'ai d'autres choix que de créer, en prenant même le risque d'aligner des âneries car je ne rédige pas des essais: je monte des pièces et je tente d'en écrire qui ne l'ont pas encore été. Car à quoi servirait-il de réécrire ce qui l'a déjà été par de plus grands maîtres que moi? C'est l'histoire qui jugera.

- Depuis la salle, le public s'enthousiasme. Sur scène, Achille aspire aux acclamations et à la célébrité tandis que, ailleurs, Elena vit sa passion de gloire immédiate, sans projet de postérité. Toi, Agame, tu as des rêves de splendeur. Pour la majorité des spectateurs, le théâtre est une salle dans laquelle ils assistent à des représentations. Pour une minorité, les acteurs, c'est sur la scène qu'ils expriment leurs talents. Mais pour nous, Agame, ce sont les coulisses. Toi et moi sommes des hommes d'au-delà du lointain. Pour nous, le bonheur y est plus grand que dans la salle ou sur la scène. Les créateurs vivent dans les coulisses!

- Tu as raison: seul compte l'acte créateur! Maintenant, je suis impatient de reprendre la route pour créer mon œuvre.

- ... et pour te rapprocher d'Elena?

Troisième page du cahier d'Atrée

Ce soir, ils m'ont enfin donné le crayon que j'implorais depuis ce matin. Ils ne comprenaient pas pourquoi c'était si important pour moi. Ils ont tant à faire, ils sont si peu nombreux, me disent-ils. Je ne suis pas le seul ici, me répète hargneusement l'un d'eux. Leurs explications sont bien longues, bien plus longues que le temps qu'il faut pour apporter un crayon. Mais je l'ai enfin.

Carole! Pourquoi, ces jours-là, le souvenir soudain de ma *fête de l'adolescence* m'est-il revenu à l'esprit avec une incroyable précision? Peut-être parce qu'à la maison on parlait beaucoup de la tienne qui devait avoir lieu quelques semaines plus tard.

Cette réminiscence était intense et n'avait besoin d'aucune photo pour revivre. Les images des lieux, des événements et des émotions étaient intacts. Je me revoyais, transporté hors du quotidien, sublimé par cette démarche vers la générosité, dans un élan, qui nous dépassait tous à cet instant, vers ce qu'on appelait l'amour universel. Nous étions tous beaux, sans la moindre exception, non pas de nos costumes mais des sourires qui nous illuminaient, imprégnés de l'amour et de l'affection de ceux qui nous entouraient et de la conscience de notre accueil dans le monde des adultes.

Mais cela n'a rien empêché. Pourquoi?

11

Agame a l'air perdu dans la grande cabine-bureau qu'il partage avec A'na et dans laquelle elle impose ordre et propreté. Grâce aux méthodes simples et efficaces de "sa directrice administrative", il découvre la relative facilité d'exécution des multiples tâches de gestion et de planification. L'ambiance "bloc chirurgical" qui y règne, le paralyse cependant. Discrètement, il installe un petit bureau privé dans un réduit attenant à sa cabine personnelle. En moins d'une semaine, celui-ci se transforme en une reproduction miniature de la région napolitaine lors des longues grèves mafieuses des immondices.

A'na, qui s'en est rendu compte, en plaisante avec Theos tandis que la flottille s'éloigne de Calypso et qu'ils se retrouvent les premiers dans la salle à manger pour le lunch:

- Ce n'est que dans un chaos de matières confuses qu'il parvient à créer!

- Chacun ses méthodes! répond Theos avec sérieux.

- Tu es bien sombre, Theos! Quel drame portes-tu donc en toi pour ne même pas parvenir à sourire de ma banale plaisanterie. Je ne voudrais pas paraître insistante mais je reste convaincue du mieux-vivre que t'apporterait un partage de ta souffrance. Son expression du moins.

- Je connais ce discours. Tu as probablement raison. Mon problème, cependant, n'est pas là.

- Que veux-tu dire?

- Parler, me décharger, me libérer, comme tous le disent, consiste à devoir raconter mon histoire, donc à la revivre! Tous mes pas, ces derniers mois, furent de la fuir!

- Malgré ce que tu viens d'affirmer, tu devrais me raconter ce qui te dévore et t'emporte, sans espoir apparent, dans une incompréhensible fuite effrénée.

- Plus tard. Plus tard, peut-être.

- Je souhaite t'aider, Theos, ne l'oublie jamais. J'aimerais effacer la tristesse qui s'impose sur ton visage! Elle est pire que le plâtre d'un masque de tragédien grec et m'empêche de connaître le vrai Theos. Tu sais bien ce qu'a dit Léonard de Vinci: "passé quarante ans, un homme est responsable de son visage".

- Il est vrai, répond-il, que le visage reflète la personnalité et les sentiments. Pourtant, il peut n'être aussi qu'apparence. Les acteurs le savent bien qui, outre le leur, doivent composer devant le public ceux de leurs personnages. Mais jusqu'où va la scène pour eux? Certains ne la quittent jamais, même en dehors du théâtre.

- Ainsi que d'autres, qui ne sont pas acteurs mais doivent s'inventer le seul endroit dans lequel il leur est possible de vivre?

- Quand j'ai découvert la chapelle des Barbusquins gorgée de décors, toutes mes pensées et tous mes gestes intuitifs ont spontanément visé à me les approprier dans ce but.

- Tu ne parles que d'apparences! réagit A'na. Toujours d'apparences. En es-tu prisonnier? Agame, lui, en est un fabricant puisqu'il est directeur de théâtre. Mais toi, tu es architecte!

- Je l'ai été. Et ce fut aussi une illusion. Je croyais construire des immeubles à l'image de leurs futurs occupants, en projetant leurs rêves et leurs idéaux. Hélas, je n'ai construit que des objets, au sein desquels la vie de hasard, souvent de malheurs ou de destins tristes, poursuivait son déroulement. Mes créations n'étaient que banales, sans la moindre influence sur les événements ni sur les gens. Déjà ainsi, je ne réalisais que des décors, rarement pour des comédies ou des sagas glorieuses, mais surtout pour des pièces tragiques.

Après un silence, il poursuit:

- Puis, d'un coup, plus rien n'a correspondu à rien, ni les costumes, ni les acteurs, ni le public. Il n'est resté que moi-même, face à une réalité d'horreur que seuls les premiers tragédiens des origines ont pu concevoir, lorsque les dieux multiples se mélangeaient encore aux humains.

A'na le laisse à ses pensées. Theos se revoit débarquant du train, protégé par ses luxueux vêtements, parcourant les vieilles venelles tortueuses envahies de mendiants et bordées de hautes et sinistres demeures, privées de lumières et de vie, jusqu'à la terrifiante bâtisse de Malpertuis. Que s'est-il passé depuis? Son arrivée au marché. Les rencontres de Mack et d'Agame. La découverte de la "ville basse". Ses inlassables explorations des décors dans les dédales de l'entrepôt. Ce voyage, qui devient initiatique, avec une flottille de navires, une Troupe de comédiens et la tendre A'na.

Par tout cela, il a changé. Sa tenue l'atteste. L'habitude est maintenant prise: il a définitivement renoncé à ses habits classiques. Finis les blazers, cravates, pochettes, vestons croisés, … Sur le bateau, il porte pantalon et veste de toile marine, chemise de coton, écharpe de lin, ainsi que bonnet de marin par grand vent, temps de froid ou de pluie. Au long de la tournée, dans les stocks temporaires de décors, sur les multiples scènes lors du montage de ceux-ci, dans les coulisses lors des répétitions, il ne trahit jamais son style: pantalon de velours, pull à col roulé, veste en toile de voile, en ajoutant parfois écharpe et chapeau lorsqu'il parcourt les cités.

Achille qui, "à la ville", se sape comme un audacieux kinois, grâce à l'assistance des habilleuses, se permet une plaisanterie:
- Il croit que c'est l'uniforme obligatoire.

A'na répond d'un air courroucé que seul compte le cheminement de Theos:
- Ne sois pas moqueur. Il se déplace dans les cercles des enfers, tâtonnant pour trouver la sortie. Son paradis serait de trouver l'accès au purgatoire. Au fond, le paradis n'est peut-être rien d'autre, pour lui, que de savoir qu'il n'y a pas que l'enfer.

Deux jours plus tard, Theos et Agame sont installés dans la cabine-bureau du Thália. Le Directeur est furieux:
- As-tu observé que les crises ne nous assaillent que lorsque nous voyageons, tandis qu'en ville, nous sommes en paix?

- Probablement parce que les multiples ennuis que nous subissons pendant nos séjours terrestres passent inaperçus au milieu de la cascade de contraintes à gérer pendant les préparations, les répétitions et les représentations. Le calme apparent du voyage donne un espace disproportionné aux difficultés, qui dès lors te paraissent démesurées

- A'na n'aurait quand même pas dû parler des bons résultats financiers en présentant à la Troupe tous ces graphiques et chiffres!

- Secret de polichinelle! Le succès du séjour à Calypso sautait aux yeux de tous: salle comble à chaque représentation, articles de journaux dithyrambiques, honneurs officiels à notre départ. Comment oserais-tu imaginer que les comédiens n'aient pas compris que ta Compagnie a gagné beaucoup d'argent pendant ces mois? A'na a seulement montré avec des graphiques ce qu'ils savaient déjà.

- Peu importe cette explication. Le problème maintenant est que les comédiens me demandent une prime!

- Leur contribution à ce succès est indéniable.

- Certes! Mais tu ne connais pas les prétentions d'Achille, ni celles de Sarah qui se prend maintenant pour Elena.

- Suis le conseil d'A'na. Ils n'en seront que meilleurs et plus fidèles. D'autant, selon son explication, que ces augmentations et primes ne grèveront qu'une part minime des plantureux bénéfices accumulés.

- Mais j'ai une rénovation à financer …

- Allons! Une véritable fortune a été rassemblée grâce à Ménélas et ses initiatives audacieuses.

- A part les subsides, certes importants, je devrai rembourser tout le reste! Ne l'oublie pas.

- Bah! Un vrai créateur ne peut pas être riche! Sinon tu n'aurais que des conneries à raconter.

- Tu ne comprends pas, Theos. J'ai la trouille, tout simplement! Je ne rêve que de littérature et de mise en scène. Toutes ces agressions économiques me stressent et me paralysent.

A'na, revenue discrètement quelques secondes plus tôt, entend la fin de leur dialogue et les interrompt abruptement:

- Les soucis ne se limitent pas qu'à ce petit ajustement financier. Le chef mécanicien, assez agressif, je dois le dire, vient de m'annoncer que l'équipe technique qui navigue sur le cargo Léviathan, se met en grève.

- Quoi! hurle Agame. De quel droit?

- Bon! réplique A'na avec une pointe d'énervement dans la voix, nous n'allons pas débattre du droit de grève. La question est de connaître leurs revendications.

- Que veulent-ils?

- Je ne sais pas. Il ne m'a rien laissé deviner. Il exige seulement une rencontre pour nous communiquer leurs doléances. Entretemps, ils bloquent la passerelle du Léviathan qui est maintenant à l'ancre.

- J'ai une stratégie, s'exclame Agame, soudain illuminé par une idée. Je donne satisfaction aux comédiens. Ils seront dès lors de notre côté. Nous poursuivons notre route avec ce yacht-ci et tous les autres bateaux dont les équipages ne font pas partie de la Troupe et ne sont pas concernés par ce conflit. Dans dix jours, nous serons à Hélios et nous recruterons une nouvelle équipe technique.

- C'est du théâtre ça, rétorque A'na, pas de la gestion de ressources humaines.

- En outre, c'est impossible, ajoute Régis. Tout l'équipement technique son et lumière est sur leur cargo, tous les costumes également ainsi que les accessoires. On ne va quand même pas présenter du Marivaux, du Beaumarchais et du Goldoni en jeans et en polo à la lueur de bougies. Et sans musique!

- Commençons par essayer d'y voir clair. Je le rappelle et je leur propose de les rencontrer sur leur navire. La vedette du yacht m'y déposera, conclut-elle.

- Tu prends de sérieux risques, remarque Theos. La mer est agitée: tu vas être secouée.

Dix jours! Par temps calme ou mer houleuse, A'na entreprend de nombreuses traversées entre yacht et cargo, tandis que le chef mécanicien, accompagné d'un technicien et d'une habilleuse, fait de même, dans l'autre sens, mais seulement par mer d'huile et temps clair. Pendant dix journées et neuf nuits, des négociations sans résultat durent des heures, habituellement jusqu'au lever du soleil, comme si une règle idiote obligeait de finir à cette heure-là plutôt que d'y commencer.

Pendant la dixième nuit, soudain, tout se résout lorsque Agame, néanmoins au bord de l'apoplexie, cède sur une ridicule augmentation des salaires, limitée à un pourcent virgule quinze!

Que s'est-il passé? Une sorte de "coup de théâtre du III° acte"! La démonstration du talent d'A'na et de sa parfaite maîtrise du style théâtral!

- Certains membres de l'équipe technique, deux couturières entre autres, ne sont pas convaincus, ni par la nécessité, ni par l'opportunité de ce mouvement, explique-t-elle à Agame et Theos en début de matinée. J'ai pu m'entretenir discrètement avec l'une d'elles. Elle m'a chuchoté avoir perçu, la première fois par hasard et les deux suivantes par curiosité et ruse, des conversations téléphoniques du chef mécanicien. Selon elle, les motivations de ce dernier ne sont pas syndicales. Quelqu'un l'influence, et le paie certainement, pour bloquer notre progression.

- Alexandre Pâris! hurle Agame.

- Afin de camoufler son agression, il est très probable que ce soit lui qui exploite le climat social orageux qui sévit dans la ville où nous nous rendons. N'oublions pas qu'il est homme de théâtre lui aussi.

- Mais je vais le jeter dehors sur le champ, ce chef mec... rugit Agame.

- Plus tard, plus tard, le coupe A'na. Nous avons besoin de preuves de cette trahison. Entretemps, nous n'avons pas le choix: c'est avec lui que nous devons parlementer, en veillant à ne jamais laisser apparaître nos soupçons. Cela va être dur pour toi, Agame!

A partir de ce moment, A'na prend les affaires en mains, et pas n'importe lesquelles: en mains de maître! Plus tard, Agame racontera, en riant aux éclats, qu'elle joua, quasi mot à mot, des scènes de "Arlequin valet de deux maîtres" de Goldoni. Il exagéra, bien sûr. Un peu.

Passons les détails. Cette dixième nuit, trois conclusions s'imposent. D'abord, grâce à de subtils piratages de portables et d'enregistrements de conversations, exécutés par la couturière sur instruction d'A'na, le chef mécanicien est piégé et définitivement décrédibilisé devant la Troupe. Agame qui n'attendait que ce moment, le licencie, mais non pas sur le champ car, à notre époque, cela ne se pratique plus en pleine mer. Ensuite, l'équipe technique baisse pavillon et est heureuse d'accepter la dérisoire augmentation. Enfin, Agame décide de monter cette pièce de Goldoni dès leur arrivée, dans une mise en scène audacieuse, déclare-t-il, qui ne pourra que leur assurer plus de succès et de notoriété.

Leur arrivée? Leur succès? Leur notoriété? Parlons-en! A cause d'une grève des dockers qui bloquent le port, leur arrivée est retardée de sept jours, entraînant l'annulation de plusieurs représentations. A peine débarqués, le conflit social se généralise à l'ensemble d'Hélios et tourne au blocage systématique. Des activistes empêchent toute circulation et tout accès aux lieux de travail et de loisirs.

A cause de cette ambiance violente, Theos est de nouveau assailli férocement par ses démons. Pour y échapper, il circule dans la ville. En raison de cette anarchie, ses parcours sont aléatoires et ses regards discontinus. Il est forcé d'arpenter les mêmes quartiers, passant souvent de l'un à l'autre par des chemins inhabituels, et de ne parvenir jamais à accéder à d'autres. La perception qu'il en retire est étonnante ainsi que les récits qu'il en fait à Agame et A'na le démontrent:

- Cette cité est inattendue! Quasi circulaire, elle étend son diamètre de plus de dix kilomètres dans une vaste lagune la cernant. Sa forme de cône tronqué et évidé, rempli en son cœur d'un immense lac d'eau douce, résulte de sa construction progressive dans une gigantesque caldeira. Au fil des siècles, les parois de cet ancien volcan furent creusées et ciselées, presque en dentelles au sommet de sa couronne. Aujourd'hui, elles sont entièrement couvertes de plusieurs quartiers superposés. Au niveau le plus bas, de larges avenues encombrées l'entourent. Côté lagune, elles sillonnent entre les quais, les usines, les entrepôts, les ateliers et les marchés populaires. Plusieurs tunnels traversent la montagne, donnant accès aux beaux boulevards qui entourent le lac, bordés sur la rive, de plages, de pontons et de ports de plaisance, tandis que, contre la paroi, se succèdent restaurants, magasins et salles de spectacles. Dans les étages supérieurs, des entrelacs de rues étroites traversent les quartiers densément occupés d'immeubles de logement. La longue crête est sillonnée de passages et de ruelles tortueuses entre des villas. A chaque niveau, des canaux s'entrecroisent avec les voies de circulation et les vastes places tandis qu'au sommet, des jardins luxuriants et des parcs à l'allure sauvage sont parcourus de levadas. De bas en haut, la ville est décorée de massifs d'arbustes et de fleurs. Dans les quartiers luxueux, des habitations de bois dominent la canopée. Depuis celle-ci, des cascades de végétation colorée dévalent jusqu'au niveau de l'eau. Ce qu'on nomme " centre-ville" dans les autres cités, n'est pas en son milieu mais en dessous, au niveau de l'eau. Le "centre" et la "périphérie" communiquent ainsi partout entre eux. Circuler de l'un à l'autre se résume à changer d'étage.
- Je n'ai jamais rien vu de comparable, s'étonne Agame.
- C'est peut-être une question de regard, répond Theos.

Pendant la durée de leur séjour, des grèves et des manifestations se succèdent, provoquant une atmosphère permanente de chaos, parfois même de quasi insurrection. La Troupe perd ainsi des journées précieuses et prépare les spectacles dans la précipitation. La population, au bord de la crise de nerf, fréquente à peine les lieux de spectacle. Habitués depuis des mois aux ovations de salles combles, perturbés par la désorganisation et par les lieux mis à leur disposition, les comédiens jouent sans enthousiasme devant un public épars.

Pour la première pièce, la salle de spectacle se situe en bordure du lac, sous le niveau de l'eau. Elle est protégée par d'épaisses vitres non occultées. Représenter "Le Jeu de l'amour et du hasard" de Marivaux, entourés de poissons attirés par la lumière, a un effet catastrophique sur la concentration des acteurs. Au fil des jours, ceux-ci se rendent à l'évidence que les rares spectateurs se passionnent plus pour la faune marine que pour leurs talents.

Avec soulagement, ils terminent cette partie du programme. Pour "Le Mariage de Figaro" de Beaumarchais puis son "Barbier de Séville", le premier accompagné d'extraits de l'opéra "Les Noces de Figaro" de Mozart et le deuxième d'airs célèbres de l'opéra-bouffe de Rossini, la Troupe se déplace dans une nouvelle salle qui s'étend au sommet des crêtes. Hélas, elle est entourée de baies vitrées dont le système d'opacification est défaillant. Les vues sont vertigineuses. Des funambules se plairaient ici, pas des comédiens. Leur piètre interprétation est émaillée en outre d'incidents techniques en tous genres.

- Le chef mécanicien était un traître mais il connaissait son métier, se lamente Régis.

- Ah! Si Péné était là, pleurent les couturières et habilleuses, totalement dépassées par la confusion et l'impréparation.

Les spectateurs sont rares et peu intéressés.

Enfin, dans un théâtre, de pur style classique, au bord de la lagune, ils terminent par "Arlequin valet de deux maîtres" de Goldoni, que ni les perspectives rococo du Campo Sant'Angelo de Venise, laborieusement élaborées par Theos, et la reconstitution du Ca' Pesaro sur le Canalazzo, ni la musique de Vivaldi, ne peuvent sauver du désastre. Avec le recul, chacun admet, à l'exception d'Agame, que la mise en scène très audacieuse voulue par celui-ci, explique l'échec de la pièce.

Comme si cela ne suffisait pas, les comédiens, d'une part, et l'équipe technique, d'autre part, fêtent à plusieurs reprises les augmentations arrachées à Agame, tant et si bien que les représentations suivantes sont si mal interprétées et éraillées de tous les ennuis imaginables sur un plateau de théâtre, qu'à plusieurs reprises, le rare public, furieux, se met à meugler en plein spectacle. La colère d'Agame est homérique et sa reprise en mains, digne des plus terribles tyrans de l'histoire antique.

Bien fait, vite fait, ils s'enfuient de là. De "là" car, d'un accord spontané et tacite, le nom de ce lieu ne sera plus jamais mentionné et deviendra une étape effacée des souvenirs. Heureusement, les journalistes sont en grève et aucun article ne met leur réputation en danger.

Pourtant, Hélios aurait dû les inspirer. Mais Theos est sans inspiration et Agame est si préoccupé qu'il ne parvient plus à se concentrer.
- Et tes recherches concernant Olys? lui demande A'na.
- Olys?
- Olys!
- Ah oui! Où avais-je la tête. Tu sais, il s'en passe des choses et je suis un peu débordé.
- Mack sera déçu.
- Ce n'est pas trop grave car il a trouvé des indices de son passage à notre prochaine étape.

La désorganisation permanente, la ville paralysée et envahie de manifestants agressifs, la population stressée et furieuse d'être privée de sa liberté, les mises en scène bâclées, les perturbations techniques, les mauvais jeux des acteurs et, surtout, l'impossibilité d'amener depuis les bateaux les décors prévus et la contrainte de devoir les remplacer par des montages bricolés, sont trop de facteurs qui empêchent le succès et la notoriété. En ce lieu et en ce temps, la comédie ne convient pas. Comme quoi, jouer celle-ci n'exclut pas les drames.

Par-delà le lointain

12

Pour les acteurs, sur le yacht Thália, autant que pour l'équipe technique, sur le cargo Léviathan, ce départ est une délivrance.

- Nous avons échappé aux manœuvres de ce monstre d'Alexandre Pâris et aux tempêtes sociales dont il a tiré parti. Cela m'aura coûté une augmentation salariale et le pire souvenir de ma carrière de directeur de Troupe.

- Sois assuré qu'il n'abandonnera pas et qu'il prépare certainement de nouvelles attaques, probablement plus subtiles. Restons vigilants. Sur le plan artistique, cette étape fut effectivement un désastre à effacer définitivement de notre mémoire, mais tu es parvenu à reprendre l'équipe si bien en mains qu'elle mettra toute son énergie à reconquérir le succès et la gloire. Quant aux augmentations salariales qui te brisent le cœur, elles ont été minimales et presque dérisoires en comparaison des plantureuses recettes réalisées à Phéacie et à Calypso. Même dans Hélios que nous voulons oublier, nous nous en sortons fort bien sur le plan financier car nous avions signé des contrats forfaitaires avec diverses administrations et organisations. Ce sont elles qui ont perdu beaucoup d'argent suite à la défection du public. Je ressens d'ailleurs une profonde honte que notre débâcle s'accompagne d'un bénéfice considérable.

- Nous ne sommes pas faits pour la comédie, conclut sentencieusement Theos.

- A Circépolis, les choses vont se remettre dans l'ordre, déclare Theos.

- Il est temps de nous consacrer aux grands Classiques, décide Agame. Profitons des quelques jours de navigation pour mettre au point le programme et préparer les répétitions, les décors et les mises en scène.

- La période classique! Bonne idée, approuve Theos. Nous avons en stock de quoi monter des décors somptueux qui ébahiront le public et les critiques.
- Unités de temps, de lieu et d'action! Voilà ce qui fera le plus grand bien à la Troupe, approuve A'na.
- Donc, Molière, Racine et Corneille, s'enthousiasme Agame. Depuis des années, je rêve de monter "Horace" ...

Soudain, Theos devient livide et bondit:
- "Horace"? Jamais!

A'na sursaute et l'observe longuement en silence, avec son impressionnant regard sérieux et attentif, comme si elle tentait de percer le terrible secret à l'origine de cette violente réaction. Agame écarquille les yeux de surprise:
- Bon, reprenons cette discussion demain avec les comédiens. Je proposerai les titres à ce moment. D'accord, pas Horace. D'accord, Theos! ajoute-t-il d'un air encore étonné mais avec une évidente affection dans la voix.

Cette réaction étrange met fin à leur conversation et chacun s'éloigne vers sa cabine ou sur l'un des ponts baigné d'un doux soleil et d'une légère brise.

A'na ne pensait pas si bien dire en annonçant de prochaines attaques de Pâris. L'approche est détournée, presque subtile. Dans un premier temps, Agame reçoit un appel téléphonique d'un grand cabinet d'affaires de Manhattan. Une avocate charmante et courtoise, avec un délicat accent bostonien, l'interroge sur son éventuel intérêt de revendre sa Compagnie théâtrale. Le succès de la tournée, la couverture médiatique du spectaculaire périple avec son armada et son incroyable stock de décors, ouvrent des perspectives auprès de plusieurs investisseurs des plus sérieux, explique-t-elle.
- Tiens! Mon ennemi Pâris a changé de méthode, ironise-t-il intérieurement.

Plusieurs appels se succèdent ensuite durant la traversée, aimables, charmeurs même. Sur le conseil d'A'na, Agame reste impassible, poli mais distant, sans néanmoins fermer aucune porte à la discussion.

- S'il croit que je vais céder à des chants de sirène aussi grossiers, il se trompe.

- Une tactique aussi élaborée ne lui correspond pas, commente A'na. Il prend des risques: voici qui est intéressant. Attendons mais restons sur nos gardes car nous voici prévenus.

Ils ne parlent plus de cela pendant la traversée. A l'évidence pour Theos cependant, qui l'observe de plus en souvent et intensément, A'na ne met pas ce sujet de côté et s'active encore plus qu'à son habitude sur son portable et son ordinateur.

Un impressionnant panorama se construit peu à peu devant eux, au rythme lent de leur navigation. A droite et à gauche, la côte se structure en un jeu continu de carrés et de rectangles entremêlés et étalés depuis le bord de l'eau ,tandis que, devant eux, une large pointe de terre s'avance dans la mer, hérissée d'une multitude de hauts pics. Sous l'effet du soleil qui les rend brillants comme de l'ambre et de l'héliodore, ceux-ci se révèlent des gratte-ciel vertigineux et serrés. Arrivés à proximité des quais ininterrompus qui les longent, les passagers des bateaux ont l'impression de naviguer sur de minuscules embarcations tellement elles paraissent dérisoires sous la dense profusion de ces tours.

A l'approche de cette armada médiatisée, une foule s'est massée devant le ponton où le Léviathan s'amarre, suivi des autres cargos et du Thália en dernier, provoquant l'énervement d'Achille et de Sarah qui se plaignent:

- Ce transport de décors prend plus d'importance que nous et que les pièces que nous jouons.

- Vous avez tort de penser cela, corrige Régis. Ils forment un écrin qui attire l'attention du public et des médias tout au long de la tournée et dans lequel votre jeu de comédiens se sublime de pièce en pièce.

Theos et Agame se tiennent à l'écart et contemplent sans parler cette ville immense qui les absorbe. Lorsqu'A'na les rejoint, ce dernier explique:

- Mack a insisté pour que nous passions par ici car plusieurs conclusions de ses recherches y rendent le passage d'Olys fort probable. Selon lui, ce cœur urbain d'une étonnante modernité a été construit sur une ville plus ancienne systématiquement détruite. Par erreur politique ou urbanistique, dans les deux cas, une de plus!

- Allons! dit-elle. Regarde ce qui s'entasse devant nous: le centre de la ville est entièrement nouveau et résolument moderne!

- Cette modernité n'est-elle pas qu'une apparence? Rien ne vieillit plus vite que le moderne.

- S'il existait quelque chose auparavant, des axes auraient été inévitablement conservés durant cette hypothétique reconstruction. Non par respect, ni par volonté de maintenir la mémoire, mais seulement pour des raisons logistiques: il fallait bien que les camions accèdent aux chantiers! Ce sont de telles traces, subsistant par pure contingence, qui pourraient révéler les origines anciennes. Ces indices d'une structure initiale, indécelables à première vue, seraient ineffaçables. L'histoire d'un lieu est profondément et définitivement inscrite en lui. Elle ne peut disparaitre qu'à la seule condition qu'il soit entièrement détruit, jusqu'à plusieurs mètres de profondeur, ou qu'il ait été recouvert d'une si épaisse couche de cendre ou de boue qu'il serait caché à tout jamais.

- Pour ma part, il me semble évident que cette ville est nouvelle et qu'elle fut érigée dans une plaine côtière dépourvue de toute construction ancienne.

- Tu as peut-être raison. De toute façon, la résilience est impossible en urbanisme. Aucun lieu ne redeviendra jamais ce qu'il a été, intervient Theos, pas plus qu'un être humain après une immense souffrance. Une destruction profonde, même si les failles en sont indécelables, est plus puissante que les forces inscrites aux tréfonds de la nature, et elle est irréversible.

- Tu parles de toi? demande A'na.

Theos répond. Pas avec des mots, cependant. Il se tourne en silence vers cette femme magnifique dont la présence et l'attention l'apaisent. Après plusieurs secondes, il pose une main sur son épaule, légère et rapide, pareil à un vol de papillon.

- Accompagne-moi dans le cimetière qui occupe l'île devant nous. On raconte qu'il est remarquable par son nombre de tombeaux célèbres et propice à la méditation.

D'abord, ils déambulent sans parler entre les tombes et les mausolées. Theos, les mains enfoncées dans les poches avance lentement, tête baissée et l'air lugubre.

- Tes silences, Theos, désespèrent ceux qui t'entourent et t'estiment ainsi que ceux qui t'aiment et tentent de te deviner derrière ton masque et tes déguisements. Bien entendu, tu as le droit de ne rien dévoiler. En aucun cas, la curiosité ne m'anime. Mon affection pour toi me convainc que parler de ton passé te serait d'un grand secours.

- Tu sais, A'na, j'ai bien changé depuis ma descente du train et beaucoup plus encore depuis le début de notre croisière. Naviguer, découvrir autrement les villes, monter des décors audacieux, ... T'écouter, te parler, marcher près de toi ...

- Tu portes des vêtements comme d'autres des armures. Tu vis dans des décors. Tu vois les villes que nous traversons comme jamais personne ne les a observées.

- En fuyant, j'ai abandonné mon passé de fausses évidences, puis le hasard m'a conduit dans les mystères urbains et dans les miracles du théâtre. Cela a modifié ma vision. Comédie, tragédie? Rire, pleurer. Je pleure sur moi, je ris des autres alors que je devrais rire de ce que je suis et pleurer des drames des autres. Aide-moi, A'na, car je ne sais plus dans quels décors jouer ma vie. J'ignore même s'il existe encore un plateau où m'installer, sans décors, sans lumière, sans spectateur, sans un quelconque personnage autre que mon ombre. Les personnes les plus importantes de mon existence ont définitivement disparu, ne me laissant que leurs échos qui me sont horreur et douleur. Je ne pourrai les retrouver que dans les enfers mais ceux-ci n'existent que dans les métaphores du théâtre. Quand ma vie a viré à la tragédie, j'ai perdu le sens du rire, ainsi que celui de l'ironie qui serait pourtant ma seule chance de salut.

- Et la tendresse?

Theos se fige et contemple A'na.

- Excuse-moi, dit-il, j'ai tout oublié. J'ai perdu la conscience du réel car c'était ma seule option, et je poursuis ma fuite avec cette armada de bateaux, dans des costumes, des décors, des apparences.

Elle ne répond rien, lui laissant le temps de choisir ses paroles.

- A cet instant-ci, A'na, je vais te dire une phrase, rien qu'une. Je connais tes regards, je soupçonne l'intelligence et la tendresse qui t'animent: je sais que tu comprendras qu'il est bien trop tôt pour que je sois capable de me raconter et aussi trop tôt pour me poser des questions. Ce que j'ai connu est pire que la déchéance de la vieillesse ou la lente destruction imposée par une maladie incurable.

A'na ne bouge plus. Ses yeux, tournés vers le sol, ne clignent plus. Elle ne veut être qu'écoute. Theos déglutit deux fois, il regarde autour de lui puis fixe son regard sur la ligne d'horizon.

- J'avais une famille … une famille heureuse mais aujourd'hui mes trois enfants sont morts … oui, … morts, et ma femme est devenue folle.

A'na se lève lentement, comme une voile au retour d'une légère brise. Elle pose une main furtive sur son épaule et un léger baiser sur sa tempe avant de s'éloigner en silence. Séparément, ils retournent vers le Thália, amarré près de la grande salle de spectacle.

Dans la salle à manger, Agame, entouré de l'équipe, expose ses idées de programme pour cette nouvelle étape de la tournée.

- Après réflexion, dit-il en regardant Theos qui vient d'entrer, j'ai renoncé à "Horace" et à "Britannicus". Je propose donc "Le Cid" et aussi "L'Illusion Comique" car je souhaite mettre en évidence les liens avec la Commedia dell'Arte et mettre celle-ci à l'honneur.

- Je serai magnifique en Rodrigo Diaz de Vivar, le grand Cid Campeador. Honneur et gloire! s'écrie Achille

- Ensuite, nous jouerons "Andromaque" de Racine. J'ai hésité avec "Phèdre" car son délire passionnel me fascine.

- Dommage! intervient Sarah. Bien que je déteste l'idée d'un amour qui n'est pas partagé, j'aurais tant aimé jouer Phèdre.

- Plus tard, mon petit cœur, plus tard, répond Agame qui s'adresse ensuite à Régis:

- Nous terminerons par le "Don Juan" de Molière. En introduction et entre les actes, tu feras passer des extraits du Don Giovanni de Mozart dont le livret de Da Ponte est tiré de cette pièce.

- Avec de la musique! Encore! s'exclame celui-ci. Espérons que cela nous porte chance, cette fois-ci…

- Silence! clament-ils en chœur. On ne parle plus de cela!

Ni "Horace", ni "Britannicus". Quel rapport, se demande A'na, avec les paroles de Theos au cimetière? Pensant à leur conversation, A'na s'interroge si c'est parce que "Horace", vainqueur héroïque des Curiace, tua sa propre sœur, fiancée d'un de ces derniers, qu'il s'est opposé avec une telle violence à l'idée de monter cette pièce? Inconsciemment, Agame a-t-il perçu le secret de Theos pour qu'il renonce également à mettre en scène le personnage de Britannicus, tué par son demi-frère Néron?

- Je voudrais monter ces pièces dans une mise en scène qui illustre l'ambiance de l'époque, déclare Agame. Je pense qu'en extérieur …

- Aïe! le coupe Theos. En extérieur, je devine que tu rêves des jardins de Versailles ou de l'Alcazar de Séville. Mais nous en sommes loin!

- Pourtant, nous pourrions tenter …

- Je sais combien il est à la mode de monter des spectacles dans des ruines spectaculaires, châteaux renommés et abbayes en ruine, ou dans des jardins célèbres. Cela attire le grand public. En particulier, les invités des sociétés commerciales sponsors, et qui sont majoritaires en ces occasions. Ces derniers sont aisément reconnaissables par quelques signes: l'affichette "VIP" en évidence sur le pare-brise de leur voiture; le généreux pourboire qu'ils donnent aux étudiants, très polis compte-tenu de leur important besoin d'argent de poche, qui les guident vers des parkings improvisés dans les prairies avoisinantes transformées en champs de boue par les averses qui se produisent toujours durant ce genre de représentations; leurs tenues élégantes mais leurs souliers crottés; leurs commentaires enthousiastes avant et après le spectacle mais leur profond ennui durant celui-ci; leurs remuements sur leur siège inconfortable attestant de leur impatience de se précipiter vers les buffets et les bars aux champagnes et vins dont les noms sont connus à défaut d'être prestigieux. Le pire est le lendemain des représentations. Les châteaux, abbayes et jardins retrouvent leur dignité mais les prairies, profondément labourées par les pneus des voitures restent impropres, pendant des semaines, à l'alimentation caprine ou bovine, selon la région. Tes affaires ne vont pas si mal pour que tu sois obligé de jouer dans d'aussi pitoyables conditions.

Régis qui écoute cela à distance et avec délectation, lance de sa grosse bouffarde chargée de tabac de Virginie des nuages de fumée capables de déclencher une guerre indienne. Sarah roucoule de plaisir et Achille pense que cet architecte fait mieux de s'occuper des décors que de monter sur scène où il pourrait lui porter ombrage.

- Non, Agame! Moi, je ne monte des décors que sur scène!
- Que proposes-tu? enchaîne un Agame ronchon.
- J'ai inspecté attentivement les salles de spectacles. Une des scènes est beaucoup plus vaste qu'à l'ordinaire. J'y installerai une salle de spectacle en miniature, visible de trois quarts arrière qui sera remplie de figurants en costumes d'époque, devant un plateau de théâtre sur

lequel vous jouerez les pièces. Sur ce dernier, les décors seront symétriques, s'ouvrant sur des perspectives de jardins au tracé rigoureux. Par cette disposition, nous mettrons en évidence le contexte historique et ainsi la distance par rapport à notre époque actuelle.

- Ça me plait! s'exclame Achille sous le regard courroucé d'Agame.

En les quittant, Theos s'imagine pouvoir entamer la première phase de son projet. Quelle naïveté de sa part de croire que les coups de théâtre n'éclatent que sur scène. Sans concertation préalable, souhaitant attirer un public encore plus nombreux, les gestionnaires municipaux de Circépolis invitent le "Cirque Enchanteur", la plus grande ménagerie d'espèces sauvages domestiquées, en même temps que la Troupe d'Agame. En dernière minute, ils modifient les attributions des salles, entraînant une incroyable confusion. La tension entre les deux Compagnies tourne au paroxysme. Les réunions entre les deux directeurs et ces fonctionnaires dépassés par les effets de leur incompétence, tournent en véritables disputes, durant lesquelles ils se traitent de tous les noms:

- Drogué! Vous n'êtes qu'un porc!

Et bon nombre d'autres. Seule l'habilité négociatrice d'A'na permet de mettre fin au conflit et d'obtenir une répartition des salles qui permet à Theos de réaliser ses grands décors de reconstitution d'un théâtre classique. Ce n'est guère aisé et, en aparté avec ce dernier, elle ne cache pas son agacement:

- Une dispute entre un Cirque et un Théâtre! Où allons-nous? Sommes-nous revenus à l'époque romaine?

Heureusement, cette énergie gaspillée pour rien n'a pas de conséquence sur le public ni sur la qualité des représentations. Par contre, Agame ne se prive pas d'une nouvelle colère:

- Bon sang! Nous mettre en concurrence avec un cirque! Un cirque où les acteurs sont des animaux! Ni texte, ni mise en scène, ni décors! Vous rendez-vous compte? En outre, ces bêtes sont des esclaves, scandaleusement arrachés à leurs terres! La seule raison pour laquelle ces animaux sont encore en vie ne résulte pas d'un quelconque respect de la nature ni d'un minimum d'affection de la part de ce clown de Directeur de Cirque. C'est parce qu'aujourd'hui les bêtes sauvages en vie rapportent plus d'argent que mises à mort! Si ce n'était pas le cas, il n'hésiterait pas un instant à les mettre à mort, alors que ces espèces risquent de disparaître!

D'un vaste geste circulaire, il les prend tous à témoin:

- Les jeux du cirque de l'époque romaine ont provoqué un véritable séisme pour les animaux sauvages d'Afrique et d'Asie Mineure. Heureusement qu'à l'époque l'Asie du Sud-Est était trop lointaine et que l'Amérique n'avait pas encore été découverte. Ils en auraient massacré la faune. Ce ne fut qu'un répit, me diriez-vous! C'est exact! Les envahisseurs européens, lors du génocide des indiens, ont massacré une grande partie des troupeaux de bisons.

Theos l'observe avec attention.

- Bientôt hommes, femmes et enfants ont rejoint ces animaux dans l'arène. Monstruosité! Hélas, la fin des jeux du cirque n'a correspondu en rien à une quelconque compassion ni à une élévation de l'éthique. L'humain démontre en permanence sa capacité de créer de terribles jeux morbides: Allemagne nazie, Cambodge des Khmers rouges, Rwanda, Bosnie, barbares islamistes et bien d'autres...

Il assène un violent coup sur la table et, sans reprendre son souffle, poursuit:

- Et si j'en montais, moi, de tels spectacles, par exemple des corridas d'un nouveau genre? Imaginez des centaines de taureaux immobiles, prêts à foncer. Cette fois, ils ne seraient pas des dessins sur les décors ni des accessoires magnifiques de bois sombre, d'acier et de fer forgé. Puissants dans l'instant qui précède le mouvement, leur peau noire d'obsidienne étincellerait sous la lumière, leurs flancs frémiraient au rythme du souffle vaporeux qui s'échapperait de leurs museaux, leurs yeux rouges palpiteraient. Au milieu d'eux, au cœur de l'arène, le public, composé exclusivement de fonctionnaires, serait debout, impatient du spectacle. D'un coup: rumeur, fureur, horreur! De tout le cercle, les bêtes s'élanceraient en même temps. Saignant en des glouglous réguliers, très rubis et un peu fumants, le public martyre agoniserait sur le sable blanc dérisoire qui absorberait le sang de moins en moins abondant et de plus en plus brunâtre au sol.

Il se tait, plus longtemps que simplement pour reprendre son souffle, puis déclare solennellement:

- Mais, ça, ce n'est que du cirque, du jeu, de la fête barbare, de la performance grandiose! Nous, par contre, au théâtre, nous n'avons pas d'esclaves et nous ne provoquons jamais de destruction. Nos personnages sont indestructibles, renouvelables à l'infini, renaissant à chaque représentation. Les drames et les tragédies sont dans nos textes. Voilà l'art! Et nous, nous sommes des dieux!

- Des idées intéressantes se présentent à toi. Il est temps que tu remettes à écrire, suggère Theos.

Agame sursaute et, convaincu qu'il se moque de lui, le toise d'un air furieux avant de se rendre compte du sérieux de ces paroles.

Dès la résolution du conflit entre le Théâtre, le Cirque et l'Administration, Theos, une fois de plus, a une idée de génie en vue d'exploiter les dimensions impressionnantes des halls et foyers jouxtant les salles mises à leur disposition.

- Grâce à notre stock de décors, parfaitement rangé et facilement accessible aux quais voisins, je vais reconstituer dans ces lieux des terrasses et des jardins "à la française" et des salons classiques. Dès leur arrivée, les spectateurs seront plongés dans cette ambiance. Les seuls détails qui ne seront pas d'époque seront l'habillement contemporain du public et les sodas caloriques servis aux bars.

- Génial! s'exclame Agame. Cette installation est parfaite pour attirer les foules. Ainsi, nous ferons salle comble pour toutes les représentations. Nous vendrons un billet spécial de visite, donnant accès à cette reconstitution.

- Le Théâtre se confond avec la Cité, pense Theos.

Comme quoi le théâtre classique peut avoir des effets sur le monde contemporain … et futur car cette idée ne restera pas sans conséquence sur les prochains événements.

- Ah! Business, business! chuchote A'na en souriant.

Après les premières représentations, rassuré que ses montages ne souffrent d'aucun défaut, Theos entame une exploration de Circépolis. Des semaines durant, il y déambule, au hasard d'abord puis dans une quête acharnée pour la comprendre.

Longtemps, le centre urbain envahi de hautes tours serrées sur un réseau de rues étroites en damier, le tient prisonnier dans son anormalité, car ici les hauteurs des immeubles ont la longueur des avenues d'ailleurs et les rues l'étroitesse des maisonnettes qui bordent celles-ci. En outre, la densité de véhicules, de passants, de magasins, de lumières, trouble son sens de l'orientation.

- Pourquoi n'utilises-tu pas un plan? lui demande A'na lorsqu'il lui raconte ses parcours.

La réaction de Theos est immédiate:

- Un plan sert à circuler dans une ville. Certainement pas à la comprendre!

Après plusieurs jours, plus par chance que grâce à ses recherche, il accède aux faubourgs, bien qu'il mette du temps avant de s'en rendre compte tant l'activité y est intense. Une multitude de chantiers de gratte-ciel en rend l'agitation encore plus paroxystique que dans le cœur de la cité. A croire qu'une guerre de domination s'y déroule entre banlieue et centre historique, une nouvelle invasion barbare en quelque sorte, au moyen de gigatonnes de béton. Les panneaux de protection qui enserrent ces nombreuses constructions, réduisent les artères et les transforment en labyrinthe. Pour échapper à cette oppression, Theos cherche de larges avenues, des esplanades, des parcs.

Rapidement, l'évidence s'impose: à part le port et la route côtière qui en constituent les seuls accès, cette cité est fermée sur elle-même. En périphérie, les rues sont courbes et ramènent systématiquement vers l'intérieur. Un jour cependant, il accède par hasard à un réseau dense de ruelles serpentant entre les blocs d'habitations les plus excentrés.

Dès son retour, il s'empresse de raconter son expérience à A'na:

- Au bout d'une banale venelle, à l'entrée de laquelle il était impossible de deviner vers quoi elle conduisait, je me suis trouvé au bord d'une lande s'étendant à perte de vue dans toutes les directions, formant ainsi une demi-couronne démesurée entourant la mégalopole de part et d'autre jusqu'à la mer. Comment l'expliquer? A-t-elle été vidée pour en extraire les matériaux nécessaires pour construire la ville? Par honte de la modernisation excessive et du gigantisme de leur cité, les habitants ont-ils décidé de ne plus l'étendre au niveau du sol et la développent-ils en hauteur?

- Cette surface est-elle inoccupée? s'étonne A'na.

- Aucune habitation, aucun véhicule, aucun être humain! En l'absence de vent les feuillages de garigues, les herbes sèches et la surface de l'eau sont immobiles. D'un coup, j'ai été saisi de panique. J'avais l'impression d'être sourd. Jamais, je n'avais connu un tel silence. Puis, j'ai perçu au loin le pépillement d'un oiseau. D'un tout petit oiseau ou un chant très éloigné? Est-ce ce signal dans cette quiétude qui m'a permis de déceler ce qui sinon me serait resté invisible?

Il tend le bras comme s'il était encore face à ce paysage.

- Au Sud de cette lande, une vaste étendue de sable s'étale jusqu'à l'horizon tandis qu'à l'Est, une immense zone forestière dense ferme le panorama. Savane sans fin, désert infranchissable et jungle impénétrable! Je n'ai pu qu'effleurer ces inconnus. En quelques endroits, des bombements de terrain, des alignements insolites, des lignes étonnement régulières ont attiré mon regard. Seraient-ce des signes des indispensables villes oubliées?

- Que veux-tu dire?

- Ici ou ailleurs, dans des lieux inaccessibles, sous des dunes de sable, invisibles dans le foisonnement végétal de la jungle, sous la glace, sous d'épaisses couches de cendres, sur des sommets loin de la curiosité des hommes, au fond des mers, dans les palimpsestes mystérieux à découvrir en nos structures modernes, se cachent des cités perdues au-delà des seuils du souvenir. Elles sont topographie de la mémoire, appel de découvertes, atlas pour l'imaginaire. Peu importe leur nombre mais que serions-nous sans elles car nos cités de béton, verre, acier, bois et pierre ne peuvent nous suffire? Seules ont réapparu Machu Pichu, Angkor, Thèbes, Méroé, Babylone, … Les plus essentielles sont celles qui resteront introuvables, pour toujours espérons-le, afin que subsiste le mystère!

- Tu as réellement vu ce que tu me décris?

- Les villes sont multiples, plus riches par leurs résonnances et leurs évocations que par leurs apparences. N'oublie pas qu'elles sont peuplées par des humains qui se souviennent et qui rêvent. Moi, je ne me pose plus la question de savoir si mes visions résultent de mon sens de la vue ou de mes émotions.

- Un sixième sens? Celui de la sensibilité ou de l'imagination!

- Pourquoi pas? Il peut t'apprendre beaucoup sur la réalité, à condition d'être poète ou attentif.

- Raconte ce que tu vois à Mack.

- Il n'est pas de semaine où je ne lui parle ou écrive, selon les disponibilités. Je peux t'affirmer qu'il participe de près à notre voyage grâce au récit régulier que je lui en fais.

- Je ne te connaissais pas si bavard, répond-elle en souriant.

- Quand il ne s'agit pas de moi, je peux être très loquace.

La prospection de Theos s'est arrêtée là car la fin de leur séjour à Circépolis l'oblige à superviser les démontages et les embarquements. A'na se rend à l'évidence: la proposition de Theos d'étendre les décors au-delà des limites de la scène était excellente et son exploitation par Agame brillante. Leur réputation et le compte en banque de la compagnie atteignent de nouveaux sommets. "Le Cirque Enchanteur" n'est pas parvenu à s'imposer à eux ni à leur nuire. Les personnages l'ont emporté contre les animaux!

Pour quitter le port, Agame a lui aussi un trait de génie. Précédant la flottille des cargos qui quittent un à un le quai, le Thália s'avance lentement tirant un cerf-volant géant auquel des drones discrets à ses angles, assurent une montée et un vol majestueux, dignes des grands condors des Andes. De nombreux médias s'emparent de cette mise en scène et la diffusion est si large que leur arrivée à Télépyle, selon le vocabulaire cartographique de Theos, après une courte navigation, sera certainement triomphale.

13

Après six jours de navigation, tandis que les vaisseaux accèdent à très faible allure à la rade, accoudé au bastingage de la passerelle de proue, Theos interpelle l'équipe qui l'entoure:
- Observez bien Télépyle qui s'étale dans ce large golfe au bord de l'océan. Par habitude, vous pensez certainement accoster dans un lieu ordinaire. Or vous vous trouvez devant une cité lacustre nomade.
- Pardon?
- Ne vous laissez pas tromper par son foisonnement de lumière. Les constructions sont recouvertes de lampes multicolores qui leur donnent des couleurs harmonieuses et voilent leurs différences. Ainsi, au fil des heures et des ambiances souhaitées, les quartiers changent de teintes et d'aspect. A l'arrivée de la nuit, lorsque le ciel est chargé d'épais nuages, ces effets de lumière peuvent simuler des couchers de soleil. Ces mirages lumineux artificiels sont destinés à maîtriser votre vision afin de vous convaincre de la magnificence de cette cité et surtout de son unité.

Autour de lui, tous restent muets, intrigués par ces paroles et fascinés par le spectacle d'un crépuscule parme et rose alors que le ciel est uniformément d'un gris de plomb
- Par contre, si comme moi, vous refusez l'image qu'on tente d'imposer et vous recherchez les perspectives qui dessinent des quartiers, vous constaterez qu'ils sont dissemblables sur tous les plans: architectures, modes de vie, richesses et aussi allures des habitants. Cette structure urbaine est totalement modulaire.
- Modulaire? s'étonne Régis.
- Absolument. Elle est composée de multiples îlots urbains. Contrairement à Venise, ils ne reposent pas sur des troncs d'arbres serrés, plantés dans le sol de la lagune. Ils sont bâtis sur de gigantesques barges, aujourd'hui associées les unes aux autres mais pouvant à tout moment se séparer et s'éloigner. C'est pour cacher

cette grande variété et cette fragilité de l'ensemble citadin, que cette illusion lumineuse d'unité a acquis ici ce degré de nécessité.

- Je n'ai jamais entendu parler d'une telle structure urbaine!

- Connaissez-vous les îles Uros qui flottent sur le lac Titicaca? Leurs habitants actuels, les Aymaras, les composent par l'empilement continu de totora, sorte de roseaux avec lesquels ils alimentent leurs feux et construisent leurs maisons ainsi que leurs bateaux et. Lorsqu'ils souhaitaient déplacer leur île familiale, les anciens Uros, aujourd'hui disparus, n'avaient qu'à rompre les amarres qui la maintenaient et qu'à ramer. En cas de conflit familial ou de voisinage, il leur suffisait, à l'aide de longs couteaux, de découper l'île en deux parties qu'ils pouvaient alors éloigner l'une de l'autre, pour aller s'établir où bon leur semblait. Ayez cette image en tête en observant Télépyle. Bien que sa structure unique et forte en apparence veuille donner l'illusion d'une ville, son assemblage ponctuel et éphémère est prêt à se disloquer. Vous croyez voir une résidence de sédentaires, ce n'est qu'un rassemblement de nomades.

- A nouveau, Theos, tu décèles des caractéristiques que personne ne distingue, conclut A'na. Tu n'es plus architecte mais tu ne deviendras jamais urbaniste car ton hypersensibilité te permet plus de ressentir les passions et tensions des habitants que de distinguer les structures des murs et des artères.

- Ce que j'en ai appris, moi, par Mack et grâce à mes lectures, est plus trivial, intervient Agame. Cette ville concentre un nombre étonnant de sièges des plus grosses multinationales du secteur des télécommunications, actives tant dans les réseaux que dans les composants techniques et les logiciels. Pour réussir ici, paraît-il, les cadres, ingénieurs et employés doivent se consacrer sans compter à leur entreprise et être sans pitié avec leurs concurrents, leurs fournisseurs et même avec leurs propres collègues, au risque d'être éliminés.

- Voilà pourquoi les quais sont quasi vides et que notre entrée au port passe inaperçue, observe avec déception Régis qui s'est habitué aux arrivées glorieuses. Suite à notre départ sous l'immense cerf-volant, je m'attendais à plus de curiosité ici. Tant pis, je vais superviser le déchargement.

A peine accostés, les grues et ponts roulants débarquent plusieurs conteneurs du Léviathan et des cargos: ceux de la Régie qui contiennent les accessoires et le bureau-atelier de Régis, ceux des costumes, celui de l'atelier des couturières, ceux des équipements "son et lumière" et enfin celui pompeusement appelé "de l'administration". De lourds camions enchaînent des allers-retours vers le centre culturel proche dont la grande salle leur a été attribuée. Les conteneurs, qui serviront d'extension aux coulisses, sont disposés dans la vaste cour intérieure selon un plan développé par Theos. Cette manœuvre se règle comme du papier à musique au point que seul Régis s'en occupe avec autorité et une telle fierté qu'il en paraît grandi et grossi de quelques centimètres. Pendant ce temps, Agame poursuit la conversation:

- Ici, nous ne sommes pas au paradis des artistes!

- Pourquoi donc avoir planifié une escale ici? s'étonne Theos. Est-ce Mack qui l'a demandé afin de poursuivre les recherches sur son obsédant Olys?

- Bien sûr! Mais ici, à son sujet, nous faisons peut-être fausse route. Si, comme tu l'as décrite, cette cité est vraiment instable, elle ne peut être l'œuvre de ce grand homme…

- Qui sait? Ce grand inconnu n'est pas nécessairement celui que Mack veut qu'il soit.

- Cette étape, reprend Agame sans relever la remarque acerbe de Theos, nous a aussi été recommandée à Circépolis, ainsi que tu nommes cette étape, sur l'argument que les sociétés commerciales et la municipalité sont très opulentes grâce aux affaires prospères. Maintenant, je me rends compte que nous avons mal décidé. Peu importe qu'ici les gens soient riches s'ils n'aiment guère les arts ou, s'ils les aiment, qu'ils n'ont pas le temps d'en profiter.

- Ne t'inquiète pas pour les aspects financiers, Agame. Ici, nous bénéficions de plantureux sponsorings, précise A'na.
- Bon, jouons un Tirso de Molina, "L'abuseur de Séville et le convive de pierre", par exemple, et tirons-nous d'ici ...
- Tout le siècle d'or espagnol en une seule pièce! s'insurge Achille. C'est un peu court!
- Ecoute, je ne bâtis pas une encyclopédie du théâtre occidental, moi! Je gère une tournée qui doit être profitable afin de financer mon nouveau théâtre dans lequel nous jouerons tout ce que tu veux.
- J'en prends bonne note!
- Attends! C'est une façon de parler. Dis, Theos, à quels décors penses-tu?
- Si tu me parlais d'abord de cette pièce …
- Un canevas devenu célèbre dans la suite: Don Juan Tenori, un débauché sans scrupule en quête d'assouvissement sexuel, séduit les femmes puis les abandonne, jusqu'à l'instant de sa terrible punition. Après beaucoup de reprises, le thème fut intégré dans la Commedia dell'Arte puis Molière en fit son Don Juan, grand séducteur libertin, rebelle à l'autorité et à la religion. Je mettrai en évidence le style Renaissance, dans l'ambiance particulière de Séville en y mêlant les styles chrétiens, arabes et juifs de l'ancienne Andalousie ainsi que cette relation avec le Don Juan de Molière et la Commedia dell'Arte. Tout cela, simple et de bon goût. Qu'en pense Monsieur l'Architecte?
- Tu me parles des décors et pas de la pièce. Si c'est toi qui décides, Monsieur l'Archidirecteur…
- OK! Je te donnerai le texte à lire et tu décideras!

Ainsi conclu, ainsi exécuté. Leur séjour ne dure que quelques semaines car, dans cette ville d'assemblage opportunistique, les habitants sont contraints de tant travailler afin de ne pas être supplantés par leurs collègues qu'ils n'ont plus de temps pour les loisirs et la culture. En conclusion, les annales de la Compagnie ne retiendront de ce lieu ni gloire, ni fortune mais ni désastre, ni faillite.

Leurs finances se sont même améliorées grâce à la rigueur de gestion d'A'na et à ses dons de négociatrice. En d'autres mots, cela ronronne presque malgré les angoisses qui assaillent Agame:

- Souvent, la nuit, je me réveille en sursaut, suffocant d'angoisse. Le cauchemar qui m'assaille est de découvrir que le succès de notre tournée n'est qu'un rêve et que je vais m'éveiller comme misérable théâtreux, poursuivi par des huissiers, menacé d'une ribambelle de procès, trahi par mes comédiens, renié par mes sponsors fantasques, paralysé par les intermittents en colère contre le gouvernement et, enfin, destiné à la fosse commune qui ne m'y recevra qu'en une aube humide et froide.

- Au moins, ce dernier point pourrait t'assurer une gloire posthume, le raille Achille.

La discussion s'arrête là par la sortie fracassante d'Agame.

- En fait, de toute sa vie, il n'a fait que perdre de l'argent, murmure A'na. Maintenant, il se méprise d'en gagner comme un homme d'affaire et de mettre ainsi en péril sa dignité d'homme de théâtre.

Plus tard, dans la journée, en vue d'une conférence téléphonique avec Mack, Theos rejoint Agame dans la cabine-bureau. Ce dernier est calme mais diffuse l'image d'un être blessé. Avec un sourire triste, il interpelle son ami dès son entrée:

- Toujours aussi silencieux, Theos?

- Et toi, encore en colère, Agame? Tu vois, je préfère te poser des questions que répondre aux tiennes.

Celui-ci répond en bougonnant:

- Approche-t-il ce jour où tu me révéleras pourquoi tu t'es transformé en créateur de décors de théâtre?

- Avant, dans le passé, je ne me posais guère de questions sur moi et sur ce qui m'entourait. Il s'agissait de la réalité, à prendre telle quelle, sans interrogation fondamentale, ni jugement, ni panique devant les incertitudes. Tout état d'âme n'aurait pu que me fragiliser. De toute façon, mes doutes et mon questionnement n'y auraient rien changé.

Donc, je n'avais d'autre choix raisonnable que d'être serein, d'accepter d'évoluer dans le courant irrésistible, sans tentation de le remonter, sans colère ni délire compensatoire de vouloir en connaître l'origine et la destination. Un jour, cependant, ma vie fut mise en question et ce réel personnel, construit de conventions auxquelles je m'étais conditionné, devint insupportable. Quel choix avais-je pour ne pas rester prisonnier de cet enfer? La fuite! Mais laquelle? La folie, la mort ou le passage dans un autre réel, fait d'autres apparences?

Agame ne réagit pas mais pense qu'à nouveau Theos ne lui a pas répondu. Est-ce cela sa quête: effacer ses souvenirs et les remplacer par d'autres qu'il s'invente en cours de chemin? Est-il devenu un autre Don Quichotte? Pourtant, il devrait le savoir, cette recherche est impossible, bien qu'il la poursuive sans relâche, car s'il est capable de se créer des souvenirs, presque de toutes pièces, il restera toujours incapable d'effacer ceux qui le rongent. Mais pourquoi est-il parti?

Theos le sort de ses pensées par une question banale:
- Et pour toi Agame, la vie est-elle simple?
- Ah! s'exclame Agame. A force de te poser des questions, me voici moi-même piégé par celle que tu me retournes maintenant. Probablement, suis-je aussi incapable que toi d'y répondre: par pudeur; par honte; par un de ces blocages psychologiques, ainsi qu'on les appelle, auxquels il vaut mieux ne pas toucher afin d'éviter des années de tourments pour soi-même et d'enrichissement non mérité pour des pseudo-thérapeutes.

Comme cela se reproduit souvent entre eux, sans que cela ne soit ni une habitude et encore moins un rituel, un long silence s'installe jusqu'à la reprise par Agame:
- Pardonne-moi de t'avoir interrogé, Theos. Mon intention était de t'aider à sortir de toi ce qui t'étouffe. Confronté à mon tour à cette interrogation, je me rends compte que pour nous deux, le silence est plus réconfortant que la parole, alors que d'autres ont le besoin de se

raconter. Par contre, je suis oppressé par la nécessité d'écrire. Depuis des mois, j'y réfléchis et retourne dans mon esprit sans cesse la même question: parler de quoi? De mon vécu? De hontes familiales, de gloires ancestrales, de mes blessures, de mes colères? Non, Theos! Cela ne me convient pas. Certains ont la chance d'avoir eu une mère prostituée, un père tourmenté, des frères grotesques, des cousins hideux, d'être eux-mêmes ignominieux, et d'avoir été capables de mettre cela en scène, dans une pièce ou un roman à peu près autobiographique. Ils sont nombreux à avoir raconté cela, d'une façon ou d'une autre, en différents styles et avec des détails divers! Attend-on de moi un autre de ces récits sordides qui ravissent les lectrices ferventes de témoignages et qui facilitent les décisions des jurys littéraires des magazines? Tu le sais déjà: je n'aime pas l'autobiographie "rétrospective"! Qu'écrire, alors? Je suis trop humble pour tenter d'écrire comme Dostoïevski, Mann et tous ces grands maîtres dont je mets les textes en scène. Par contre, je suis beaucoup trop ambitieux pour imiter les écrivains du "roman annuel". Je dois écrire quelque chose de nouveau, je me répète, qui n'existera jamais si je ne le crée pas!

Theos qui apprécie énormément les conversations, à condition de pouvoir rester silencieux, se resserre un troisième verre d'eau pétillante, sans interrompre Agame qui poursuit:
- Entretemps, les mois se succèdent au rythme des étapes de notre tournée. Pendant ce temps, ma quête d'écrire une œuvre nouvelle se poursuit. Cependant, je ne progresse guère. Nous voyageons dans des villes que je croyais connaître mais tes descriptions les transforment en celles d'une autre planète, autour d'une autre étoile ou dans une autre galaxie. Ne devrais-je pas écrire au sujet de ces êtres que je ne vois pas, ceux dont tu perçois le vécu et qui te permettent de découvrir la vérité de la ville plutôt que de ne regarder que la simplification ou le mensonge de ses seuls murs et façades? Ecrire une pièce entre mémoire, perception et création. Mais alors, pourrait-elle être autre que baroque et carnavalesque?

Visiblement, Theos est embarrassé. Ses décors, ses descriptions de villes, est-ce important tout cela? Il n'ose pas exprimer ses doutes après ce qu'il vient d'entendre. Alors, il dit, sans la moindre certitude cependant:

- Ce qui compte, est-ce l'événement ou la manière de le raconter? Finalement, les générations suivantes ne se souviennent que d'anecdotes dont les personnages n'ont rien à voir avec les êtres réels. Ecoute, Ag', l'honnêteté qui vibre dans les mots derrière lesquels tu te caches, transperce la carapace que je me suis construite. Peu à peu, celle-ci me semble bien illusoire. Bientôt, je te raconterai ce qui m'oppresse.

Heureusement, ce dialogue est interrompu par l'appel de Mack. Le ton enjoué et enthousiaste de ce dernier les sort instantanément de leur déprime. La conversation s'engage sur le grand projet:

- Concernant la rénovation de ton Théâtre des Barbusquins…
- Ne plaisante pas!
- Par ces mots, je n'exprime aucun mépris ni aucune ironie. Je ne fais que reprendre l'appellation populaire qui, crois-moi sur ce point, s'est transformée de moqueuse en affectueuse et admirative depuis le spectaculaire départ de votre armada. Donc, la rénovation de "ton" théâtre progresse. Si les ors et les apparats ne viendront que plus tard, les fondations sont entièrement terminées et l'ossature générale laisse déjà deviner l'aspect futur. Les badauds sont nombreux et les journalistes en mettent souvent le sujet aux actualités. Le gros-œuvre est terminé. L'ensemble est impressionnant. Avec peu d'imagination, il est possible de se représenter les coulisses, la salle et la scène. Par ailleurs, ce projet a donné des idées à la Municipalité.
- Je suppose qu'avec ton rôle d'urbaniste, tu n'y es pas étranger, insinue Theos.
- Allons! Je suis urbaniste, pas politicien en quête d'une réélection et des revenus directs et collatéraux qui en découlent. Je n'ai guère

besoin de créer de médiatiques piétonniers inadaptés, plutôt que de combattre la misère et l'insécurité. Bref, leur grand projet concerne l'aménagement des quais, rues et places de la ville haute. Le plus impressionnant consistera en l'installation d'un équipement d'escalateurs entre le bas et le haut de la ville. Une large esplanade s'étendra devant l'entrée principale du nouveau théâtre.

- Et Malpertuis?

- Madame Elodie profitera d'une rue rénovée avec un superbe éclairage.

- Quel chantier!

- Bizarrement, il a fait fuir les mendiants alors que les curieux affluent, même depuis la ville basse, et envahissent ensuite le marché.

- Et ce n'est que le début, conclut Theos.

- Qu'insinues-tu? interroge Agame en sursautant de surprise.

- Patiente encore. Je réfléchis. Je t'en parlerai plus tard lorsque mes idées seront plus claires.

Mack interrompt leur aparté:

- La rénovation progresse. Il sera bientôt temps pour vous de penser à revenir.

- Ce ne sera pas pour tout de suite: les vents nous poussent encore plus loin. Dis-nous, comment va Péné?

- Oh! Elle réalise un travail extraordinaire. Je ne connais guère de semaines sans qu'elle ne soit sollicitée par l'une ou l'autre société de luxe qui souhaite lui confier la création d'une ligne de vêtements. Imperturbable, chaque fois elle refuse, en souriant mais fermement, rappelant sa responsabilité dans la décoration du théâtre et la conception des nouveaux costumes. Presque en cachette, cependant, elle crée quelques modèles pour une boutique de la ville basse et une ligne de robe, à la pointe de la mode, pour une échoppe du marché.

- Et Elena? interroge Agame d'un air faussement indifférent. As-tu des nouvelles?

- Elle continue de jouer pour le Théâtre des Trois Mondes d'Alexandre Pâris, dont elle reste la comédienne adulée par le public. Madame Elodie, qui l'a appris de Lord Ménélas, m'a cependant raconté qu'Elena avait de plus en plus de difficulté à se souvenir de ses textes, au point que des écouteurs discrets sont en permanence camouflés dans sa coiffure afin de pouvoir lui souffler ses répliques. Heureusement, parait-il, le public ne s'est encore rendu compte de rien et considère, au contraire, que ses brefs instants de silence apportent de la profondeur à sa déclamation.

Cette nouvelle surprend tant Agame que son étonnement se marque par des yeux écarquillés et une longue inspiration. Theos poursuit la conversation avec Mack:

- Quels sont les autres événements dans les "trois villes"?
- Êtes-vous si pris par votre voyage et vos pièces que vous en ayez perdu le contact avec l'actualité? Nos "Trois Villes", comme tu appelles la ville haute, la ville basse et le marché, sont étonnement calmes contrairement à ce qui se passe dans d'autres grandes métropoles. Agame réagit:
- Je ne suis pas un angoissé de nature mais ce qui se prépare dans nos régions m'affole.
- La surpopulation, le réchauffement climatique et les chaos politiques dans plusieurs régions vont générer des mouvements migratoires d'une ampleur encore insoupçonnée. La désespérance et la confusion qui en résulteront ouvriront la porte aux folies criminelles et aux oppressions, camouflées sous de prétendus prétextes religieux. Les nouvelles "invasions barbares" ont débuté et ne pourront que devenir irrésistibles. Le "Vieil Occident" va connaître un deuxième Moyen Age, ... et, très probablement, le "Nouveau Monde" bientôt son premier.
- Agame, comptes-tu évoquer ce danger et les drames qu'il engendrera dans ton projet d'écriture?
- Comment pourrais-tu imaginer le contraire, mon ami Mack? Ni politicien, ni journaliste, ni universitaire, je ne saurais donc

m'exprimer comme eux. Tu le sais, je suis un artiste, un poète du théâtre. Je ressens intensément ces tensions dont tu parles et ma pièce les intègrera.

- Et toi, Theos, qui sembles indifférent ou ailleurs, pour une raison que tu ne nous as pas encore expliquée, que ressens-tu?

- Vous le savez bien: avec des jeux de bois, de tissus, de couleurs, de cordages, de costumes et de décors, je crée des univers où me réfugier, dont aucun ne correspond au vôtre.

- Pourtant, ta façon d'observer les villes et de les décrire démontre à quel point tu perçois les différences et les tensions qui vont conduire à ces prochains drames sociétaux.

A cet instant, ouvrant la porte d'un coup sec, A'na entre et les interrompt:

- Agame! Je viens de recevoir un appel de la banquière de Manhattan. Elle souhaite te parler personnellement et va rappeler dans quinze minutes. A nouveau, je soupçonne "du Pâris" derrière cette démarche.

- Bon sang, A'na! Il ne nous fichera donc jamais la paix, ce misérable Pâris!

- Eh non! Agame. Je crains que nous ayons encore à affronter de nombreux assauts de la part de ton terrible concurrent. Quand il débaucha Elena, sans grande difficulté au demeurant tant elle était avide de gloire, tu as pensé à tort qu'il avait atteint son objectif. Hélas, dès les premières étapes de notre tournée, nous avons subi des entraves administratives provoquées par ses amis, heureusement déjouées grâce à mes relations paternelles.

- Ensuite, profitant du climat social instable, il est parvenu à provoquer la première grève de l'histoire de mon théâtre, en exploitant la cupidité de notre ancien chef mécanicien. Heureusement que tu étais là pour aboutir à une négociation sociale équilibrée ...

- Equilibrée! s'amuse A'na. Je suis presque honteuse du peu de concessions accordées.

- En tout cas, heureusement que nous avons pu mettre au grand jour la trahison de cet infâme chef mécanicien.

- Sans le moindre doute, il serait allé jusqu'à provoquer des sabotages.

- Fort probablement. A partir de là, les agressions sont devenues plus subtiles, quoique ce mot soit très exagéré: son chant des sirènes concernant une possible offre de rachat de ton théâtre était assez grossière.

Le nouveau message de la banquière d'affaires de Manhattan est sans ambiguïté. Dès la fin de la courte conversation, A'na commente:

- Tu le constates: Pâris est orgueilleux et impulsif. Convaincu de son intelligence et de son audace, il vient de franchir une nouvelle étape: cette offre ferme de rachat à un prix exorbitant le démontre. Sa suffisance, pourtant, l'aveugle et en fait un candidat idéal pour être leurré par une subtile mise en scène.

- Que veux-tu dire, A'na?

- Je dois encore beaucoup me renseigner et un peu réfléchir. Laisse-moi le temps de concevoir un plan avant de te détailler mes idées encore trop peu élaborées à ce stade.

- Es-tu si sûre que c'est bien lui qui est derrière cette offre?

- Absolument certaine!

- Comment peux-tu être aussi affirmative. La proposition est neutre. Personnellement, je n'ai décelé aucun signe me permettant de valider ta conviction.

- Moi non plus, je n'ai rien détecté dans ce message qui puisse l'identifier comme l'acheteur. Tu sais cependant que je n'hésite guère à exploiter le vaste réseau d'influence de mon père. Je ne te dévoilerai jamais comment j'ai obtenu la certitude que c'est bien ton terrible ennemi qui, à défaut de parvenir à te détruire, veut t'engloutir. Il est tellement obsédé par son égo qu'il est sûr de réussir, au point de ne même pas se renseigner sur les résultats très positifs de cette tournée internationale et de ne garder de ton théâtre que l'image de ses temps difficiles dans l'ancien couvent.

- Il est temps de lui montrer notre réussite et d'ainsi le pousser à abandonner ses projets agressifs.

- N'en fais surtout rien! N'oublie pas qu'il veut ta perte et s'acharne par tous les moyens à y réussir. Pâris est trompé par son orgueil qui lui apporte la certitude qu'il peut te vaincre. Sa conviction est si forte qu'il ne pense même pas à s'informer. Il ignore que tu gagnes maintenant énormément d'argent. Il pense même le contraire, à cause de l'extravagance de ton convoi maritime dont il ne devine pas les économies de logement de la Troupe et d'entreposage des décors qu'il permet. Il te croit aux abois alors que tu es riche. Il ne soupçonne pas les subsides de la ville, ni l'aide financière de Ménélas, ni le succès de l'emprunt populaire qui financent la rénovation des "Barbusquins" et la conservation des terrains côtiers. Le peu dont il a connaissance est l'important budget de rénovation qui lui fait conclure que tu es aux abois à cause de ces dépenses somptuaires et inconsidérées. Ne le détrompe surtout pas. Laisse-le venir! Entretemps, laisse-moi répondre aux New-Yorkais et donne-moi le temps de mener une enquête approfondie.

Theos qui est resté étranger à leur conversation et à l'appel téléphonique scrute le panorama par le hublot.

- Tiens! Vous parlez de Manhattan et voici que j'aperçois la côte et les premiers faubourgs de notre prochaine destination.

Tandis qu'A'na et Agame le rejoignent, il poursuit:

- Ici, nous approchons du bout du continent. C'est Eole, un lieu de tempêtes provoquées par la rencontre de deux océans dont le courant de l'un remonte des glaces du Sud alors que celui de l'autre descend des tropiques.

- Voici bien le lieu où jouer Shakespeare! dit A'na.

- Oui! Sur cette ancienne terre d'esclave, je monterai "La Tempête".

- Seulement?

- Allons, Theos. Comment se limiter seulement à cela? Nous en jouerons aussi d'autres. Et surtout Hamlet qui me tient très à cœur et que je veux monter dans une ambiance contemporaine.
- Non! répond froidement Theos.
- Tu voulais innover avec les décors pour les "Classiques" et maintenant que je te propose de mettre Hamlet en scène dans des costumes et lieux contemporains, tu refuses. Je ne te comprends pas!
- C'est trop facile de monter Shakespeare de cette façon. Cela a été réalisé des tas de fois, au point d'en devenir une mode. Montrons autrement l'intemporalité de son œuvre: par l'antiquité ou par la science-fiction. Sinon, respectons son époque!
- Concrètement?
- Nous avons ici des espaces immenses à notre disposition et un stock de décors qui autorise toutes les audaces. Je propose donc de vous installer deux dispositifs scéniques. Les jours pairs, vous jouerez dans une structure de théâtre antique, ou mieux encore, d'arène romaine circulaire afin de simuler l'ancien Théâtre du Globe de Londres. Les jours impairs, la pièce se déroulera dans la reproduction d'un gigantesque vaisseau spatial circulaire. Je suis convaincu que nos talentueuses couturières formées par Péné pourront créer des chefs-d'œuvre de costumes.

Achille regarde Sarah en se frottant la tempe délicatement et en levant les yeux au ciel.

- Vous verrez! Les spectateurs viendront deux fois et ce sera tout bénéfice pour la promotion du texte de Shakespeare, insiste Theos.

Cette remarque frappe Agame. Il pense à d'autres bénéfices. L'avenir montrera qu'il eut raison d'approuver, sans réfléchir, l'idée saugrenue de Theos qui semble beaucoup amuser A'na.

A peine l'installation des décors et leur mise au point terminées, Theos s'échappe en solitaire pendant de longues heures dans Eole. Ce qu'il ressent là, chaque fois, le trouble au point qu'il n'en parle pas à ses amis. Cette cité venteuse est décorée d'une infinité de peintures murales et d'une multitude de gigantesques miroirs qui créent l'illusion d'un espace illimité: mer, quais, cargos et paquebots à la rade ou en mouvement, perspectives de terrasses, vastes jardins et larges avenues, paysages des plaines, collines et montagnes de la région avant l'édification de la cité. Les murs en trompe-l'œil, reproduisant des scènes urbaines dans lesquels se dessinent des portes découvrant de nouveaux bâtiments, couverts d'autres reproductions se confondant avec les premiers, sont si nombreux et si savamment disposés que les visions sont infinies et qu'il est impossible de départager la ville construite de la ville représentée. Est-ce la préfiguration des cités du futur, seulement peuplées de consommateurs heureux car tout ce qui ne se référerait pas au bonheur serait caché derrière des illusions et des représentations des plus agréables perspectives?

Theos avait eu raison de prédire que de nombreux spectateurs ne résisteraient pas à l'intérêt de découvrir la double mise en scène. Les semaines passées à Eole se soldent par un véritable succès. C'est une Troupe enthousiaste qui remonte à bord du Thália et du Léviathan pour une nouvelle période de navigation.

A la question d'Achille, durant le déjeuner du troisième jour de navigation, dans la salle à manger du Thália:
- Tiens, où est A'na? Depuis notre départ, nous ne l'avons pas vue.

la réponse d'Agame est courte:
- Elle n'a pas embarqué sur le yacht car elle doit participer à pas mal de réunions, ici et là, aux quatre coins du monde.
- Encore à la recherche de financements? demande Régis.
- Si c'est le cas, mon cher Agame, j'ai une piste sérieuse pour te trouver des fonds importants, l'interrompt Achille.

Grâce à la médiatisation de leur tournée et aux succès de leurs représentations, le célèbre Achille est régulièrement invité à des cocktails mondains. A chaque fois, il est accueilli tel un héros, ce qu'il juge normal, par une multitude de notables locaux. Lors d'une de ces réceptions, il a rencontré la Professeure de Rhétorique Michèle Polymnia.
- Je peux vous affirmer que celle-ci ne m'a pas laissé indifférent.

Entendant cette forme féminisée, Theos lève les yeux au ciel et murmure entre les dents:
- Professeur_e![7]
- Je ne dirais pas que nous ne nous sommes plus quittés, reprend Achille qui semble indifférent à cette moquerie, ce serait exagéré compte-tenu de ma présence sur ce bateau. Cependant, nous nous sommes retrouvés régulièrement.

Mimant la surprise devant son assiette vide, il interrompt la conversation. Tandis qu'il se sert au buffet, Agame ne résiste pas à lancer une remarque acerbe:
- Cela ne peut lui faire que du bien.
- Du bien? interroge Theos. A cette *professeur_e*?

---

[7] e_ pour représenter le "e sonore" (phonétiquement ə comme dans "je").

- Mais non, à Achille! Un peu de rhétorique ne peut lui être que bénéfique, à lui qui ne pense que déclamation et gloire.

A peine assis avec une assiette copieusement chargée, l'acteur poursuit:

- La veille de notre départ, j'ai assisté à un débat entre elle et un de ses collègues, le Professeur Emmanuel Coéos. Je n'ai pas tout compris, … En toute honnêteté, je n'ai rien compris du tout, si ce n'est qu'ils n'étaient d'accord sur rien. Déjà, dès leur arrivée, je devinais une tension. Mon amie Michèle qui était en chaise roulante suite à une malencontreuse chute dit d'un air pathétique à son collègue de Faculté: "Tu vois, mes jambes m'ont lâchée." "Tu as de la chance", répond le Professeur Coéos avec une courtoisie désarmante, "chez les profs d'université, c'est habituellement la tête qui lâche en premier." Ensuite le débat fut houleux. Je me souviens d'une réplique de son collègue : "Madame, vous êtes un imposteur. Vous ne nous donnez que des réponses. Or l'ultime compréhension n'émane que des questions!". Elle est devenue blanche de rage et s'est mise à hurler. Dans le fond, je n'ai pas pu deviner si c'était à cause de ce problème de questionnement ou parce qu'il avait dit "un imposteur" plutôt que "une imposteur", car le mot "*impostrice*" n'existe pas. Pas encore du moins. Je n'ai pas osé l'interroger sur ce point.

- Pourquoi nous parles-tu de cela? demande Theos.

- Parce que je sais qu'Agame et A'na recherchent des moyens financiers pour contrecarrer les agressions continues de notre confrère et concurrent Alexandre Pâris. Or, ce Professeur Coéos dispose d'une fortune colossale constituée par son grand-père puis accrue par sa mère qui lui en fit don très jeune, mais dont il profite à peine. Il préfère l'Université aux affaires. Il ne voyage que par contrainte absolue et vit la plupart du temps au cœur d'une vaste bibliothèque car, selon lui, tout se trouve dans les livres.

- Sauf la bouffe, intervient Régis qui, parmi eux, est le mieux au courant des contingences.

- Par ailleurs, le coupe Achille qui déteste être interrompu, il a la réputation internationale d'être un tout grand théoricien du théâtre. Voilà donc l'homme idéal qui pourrait investir dans notre projet. S'il ne sait que faire de sa richesse, nous pourrions l'aider!
- Holà! réagit Agame. Je me méfie de celui-là! A l'évidence, il voudra se mêler de tout sur base qu'il connaît l'histoire du théâtre mieux que quiconque. Je suis déjà suffisamment entouré de gens qui veulent gérer mon théâtre à ma place et j'ai déjà assez de soucis comme cela avec les grèves de techniciens, les revendications salariales, les gestionnaires des salles, les comédiens arrogants et les personnages indociles des pièces que j'essaye d'écrire. Restons-en à Ménélas qui, avec Mack, prend en charge la rénovation de mes bâtiments.

Encore convaincu de sa bonne idée, Achille tente d'insister mais il est coupé par Agame:
- Une fois pour toutes, c'est moi le chef ici, conclut-il en se levant et s'éloignant.
- On a vu le résultat, chuchote Achille en colère.

Theos, qui déteste les conflits, quitte la table pour se servir du café.
- Sans une intervention divine, nous serions encore à nous ridiculiser dans le couvent des Barbusquins, à jouer des textes idiots, toujours dans le même décor, plutôt que de connaître cette glorieuse tournée, poursuit l'acteur furieux.
- Intervention divine? s'étonne Régis.
- Mais oui: Theos!
- Idiot!
- Et A'na!
- Là, c'est déjà moins idiot.
- Bon! dit Achille au retour de Theos, maintenant je vous laisse pour réviser mon texte de ce soir. Si je revois ce Professeur Coéos, je lui demanderai quand même quelques explications et quelques filons. Cela pourra certainement nous être utile.

- Ça ne mange pas de pain, bougonne Theos. En tout cas, il est hors de question qu'il se mêle des décors.

Avec son sens pratique bien connu, Régis rebondit sur ce dernier mot:
- Tu ne m'as pas encore donné d'instructions concernant les décors des pièces qu'Agame a sélectionnées.
- Je réfléchis, Régis. Je réfléchis.
- On est bien d'accord sur son choix? insiste Régis.
- Plus de discussion là-dessus. La décision est arrêtée: "La Tragique Histoire du docteur Faust" de Christopher Marlowe, puis "La Mandragore" de Nicolas Machiavel et enfin "La Célestine" de Fernando de Rojas.
- Rien que du XVI° siècle!
- Oui! Anglais, italien et espagnol. La sortie du Moyen Age et la naissance du théâtre de la Renaissance. L'apparition du scepticisme et la transformation des évidences anciennes en métaphores …
- Oups! souffle le régisseur.
- Voilà pourquoi je cherche encore une piste qui soit cohérente et en continuité avec mon montage pour Shakespeare. Maintenant, je te laisse car il faudra bien que je concrétise mes réflexions!

Quelques heures plus tard, tandis que Theos déambule sur la passerelle supérieure pour chercher l'inspiration, Achille le croise.
- Ah, Theos, je suis content de te voir. Dis, quand je parlais de la Professeure Polymnia, je n'ai pas voulu réagir mais j'ai perçu que tu te moquais.
- Non! Je t'arrête. En aucun cas, je ne me permettrais de me moquer d'une personne ou de son titre. Telle une douleur au tympan, dirais-je, j'ai sursauté à cause de la formulation féminisée d'un mot, somme toute, bien neutre. Moi qui ne suis ni un linguiste ni "un" féministe acharné, je prononce "professeur", tandis que toi, tu as déclamé "*professeure*", avec une certaine emphase, oserai-je ajouter. Je ne peux prétendre d'une quelconque autorité en cette matière, mais, pour

moi, il suffit de dire "une professeur", "une auteur", "une chef", exactement comme on dit "une architecte". Serait-ce parce qu'un banal mot, par hasard de forme masculine au départ, ne se termine pas par un e qu'il faille s'acharner sur lui? Inversement, il suffit qu'il se termine par un e pour n'avoir pas le droit d'être féminisé!

- En fait, Theos, je suis de ton avis. En tant qu'homme de la déclamation, je considère que les francophones, du moins ceux de France, sont devenus hystériques concernant la lettre e. Pourquoi oublient-ils la sérénité du temps d'Arthur Rimbaud: *"E blanc"; "candeurs des vapeurs et des tentes, Lances des glaciers fiers, rois blancs, frissons d'ombelles"*[8]?

- Achille, je suis heureux de t'entendre parler ainsi. Cette mode est ridicule qui consiste à faire mal aux mots. Bien inutilement, par ailleurs. Chacun d'eux, s'il le faut, pourrait être masculin, féminin ou neutre, selon le pronom adéquat ou l'intelligence de l'auditeur. Donne-moi ton opinion.

- Avec plaisir! Comme tu viens de le dire, par nature, il y a trois genres: le masculin, le féminin et le neutre. Ce dernier correspond au cas où il ne s'agit ni de masculin ni de féminin, par exemple "le corps professoral", ou bien des deux ensemble, "les professeurs", ou encore, de façon indéterminée lorsqu'il peut s'agir de l'un ou de l'autre, "tout professeur". Par contre, la langue française ne connaît que deux genres et c'est le masculin qui s'est vu chargé de prendre soin du neutre. Il existe donc deux formes de masculin: le genre masculin "masculin" et le genre masculin "neutre". Dès lors, il ne faut pas confondre les genres par nature et ceux de la langue française et ne pas se laisser prendre par les apparences. Par ailleurs, historiquement, certains mots ont d'abord existé au masculin puis, sans changer d'orthographe ont pris une forme féminine par utilisation de l'article adéquat. Je reprends ton exemple: on parle *des architectes*, une profession dans laquelle on rencontre autant *une*

---

[8] Je n'ose faire l'insulte de rappeler le titre du poème.

architecte qu'*un architecte*. Et tout va bien comme cela! Pas besoin de résonateur buccal.

- Nous voilà bien d'accord. C'est peine perdue de dire "une professeure" plutôt qu'*une professeur*.

- Tout à l'heure, tu as déclaré : "Bien inutilement par ailleurs". Que voulais-tu signifier?

- Je voulais exprimer que le combat féministe pour la féminisation des mots est pathétique parce qu'il est perdu.

- Et pourquoi es-tu si affirmatif?

- A cause de l'assassinat du e muet!

- Quoi?

- Mais si, tu le sais bien! Ecoute les gens dans la rue, sois attentif aux animateurs radio et présentateurs TV. Tu constateras la disparition du e muet et, bien plus grave, son remplacement par le e sonore.

- Explique-moi.

- Comme grand comédien, ta diction est restée parfaite. Tu prononces: "un *architect'*" ou "un professeur". Imagine-toi, sur scène, réciter les alexandrins de Corneille ou de Molière en prononçant les vulgaires e sonores! Quelle monstruosité deviendrait la célèbre réplique d'Ariste dans les "Femmes Savantes" si tu faisais sonner, comme sur une caisse claire, ces e intempestifs qui tuent la langue française:

> "Allez, c'est se moquer. Votre femm<u>e</u>, entre nous,
> Est par vos lâchetés souveraine sur vous.
> Son pouvoir n'est fondé que sur votre faibless<u>e</u>.
> C'est de vous qu'elle prend le titre de maîtress<u>e</u>.
> Vous-mêm<u>e</u> à ses hauteurs vous vous abandonnez,
> Et vous faites mener en bête par le nez.
> Quoi, vous ne pouvez pas, voyant comme on vous nomm<u>e</u>,
> Vous résoudr<u>e</u> une fois à vouloir êtr<u>e</u> un homm<u>e</u>?
> À faire condescendr<u>e</u> une femm<u>e</u> à vos vœux,
> Et prendr<u>e</u> assez de cœur pour dir<u>e</u> un: «Je le veux»?

Vous laisserez sans honte immoler votre fille
Aux folles visions qui tiennent la famille,
Et de tout votre bien revêtir un nigaud,
Pour six mots de latin qu'il leur fait sonner haut?
Un pédant qu'à tous coups votre femme apostrophe
Du nom de bel esprit, et de grand philosophe,
D'homme qu'en vers galants jamais on n'égala,
Et qui n'est, comme on sait, rien moins que tout cela?
Allez, encore un coup, c'est une moquerie,
Et votre lâcheté mérite qu'on en rie."

Ces orateurs barbares dont je te parle, et qui deviennent la majorité, tu t'en rendras compte, disent depuis quelques années: "*un architecte*" ou "*un professeure*". Pire encore, j'ai souvent entendu déclarer: "*Bonjoure, Monsieur le Professeure*". Ainsi, dans la langue française parlée, va-t-en faire la différence entre "professeure" et "*professeure*" et dis-moi, sans la moindre hésitation lequel est masculin et lequel est féminin. Mon propos n'est pas neutre! Par cet usage, la tentative de féminiser des mots a été réduite à néant.

- Un complot machiste?
- Qui sait?
- J'en parlerai à Michèle.
- Michel? demande Theos en souriant.
- Michèle! Mais que peuvent encore faire les féministes, alors?
- Aucune idée. Trop de féminisme tue le féminisme.
- Leur combat linguistique est perdu?
- Je n'irai pas jusque-là! Il subsistera des acharnées, parmi lesquelles certaines expliquent pourquoi des hommes timides deviennent pédérastes contre leur inclinaison naturelle. Un jour, peut-être, tenteront-elles de transposer au masculin des mots féminins, ce qui constituerait une victoire étonnante: *un fils de joie, un parturient, un lesbien, un sage-homme* ou, qui sait, *un sage-femme,*...

- L'inverse leur serait plus bénéfique, s'esclaffe Achille, *une Imame, une Cardinale*, ... Lorsque cette stricte équivalence sera établie, les femelles seront devenues identiques aux mâles.

- Tant pis pour elles! Elles ont ce droit.

Soudain, leur conversation est interrompue par l'apparition de Sarah sur le pont. Son ample jupe écrue flotte au vent, évoquant un foc hissé le long de l'étai. Son gros pull de laine beige, finement bordé de rose, et son bonnet pareil d'où s'échappe une mèche frivole, lui donnent une allure de jeune fille que renforce son sourire radieux. Sur le coup, Theos et Achille en oublient leurs propos, par admiration plus que par lâcheté.

- Quel temps magnifique! s'exclame-t-elle. Vous avez bien raison de profiter du soleil et de la brise. Agame devrait vous imiter plutôt que de se lamenter dans son bureau.

- De nouveaux soucis avec son concurrent? demande Achille.

- Pas cette fois-ci, répond-elle. Il vient d'apprendre que la Troupe n'est pas autorisée à jouer ni même à accoster dans la ville vers laquelle nous nous dirigeons.

- Cyclopol, pense Theos. Il poursuit à haute voix:

- De ce pas, je rejoins "notre Directeur". J'aimerais comprendre les causes de ce nouveau souci.

L'air préoccupé d'Agame et le désordre qui envahit la cabine-bureau attestent de l'absence d'A'na, ce que Theos ne peut se priver de faire remarquer à haute voix, en s'efforçant néanmoins de ne laisser transparaître aucune ironie.

- Oui! C'est sûr! J'aurais dû l'écouter lorsqu'elle m'a conseillé de ne pas faire escale ici. Mais, lors de ses recherches, Mack avait trouvé des indications qu'Olys était passé dans ce lieu et avait insisté pour que nous y séjournions afin que je puisse y mener une enquête.

- Voilà sa recherche bien compromise!

- Moins que tu ne le penses! Entretemps, il vient de découvrir qu'Olys aurait eu de si gros problèmes avec les autorités qu'il aurait dû s'enfuir sans avoir rien pu entreprendre. Celles-ci lui reprochaient sa proposition de percer de larges boulevards dans les vieux quartiers et d'ouvrir la cité à une libre circulation, ce qui fut considéré comme un crime historique. La légende raconte qu'il se serait échappé en se cachant en fond de cale d'un navire marchand, entre de grands ballots de laine pour l'exportation.

- Rien n'a changé depuis son époque.

- Le régime politique était déjà dictatorial et cette ville est restée le lieu suprême de la pensée unique. Les mêmes raisons qui ont chassé Olys, nous empêchent de nous y arrêter et d'exprimer notre art. Dans cet univers de barbares, les artistes sont haïs à cause de ce qu'ils expriment et de la liberté qu'ils représentent. Compte-tenu de notre interdiction d'approcher, tu ne connaîtras donc jamais cette ville, Theos.

- Quelles horreurs aurais-je pu ressentir en la parcourant? Il vaut peut-être mieux de n'en apercevoir que de son relief flou étalé sur la ligne d'horizon.

- Qui sait? Une double ville? D'un côté, une sorte de caverne souterraine fermée à tout étranger. De l'autre, des quartiers de surface animés et luxueux qui accueillent somptueusement les visiteurs. Selon mon interprétation des textes, les femmes et les enfants ne pourraient accéder à la surface que dans des circonstances exceptionnelles et moyennant le strict respect de rituels et habillements très contraignants. Les jeunes garçons n'y seraient admis qu'à la fin de leur adolescence, du moins quand ils auraient la chance de ne pas être nés pauvres et de devoir rester esclaves sexuels dans les souterrains.

- Quelles idées délirantes, pires que les miennes! s'exclame Theos.

- La dictature et la pensée unique ne peuvent conduire qu'au délire. L'absence de liberté de penser, de s'exprimer ou de choisir le lieu où vivre entraîne la violence!

- Ne crains-tu pas que Mack ne soit déçu de ne recevoir aucune précision de notre part?

- Bah! Olys n'y a rien construit. Et puis, qu'il poursuivre ses recherches dans les bibliothèques car, selon le Professeur Coéos, les livres enseignent plus que les voyages.

- Qu'allons-nous faire maintenant que notre accostage est interdit? Poursuivre vers l'étape suivante de la tournée? interroge Theos.

- Je me suis beaucoup renseigné. Nous allons seulement nous éloigner de quelques miles marins et nous installer sur une île quasi déserte. Les habitants des régions avoisinantes pourront venir sans crainte assister à nos spectacles.

Quelle Troupe oserait jouer des pièces sur un îlot, assez vaste au demeurant? Pas de ville, pas de salle, pas de public!

- Qu'importe! pense Theos. L'île dispose d'une large rade profonde pouvant accueillir l'armada et celle-ci d'assez de décors pour reproduire une ville complexe.

- Qu'importe! se dit Agame de son côté. Ma Compagnie a acquis une telle renommée que de grandes foules viendront de loin.

C'est à croire que Theos attendait ce moment depuis des mois. Dès son premier regard sur le rivage insulaire, tout devient clair dans son esprit. Il ne réfléchit pas longtemps. A un rythme effréné, en exploitant énormément de décors déchargés tour à tour de presque tous les cargos, ce qu'il met en place est si impressionnant que la véritable légende qui s'était développée autour de leur théâtre et de leur exceptionnelle tournée croît encore au point de les contraindre à refuser des spectateurs dès la troisième semaine.

Une large part des décors est déployée sur le haut de la plage ceinte dans un cirque naturel. Les visiteurs que les bateaux débarquent par flots continus à son extrémité ouest, pénètrent dans les dédales d'un grand bourg médiéval au bout duquel s'étalent des places et des avenues bordées de façades de style Renaissance. Une multitude de petits vendeurs y tiennent échoppes, buvettes et auberges, confortant l'illusion urbaine, pareille à celle du Marché dont les chalands ne ressentent jamais la réalité artificielle et éphémère.

Le reste des décors repose sur des caissons étanches disposés sur la partie inondable du sable et dans un vaste golfe qu'un court promontoire sépare de la rade où mouillent le Thália et le Léviathan. Le résultat est saisissant car cette structure ahurissante s'étend et se replie au rythme des marées.

Quand on marche dans le sens de la marée descendante ou montante, à son tempo, le déploiement ou le repliement des murs donne l'impression étrange de rester sur place, à côté d'un détail d'une façade qui se déplace au même rythme que soi. De nombreux visiteurs se passionnent pour cette expérience, marchant à la cadence de ce flux et reflux, forcés cependant de quitter ce lieu quand la marée le rend trop étroit.

Ainsi, les séquences de spectacles et de relâche ne seront pas guidées par le soleil mais par la lune.

- Nous jouerons à la façon "grand spectacle" à marée basse et en "mode intimiste" à marée haute, annonce fièrement Theos.

- Les techniciens vont se plaindre, prévient Régis: les phases de la lune ne correspondent pas aux horaires syndicaux.

- Ce n'est pas mon problème. Qu'ils règlent cela avec Agame. Dommage qu'A'na soit absente, cela aurait évité des cris et des pertes de temps inutiles.

Quand on parle du loup…! A cet instant précis, A'na téléphone à Agame, depuis Manhattan.

- Enfin, des nouvelles! s'exclame celui-ci.

- Ne t'inquiète pas, Agame, nous progressons. Plusieurs fois, j'ai rencontré les banquiers new-yorkais. Tout en mettant clairement en évidence que le prix proposé était insuffisant, je leur ai expliqué qu'une meilleure offre pourrait influencer notre décision de vendre …

- Vendre! hurle Agame. Jamais!

- Calme-toi, je t'en prie! Ne te braque pas ainsi sur un mot. Tu t'affoles comme un jeune spectateur lors de sa première pièce à suspense. Excuse-moi, on m'appelle sur une autre ligne. Je te rappellerai dans les prochains jours car j'attends divers renseignements complémentaires avant de pouvoir te détailler mes idées.

Au moment où elle raccroche, sans qu'Agame ait pu placer un autre mot, Régis, le malheureux, entre dans le bureau de son directeur pour de banals détails techniques de mise en scène. Souvent, il reparlera de l'incompréhensible engueulade qu'il a dû affronter.

Le lendemain, heureusement, Agame est calme. Sereinement, il travaille avec Theos et Régis pour la mise au point des trois mises en scène. Très souvent à l'avenir, ce dernier fera le récit de ce qui suit, en qualifiant cette discussion de la plus invraisemblable de l'histoire du théâtre occidental.

REGIS:
Ainsi, il n'y aura pas de salle!

AGAME:
Non! Cet ilot est inhabité. Seuls les décors de Theos créeront l'illusion.

THEOS:
Les spectateurs seront disposés dans la courbe de la plage, face à une scène qui évoluera selon les marées.

AGAME:
"Docteur Faust" est un drame infernal dans lequel…

THEOS:
Il faut le jouer à marée montante lorsque la salle se rétrécira jusqu'à l'oppression!

REGIS: (*d'un air goguenard*)
"La Célestine" à marée basse, alors?

THEOS:

Cela me semble évident.

AGAME:

Donc, "La Mandragore" aussi!

THEOS:

Je ne serais pas aussi catégorique. Ce serait intéressant de retenter l'expérience de notre "Hamlet".

REGIS: (*d'un air catastrophé*)

Theos! Tu ne t'imagines pas le travail que cela nous a donné tes décors "à l'antique" et à "la science-fiction".

THEOS:

Mais non, il ne s'agit pas de reproduire cette même idée. Ne confonds pas Marlowe et Shakespeare.

REGIS: (*un brin vexé*)

Là, il faudra que tu m'expliques!

THEOS: (*cassant*)

Demande à Achille!

AGAME: (*qui visiblement ne comprend pas*)

Les enfants, du calme! "La Mandragore", comment, alors?

THEOS:

Une fois, à marée montante; une autre, à marée descendante.

Régis se lève en haussant les épaules et en levant les yeux au ciel. Il se dirige vers l'armoire-bar et se sert un copieux verre de whisky.

THEOS:

Et comme on annonce pour bientôt les grandes marées, ces mises en scène passeront à la postérité. Ce sera très intime à marée très haute, genre soirée VIP chic et chère, tandis qu'à marée très basse, ce sera grand public.

AGAME: (*soudain intéressé*)

Ah! Oui.

REGIS: (*en riant aux éclats*)

Achille va de nouveau faire la gueule! Il dira qu'à marée très basse, les spectateurs ne le verront pas car ils seront trop loin mais qu'à marée très haute, ces VIP ne le regarderont pas car ils s'observeront "entre soi".

Installés à bonne distance de Cyclopol, à aucun moment, ils ne subissent la colère de son gouvernement obtus ni n'ont écho des imprécations répétées à leur égard. Après des semaines de succès, une question tenaille les comédiens: la foule quotidienne est-elle venue pour les pièces, pour les comédiens, pour la "ville en décors" ou parce que cette Troupe est à la mode et qu'il faut la voir?

L'immense public qui assiste au démontage de cette cité artificielle et à l'embarquement des décors, laisse aux acteurs un goût amer, comme si cette célébrité-là avait fait ombrage à leurs talents d'artistes. Le seul parmi eux qui affiche sourire et satisfaction est Agame. Régis, avec son bon sens habituel, n'est pas dupe:
- Il vient de faire les comptes! chuchote-t-il à Theos.

Celui-ci n'a pas le temps de répondre. A la surprise générale de l'équipe rassemblée dans la salle à manger illuminée pour un apéritif offert par "la Direction", Agame annonce:
- Les enfants, nous avons tous bien travaillé. Je vous offre des vacances.

Le Léviathan fend les vagues, jetant des éclairs éblouissants sur la surface bleu outremer de l'océan, suivi des cargos chargés des décors. A son bord, la vie est paisible car le Directeur leur a offert des vacances. Seul l'ingénieur du son, après une solide perte au poker, s'est permis une remarque acerbe:

- Des vacances! Je ne vois pas la différence avec nos précédentes périodes de navigation.

Face au regard courroucé des couturières et des habilleuses, il n'a pas poursuivi son discours et a rejoint les techniciens pour une nouvelle partie. Les jeunes femmes ont repris leur séance de bronzage, enivrées des parfums mélangés de l'eau, de la crème solaire, de cigarettes et de Mojito.

L'élégant Thália suit à quelques miles marins. On somnole, on discute, on bouquine, on rêvasse, on s'acharne sur les vélos électriques d'intérieur et autres engins chargés de redessiner ventres et fessiers. Quelques amourettes. Pardi! On est en croisière!

Dans la cabine-bureau, étalé dans le divan de cuir brun, Theos se prélasse sous le hublot grand ouvert, en quête d'un souffle de fraîcheur, tandis qu'Agame, raide dans son fauteuil, martyrise de notes et griffonnages spasmodiques une pile de feuillets chiffonnés.

C'est dans ces positions que l'appel téléphonique d'A'na les surprend:

- Bon, je t'explique, dit-elle après quelques paroles anodines. A une condition, cependant, Agame: tu écoutes jusqu'au bout, sans t'énerver! Par faveur spéciale, je te concède néanmoins le droit de poser calmement des questions concernant les points qui échapperaient à ta compréhension.

Il en pose plusieurs, des questions, pour finalement arriver à comprendre la situation actuelle de la Compagnie d'Alexandre Pâris. Le Théâtre des Trois Mondes fut fondé plusieurs décennies plus tôt par son père Priam. Au fil des années, cependant, pour affronter les indispensables investissements et quelques crises, celui-ci céda des parts de propriété. Ces cessions s'accélérèrent après le passage de responsabilité à son fils qui, pour être à la hauteur de ses grandes ambitions, dépensait plus qu'il ne gagnait.

Aujourd'hui, le résultat est sans ambiguïté. Bien que son père lui ait cédé toutes les responsabilités de gestion, Alexandre Pâris, n'ayant pas encore hérité, ne dispose d'aucune part de propriété. Priam ne possède plus que dix pourcents des parts, tandis que le Service Culturel Municipal en détient quarante pourcents et une famille de mécènes trente-cinq. Les quinze pourcents restants sont distribués auprès de nombreux coopérateurs d'une association d'amoureux des arts de la scène.

Theos n'intervient pas dans la conversation qu'il entend cependant grâce au haut-parleur. Il se lève et s'appuie sur la paroi de boiserie, à côté du hublot. Agame a le front plissé. Timidement, il déclare enfin:

- Et alors?
- Alors, je dois rencontrer quelques banquiers, Ménélas, des notaires, les autorités municipales et diverses personnes dont je parlerai plus tard. Bref, il me reste du travail. Je te donnerai mes conclusions ensuite. Sois patient. Embrasse tendrement Theos de ma part.

Quiconque d'autre aurait déclaré:

- A'na t'embrasse.

Mais, en homme de théâtre respectueux des indications scéniques, répondant à cette demande, Agame contourne le bureau et serre fermement Theos dans ses bras. Cette puissante marque d'affection et l'évocation d'A'na l'émeuvent presque aux larmes. Après un long moment de silence, depuis le bureau désordonné derrière lequel il est revenu s'assoir, Agame lance:

- Amoureux?

Theos sursaute. Il ne répond pas. Son regard se perd, par-delà le cercle de cuivre, vers les nuages dont les formes changeantes dessinent la chevelure et les courbes du visage d'A'na.

AGAME :

Tu devrais te reposer durant cette période de relâche, mon cher Theos. Bientôt, nous arriverons à Lotophax, comme tu dis.

THEOS:

Ne nous arrêtons surtout pas ici! Poursuivons notre route. Le repos, qui est une illusion de bien-être, est un danger et nous risquons de ne pouvoir repartir. Ne jamais s'arrêter! Voilà la règle. Même si l'endroit paraît doux et paisible! Ne pas succomber à la tentation de s'abandonner à cette félicité apparente! Continuer sa route en emportant en soi la mémoire de cet instant de calme. Le voyage, ce n'est pas que le temps qui passe et des lieux qui se succèdent, c'est la vie, sa plus magnifique métaphore du moins. Voyager est la résistance contre la mort. Tant que tu marches, tu es vivant. Dès l'instant où tu t'arrêtes, tu es en danger mortel, sauf si tu laisses alors ton rêve t'emporter dans plusieurs ailleurs pour devenir "multi-vivant", à condition d'avoir ce don-là de poète ou d'artiste.

AGAME :

Plusieurs ailleurs?

THEOS:

Ce ne serait que trop simple et évident de ne voyager que dans l'espace.

AGAME :

Le temps?

THEOS:

Mais non! Lui n'est qu'un autre élément associé à l'espace, par une définition théorique que je considère aussi irréfutable qu'incompréhensible sur base de mes compétences d'architecte. Non, pas le temps. Les vraies dimensions sont la peur, la souffrance et le doute. Ainsi que l'imaginaire, heureusement. Pardonne-moi, mes paroles sont émotives, aussi absolues, mais autrement, que les formules de scientifiques.

AGAME :

Pourquoi ne pas appliquer cette étonnante approche dans la pièce que je tente d'écrire: considérer la plasticité de l'espace-temps tel qu'il est ressenti et inscrit dans la mémoire? Il est vrai qu'en littérature classique les voyages dans le temps sont banals: vers le futur, c'est l'histoire qui se déroule; vers le passé, c'est une enquête historique. La séquence des événements y est essentielle, plus que les lieux où les scènes se déroulent. Mais si je tentais l'inverse: rendre la séquence des lieux essentielle? Peu importerait le temps, seul le déplacement spatial compterait. Plus question de flash-back, de mise en abyme mais le récit d'événements qui se déroulent dans des lieux différents au même moment. Le passé, le présent, le futur, en fait il faut parler des passés, des présents et des futurs car ils sont multiples, se mêlent dans une réalité intégrée à multifacettes. Le temps n'aura plus d'importance.

- Ainsi, Agame, tu progresses dans la rédaction de ta pièce, conclut Theos.

- Pas du tout! Tu avais trouvé mes tentatives que je t'avais lues dans mon théâtre si mauvaises que depuis lors je suis paralysé.

- Ce n'était pas du théâtre.

- D'accord, c'était un cauchemar!

- Tu as un projet au moins maintenant?

- Des idées fulgurantes me traversent l'esprit. Sur le moment, elles me paraissent essentielles mais disparaissent instantanément.

- Il n'en reste rien?

- Beaucoup de mes intentions sont éphémères. Je tente de les concrétiser autour de grands personnages: Don Quichotte, chevalier de la Blanche Lune qui ne recouvrit la raison qu'après avoir abandonné la lecture de récits chevaleresques; Arlequin, le bouffon; Till l'Espiègle mieux nommé Dyl Ulenspiegel du pays de Brunswick ou encore Thyl Uylenspiegel, le malicieux saltimbanque.

Shakespeare m'a donné le désir de monter en spectacle le Don Quichotte du grand Cervantès, son contemporain qui inventa le roman moderne; les ancêtres d'Arlequin m'ont fait rêver à la Commedia dell'arte. Mais c'est Thyl qui m'a conduit à son prédécesseur plus malicieux que lui!

- Qui est-ce?

- Attends! Ecoute-moi d'abord! Des textes du Moyen Age tournent dans ma tête et m'obsèdent. J'ai pensé développer la Divine Comédie de Dante Aligheieri sous forme théâtrale. Dans mon état d'esprit actuel, je suis capable de traduire le parcours des Enfers, moins celui du Purgatoire, hélas pas du tout celui du Paradis! En conclusion, une transformation contemporaine de ce long poème du début du XIV° siècle conduirait au désastre.

- Aucun architecte digne de ce nom n'oserait une transformation du Capitole ou du Parthénon. Toi, ne touche surtout pas à la Divine Comédie! Maintenant, dis-moi quelle est ton idée.

- Antiques, Classiques, Romantiques, Modernes, Contemporains: tout cela est magnifique pour le public, les comédiens et le metteur en scène. Pour le créateur, par contre, c'est de l'histoire ancienne! Dans ma quête d'invention, je rôde dans les interstices entre ces époques, dans ces périodes intermédiaires où naissent les tensions de la création. Peu importe alors le fil du temps car il est probablement perdu pour tous…

- Si tu répondais à ma question.

- Les farces médiévales me fascinent, non pas parce qu'elles étaient des chefs-d'œuvre, mais par leur immédiateté. Les saltimbanques d'alors représentaient mieux l'humanité que les foules anonymes. Depuis, je lis, je pense, je rêve, je griffonne, …

- Mais sur quoi donc?

- Au sujet de Renart! Et aussi des Barbusquins, tu sais ces moines du couvent où se trouve mon théâtre.

- Renart! Ah! Oui. Tu y penses depuis longtemps. Le jour de mon arrivée à Malpertuis, j'ai entendu de délirantes déclamations à ce sujet! Quels sont les thèmes d'aujourd'hui que tu souhaites exprimer par la reprise de ces textes si anciens?

- Surpopulation continue, urbanisation outrancière, mensonges politiciens, populisme ignorant, nationalisme égoïste, gestion caricaturale à court terme, mondialisation abandonnée aux multinationales plutôt qu'à la démocratie, pauvreté insoluble et création de richesse très insuffisante sans l'artifice de l'endettement vertigineux, évaporation des utopies, destructions fratricides par les barbares qui s'érigent en fous de dieu alors qu'ils ne sont que des pervers égocentriques guidés par leur violence incontrôlable, ...
Bref, la fébrilité d'une civilisation atteignant sa fin sans en être consciente!

- Agame! ...

- Hélas, ce n'est pas tout: destruction des espèces et dégradation climatique. Tu verras, enfin tu ne verras rien car cela se produira après nous, la terre ne sera pas envahie par la pluie comme dans les mythes anciens de Gilgamesh, inspiration du déluge biblique, mais par la fonte des glaces, ce qui est bigrement moins poétique mais terriblement démoniaque parce qu'humain.

- Tu ne manques pas ..., essaye de dire Theos.

- Tant d'autres questions me hantent. Pourquoi y a-t-il dans l'humain cette part bactérienne et virale, tellement dangereuse et destructrice? Qu'est-ce qui explique qu'au même moment, sur base de croyances ou de positions quasi identiques, certains tuent et détruisent sans scrupule tandis que d'autres donnent naissance, apportent tendresse et amour, protègent, grâce à leurs efforts obstinés, farouches, essentiels, jusqu'à la douleur, comme celle de l'enfantement. Je pense aussi à l'horreur lorsque cette souffrance maternelle crée celui qui détruira la vie d'autres ...

A bout de souffle, Agame qui a déclamé cela très vite, respire profondément. Theos, qui semble soudain bouleversé, l'interroge:

- Après cette longue liste, quel thème vas-tu choisir?

- Mais tous, bon sang. Ce serait idiot, mensonger, inhumain de n'en prendre qu'un, comme si les autres n'avaient pas d'importance. L'être humain vit tout cela aujourd'hui, ensemble, de façon indissociable: c'est cela que je veux exprimer.

- Quelle ambition!

- Des pièces sur la décadence ont déjà été écrites. Sur l'absurde, sur le sordide, sur la solitude, sur la désespérance aussi. Alors, je fais quoi? Ajouter une nouvelle pièce sur un seul thème dans ce répertoire surchargé, telle une chansonnette de plus dont, un temps, on retiendra l'air? Je te le répète, nous sommes à la veille d'un nouveau Moyen Age. Dans plusieurs siècles, rien ne garantit qu'une deuxième Renaissance soit possible. L'histoire ne se reproduit pas. Les circonstances sont et resteront trop différentes. L'humanité ne pourra qu'à peine s'inspirer des bribes du passé et n'aura d'autre choix que de se propulser dans l'avenir. Sera-t-il meilleur que les Temps précédents?

- Je l'espère! Sinon cette période de déclin perdurerait jusqu'à une nouvelle préhistoire, hébétée et balbutiante.

- Comment imaginer écrire ce qui correspondra à ce futur? Si je le tente, cela passera pour de la science-fiction, qui est un style méprisé. Dois-je me laisser emporter par cette époque de recul dont les annonces se précisent: peurs, fêtes des fous, cours des miracles, massacres aléatoires, délires des gouvernants, arrogance des barbares, … Ecrire! Ce n'est pas que rédiger. C'est la quête essentielle, le voyage toujours ultime, non d'une réalisation ou d'un passage à l'acte, ni d'un résultat mais d'une démarche passionnelle, probablement illusoire, sur les crêtes des apparences. Alors, moi, ici et maintenant, qu'est-ce que j'écris? Dis-le moi, Theos.

Celui-ci hausse les épaules.

- Tu ne réponds pas! continue Agame. Que pourrais-tu répondre, toi qui ne racontes jamais rien alors que tu es le seul capable de décrypter les villes des humains et de créer de nouveaux lieux par tes décors?

- Tu n'as pas tort. Plus j'observe les villes qui se succèdent durant notre périple, plus je suis interpelé par la fragilité qui s'installe. Notre société actuelle n'est pas un colosse aux pieds d'argile mais un ensemble de colosses fragiles si serrés qu'ils tiennent ainsi debout. Il suffirait d'une seule faille pour que la tension faiblisse et que tous s'écroulent en pagaille. Alors, comme tu le prédis, ce sera une nouvelle période de chaos, pareille à celle qui prévaut aujourd'hui dans les régions post-dictatoriales et déstructurées.

- Pourquoi n'évoques-tu pas l'Antiquité?

- Peut-être parce que ce que j'ai vécu me fait penser aux grandes Tragédies de ce temps-là. Nous vivons les choses autrement, conclut Theos. Toi, tu soupçonnes l'arrivée d'un nouveau temps sombre, aube d'un possible avenir grandiose tandis que moi, je suis figé dans un moment ancien, presque originel. Pourquoi ne commences-tu pas à écrire?

- Parce que je tourne en rond en cherchant le style et le ton! Je te l'ai déjà dit lors de notre conversation durant le voyage de Télépyle à Eole. J'en reviens toujours à mes vieilles obsessions : rien ne sert que je réécrive ce qui l'a déjà été. A quoi bon perdre mon temps à la rédaction d'un sujet à la mode, même apte à quelque succès de librairie pour cette seule raison. C'est peut-être ce que je ferais si j'avais le talent spontané d'une écriture facile. Et surtout, comment parvenir à écrire aussi bien que tous ces maîtres dont j'ai présenté les pièces au long de notre longue tournée?

- Pourquoi voudrais-tu écrire mieux, ou presque aussi bien. Ce qui compterait serait de représenter autrement. Mais, aujourd'hui, on pourrait rédiger la même chose, un peu différemment, quoiqu'à peine.

- Un vrai auteur doit inventer autre chose que ce qui a déjà été composé, même s'il y a très longtemps.

- Alors que reste-t-il?

- S'il existait une quelconque recette, elle serait déjà éculée.

- Je suis d'accord avec toi: ne réécris pas ce qui l'a été! Invente! Seule l'histoire peut te juger. Mais tu ne connaîtras jamais son verdict.

- Parle-moi de cette pulsion théâtrale encore inexprimée qui t'occupe.

- Je veux inventer un Théâtre qui intègre le mouvement, les sons, les formes et les lignes, les couleurs et la parole.

- A nouveau, cela ne manque pas d'ambition: une synthèse des arts: Danse, Musique, Sculpture et Architecture, Peinture, Poésie.

- J'aurai besoin de toi pour réaliser cela!

- A cause des décors, veux-tu dire?

- Non! Pas à cause des décors. Grâce à "tes" décors!

- Un peu comme le cinéma qui est aussi synthèse, bien que bigrement plus technique.

- Non, du théâtre! Du vrai! Avec une scène, des comédiens, de la chaleur, de la poussière, de la respiration. Du théâtre! Laisse-moi rêver: treize coups rapides, les trois coups lents, puis des tambours, timbales, tam-tam, caisse claire, grosse caisse, djembé, fûts, tronc creux, gong, un à un, tous ensemble dans des rythmes originels, primordiaux, cosmiques, évoquant la première étape de création de la musique chez l'humain naissant, avant la parole. Le début du premier acte sera primal, effréné, obsédant, fondamental, …

Agame parle vite, les bras ouverts, son visage est illuminé.

Le soir, au repas, Theos trouve Agame si bourru et taiseux qu'il pense en profiter pour passer tranquillement une soirée dans un silence complet. Cependant, l'air préoccupé de son ami le pousse à reprendre leur conversation:

- Les thèmes que tu souhaites intégrer dans ta pièce sont si nombreux que tu risques de te lancer dans un projet ingérable et de créer un texte trop chargé.

- Je ne suis pas de ton avis. Je dois aborder des thèmes contemporains. Ceux que je t'ai déjà cités le sont. Et encore, je n'ai pas pu tout évoquer!
- Tu souhaites adresser d'autres thématiques?
- Bien sûr! Les plus importantes, les seules qui comptent pour l'humain confronté à ses limites. Fin de civilisation? Pérennité de la planète? Serait-ce tout? Beaucoup plus fondamentalement, le vivant est mortel: voilà le cœur du problème. Y-a-t-il un sujet plus important que cela? *At the end of the day*, on n'est entouré que de désastres, de désespoir et de morts! L'histoire, qui n'a qu'une mémoire caricaturale, nous apprend que le sort des héros et des salauds est le même. En privé, certains psy lucides osent reconnaître que le concept de "bonheur" n'est qu'une illusion passagère, une condition pour vivre. Mais peuvent-ils répondre à la question ultime: comment survivre à tout prix? Qu'inventer, dans notre finitude absolue, pour espérer affronter l'éternité, pour autant que ce mot ait un sens? Certains imaginent la survie grâce à des paradis utopiques, aussi artificiels que les rites censés permettre d'y accéder, d'autres par l'enfantement de descendants ou par la création d'œuvres…
- Plusieurs combinent les trois approches. J'en connais aussi qui acceptent le réel tel qu'il est dans sa durée limitée et vivent le mieux qu'ils peuvent cette unique chance d'humanité.
- Oui, je suis de ceux-là, poursuit Agame. Quand l'homme ne connaissait que l'angoisse de trouver de la nourriture, la terreur de la nature, la peur de l'autre et celle de la perte des enfants, l'angoisse de la mort, les dieux avaient leur place. Il y avait alors tant de vides à combler, tant d'explications des origines, de la compréhension de la nature, de la destinée, … Aujourd'hui que l'immensité du cosmos, la nature de son existence et sa puissance laissent entrevoir une réalité combien plus complexe que celle que suggéraient les textes symboliques des anciennes civilisations, le dernier dieu en service, ou les derniers si l'on prend en considération quelques subtiles nuances, n'a plus le rôle d'expliquer ni les origines ni le mouvement

du temps ni la finitude des événements et des êtres. La dernière forme mystique qui peut subsister est celle de l'intériorité.

- Pour beaucoup, cependant, l'inacceptation de la mort pousse à la croyance au surnaturel.

- Ainsi que la crédulité populaire, basée sur le slogan "on ne sait pas tout", devrait conduire à accepter les prévisions de l'horoscope, la prédiction du pendule, du tarot, du marc de café ainsi que ribambelles d'autres convictions. Comme si le fait de n'avoir pas de réponse aux questions fondamentales obligeait d'y apporter n'importe quelles explications, plus ahurissantes les unes que les autres.

- Tout cela inspiré par les "représentants" de dieu ou du surnaturel.

- Si un dieu, ou l'autre, existait encore, il n'aurait nul besoin de ces "serviteurs", s'arrogeant des pouvoirs et usurpant une part de son autorité. Ces proxénètes du divin, par cela, en seraient les pires blasphémateurs.

- Que conclure? Plus tu cherches de réponses, plus tu es confronté à l'inconnu croissant. L'illusion d'une explication est éphémère face à la nouvelle question qu'elle sollicite. Nous vivons au cœur de l'incompréhension. D'où venons-nous? Où allons-nous? Qui sommes-nous? Pourquoi? C'est ce que les humains vivent. Comment pourrais-je ne pas intégrer cette dimension dans ma démarche créatrice?

- Réfléchis bien, Agame. Ton projet n'est pas seulement ambitieux, il devient absolument déraisonnable.

- S'il s'agissait d'un roman, je serais entièrement d'accord avec toi. Aucun lecteur n'arriverait à sa fin, sauf un insomniaque désespéré par l'inefficacité de la pharmacopée. Mais moi je te parle d'une pièce de théâtre! Cela n'a rien à voir!

- C'est toi qui sais!

- Je sais, avec certitude, qu'il n'y a plus de place pour tous les styles de théâtre qui ont existé. L'absurde et le vide ont eu leur temps. Il faut absolument créer celui qui représente notre éphémère d'aujourd'hui, à la condition absolue, cependant, que celui-ci ne soit plus constitué que de vides ou rien que de mots ou encore que d'autre chose que de théâtre: je rêve du puissant cri et du formidable appel que chacun attend mais que personne, encore, ne parvient à articuler.

Leur repos est si agréable qu'ils ne voient pas le temps passer. Les cargos sont loin devant eux. Le yacht poursuit sa route en direction du soleil couchant. Agame rejoint Theos qui est appuyé au bastingage de proue.

- Que regardes-tu avec tant d'attention, Theos?
- Je contemple l'horizon et j'avance vers lui afin ne jamais revenir dans le passé et dans les lieux atroces qui me hantent et continuent sournoisement de me détruire. Je voyage vers les antipodes de mes souvenirs.
- Ne crains-tu pas, en continuant ainsi de revenir à ton point de départ?
- Avancer sur un cercle ramène toujours à son point de départ. Par contre, sur une sphère, suite à l'incertitude du chemin et donc à l'infinité des parcours possibles, la probabilité d'y revenir est quasiment nulle.
- Pas impossible, pourtant.
- Mais si! Je ne parlais là que des trois dimensions de l'espace. Pense à la dimension temporelle. Une avancée dans le temps, au cœur de l'espace courbe, pourrait-elle nous ramener à proximité du moment de départ?
- Voici des remarques d'architecte, qui dépassent les contours d'un building! déclare Agame en souriant.
- Mack m'a qualifié de "Grand Architecte".
- Grand Architecte?
- Mais, oui, tu sais bien: certaines obédiences franc-maçonnes, qui ne peuvent se résoudre à un athéisme simple et de bon goût, se réfèrent à l'idée plutôt judéo-etcétéra d'un fabriquant du cosmos.
- D'accord, je fais le lien!

- De toute façon, rien ne sert de rejoindre un autre point de notre espace car on se déplace tel qu'on est, avec sa mémoire.

- Pour nous deux, cette tournée n'est plus un déplacement d'une ville à l'autre où nous présentons des pièces connues et bien rodées, réagit Agame. Dans mon cas, au contraire, c'est devenu un voyage en moi-même durant lequel je descends vers les origines du théâtre et de la littérature et j'en découvre encore plus l'intensité et la richesse.

- Tandis que pour moi, mes errances d'une ville à l'autre, et surtout à l'intérieur des décors, sont une quête vers l'oubli. Les décors que nous emportons me sauvent. Au fil de nos étapes, je perds la notion des frontières entre cités et décors, entre vêtement et costume, entre vie et théâtre. Le réel est devenu pour moi une confusion d'apparences et d'illusions. A ma grande surprise car j'avais perdu jusqu'à l'idée même que vivre m'était encore possible, je construis des univers qui puissent m'accueillir.

- Pourquoi ce pluriel ?

- Oui, j'aime bien le concept qu'ils sont nombreux. A ce titre, je vais te dire ce que je pense. Il est admis que notre univers est issu "du" big bang. Certains se posent la question de ce qui existait avant.

- On évoque un "big crunch".

- On pourrait aussi penser que le big bang a créé l'espace et le temps simultanément à partir du néant et que, donc, l'idée même "d'avant" n'a pas de sens.

- Et donc que le "big crunch", on s'en fout.

- Des scientifiques utiliseraient probablement un autre vocabulaire, mais c'est bien cela l'idée. Personnellement, je suis attaché à l'hypothèse suivante: l'espace et le temps sont infinis et il se passe en permanence des événements dans ce réel sans limite.

- Veux-tu m'expliquer, s'il te plaît, en termes clairs, comme pour des indications scéniques.

- J'illustre cela en te disant que notre cosmos est né non pas "du" big bang mais bien "d'un" big bang. Parce qu'il y a eu certainement beaucoup d'autres big bangs qui ont créé, et créent encore maintenant, plusieurs autres univers.

Agame ne s'attendait pas à cela et le regarde avec des yeux tout ronds, qui ne dérangent pas Theos:

- Donc, pour le différencier des autres, j'appelle le "nôtre" le "15G" parce qu'il est né, grosso modo, il y a quinze milliards d'années[9] et a cette dimension temporelle en années-lumière, et aussi parce que je préfère le nombre 15 à 13 qui me semble un peu bossu ou à 14 qui paraît assez agressif dans son graphisme. Combien d'autres entourent-ils le nôtre? Je n'en sais rien. Des "1000G"? D'encore plus grands? De plus petits? De minuscules en croissance, qui ne se mesurent pas en G mais en ns?

- ns?

- Nanosecondes. Lumière, je précise.

- C'est une hypothèse osée.

- Pas du tout. Cette hypothèse a autant de valeur que celle qui proposerait que le nôtre soit unique. Réfère-toi à l'histoire de l'humanité. Selon les premières croyances, la terre, d'abord plate et petite puis ronde, était unique. Ensuite, on a découvert notre système solaire, immense disait-on, notre galaxie, les galaxies, les amas de galaxies, tout cela se comptant en milliards. Et d'un coup, on dirait: stop, c'est fini, tout cela est dans la même boîte, il n'y a plus rien. Pas très sérieux cette théorie de l'univers unique, non?

- Là, tu m'impressionnes! Et toi qui te prétendais seulement architecte de bureau.

- Comment imaginer que le seul horizon de notre pensée puisse tout appréhender? Mais ne t'emballe pas: je ne suis pas astrophysicien. Si je te raconte cela, c'est en rapport avec notre voyage et surtout avec les décors.

---

[9] 13,8

16

Est-ce parce qu'A'na est régulièrement absente ces dernières semaines, qu'Agame s'arroge le droit de modifier, selon son humeur, le plan qu'elle avait scrupuleusement élaboré?
- Quelles sont les raisons de cette étape supplémentaire? interroge Achille. Ne devions-nous pas nous rendre immédiatement dans la dernière ville de notre périple?
- C'est vrai. Mais dans cette ville-là, nous allons être confrontés au Théâtre des Trois Monde. La compétition y serait si rude que je ne suis pas sûr que nous puissions y jouer. Or, nous ne pouvons pas clore cette longue tournée sans trois pièces essentielles.
- Lesquelles?
- "Amphitryon" de Plaute, "Œdipe roi" de Sophocle et "Prométhée enchaîné" d'Eschyle
- Merci Ag', acquiesce Sarah. J'aurais été désespérée de ne pouvoir les jouer.
- Cette population-ci est également réputée comme fan du Théâtre des Trois Monde. Nous n'allons pas être bien accueillis! En outre, nous savons par nos lectures qu'il n'y a rien à découvrir concernant Olys car il y est à peine resté. Alors, cela m'étonne, observe Theos, que tu aies choisi Ismare.
- Mais pourquoi donc modifies-tu sans cesse le nom des villes que nous rencontrons et en mélanges-tu leurs caractères et structures lorsque tu en parles? réagit Agame qui, ne pouvant fournir une réponse sensée, préfère s'en sortir par une question. Theos, qui n'est pas dupe, lui répond cependant après s'être levé et planté devant un grand planisphère qui occupe une cloison:
- Bien sûr, je pourrais utiliser les noms des villes célèbres par où la tournée est passée: Bordeaux, Lisbonne, San Salvador, Rio, Buenos Aires, Santiago, Lima, San Francisco, Sydney, Shanghai, Ho Chi Minh Ville, Bangkok,…

Theos semble fasciné par la mappemonde. Agame se demande ce qu'il y voit ou s'il cherche en elle des chemins vers l'apaisement.

- Que j'aimerais tant évoquer aussi Barcelone, Saint-Pétersbourg, Calcutta, Singapour, Johannesburg, Cusco, Tachkent, Samarcande, Dunhuang, Dushanbe, Bichkek, Kachgar, Xi'an, tant d'autres dont la liste est longue, tous ces lieux que j'ai découverts ou dont j'ai rêvé et qui se confondent dans ma mémoire et mes émotions.

- Continue, Theos.

- Combien de longues promenades n'ai-je connues, devenues déambulations ensuite au fil de leurs répétitions. Dans Rome, par exemple: Panthéon, Piazza de la Minerve, Largo Argentina, Piazza del Campidoglio, jardins du Palatin, Trastevere, … qu'importe de poursuivre la litanie de tous ces lieux ou celle des magiques enchaînements de *calle, calletta, strada, via, campo, campiello, corta, salizada, fondamenta, sottoportego, ramo, riva, ruga, rio terà* de Venise, que je ne nommerai pas de peur d'y attirer encore plus de touristes, de migrants et de nostalgie. De la même façon, je voudrais voyager, enchaînant les points de la planète comme s'ils étaient continus.

Il ferme les yeux.[10]

- Cours Esplanadi d'Helsinki, Grand'place de Cracovie, Piazzetta de Capri, Piazza del Campo de Sienne, Heidelberg, Francfort-sur-le-Main, Lämmerspiel, Offenbach, Berlin, Genève au bord du Léman, Marseille, Greenwich Village, Central Park, les rives de l'Hudson et de l'East River, Soho, Saint-Germain des Prés, Miraflorès de Lima, San Blas de Cusco, Matonge de Kinshasa, Hang Bac et le Lac Hoan Kiem de Hanoï, Téhéran, entre Elbourz et désert du Dasht-e Kavir, Botafogo à Rio de Janeiro, Karachi, George Town, Grand Cayman aux Caraïbes, Addis Abeba, Haidian de Beijing, la médina de Marrakech, Cuauhtémoc de Mexico, Corniche Road à Abu Dabi,

---

[10] Ah! Ces inventaire "à la Prévert", ces énumérations "à la Rabelais"!

West Bay à Doha, Tolède, Minato de Tokyo, JL Raya Srengseng Sawah à Djakarta, Victoria Peak et Wan Chai sur l'Ile de Hong Kong, Porte de l'Inde, Mumbai, Louxor, Lubumbashi, ...

Souriant intérieurement au souvenir de la multitude d'échoppes et de produits du Marché, malgré l'introuvable raton-laveur, presque en murmurant, il termine cette tirade:

- Mais qui pourrait me suivre dans un tel parcours irréaliste où des lieux éloignés se succèdent? Et puis, hélas, en les évoquant, je reste prisonnier de ce que je tente de fuir. Voilà pourquoi je parle de Phéacie, Calypso, Hélios, Circépolis, Télépyle, Eole, Cyclopol, Lotophax et Ismare. J'ai utilisé ces noms pour recréer la complexe combinaison des quartiers des grandes villes que je viens d'énumérer, tels que je les ai ressentis et rêvés, désirant aussi représenter la dimension de fœtus maternel qu'est la ville, exprimer la nostalgie des cités oubliées ou encore cachées, le mystère des cités initiales, leur monstrueuse décadence et leur désespérant effondrement. Surtout pour créer une terre où je ne cours pas le risque d'une confrontation.

Surpris de ce qu'il vient de déclamer, il les regarde à tour de rôle.

- Vous ne dites rien?
- Nous t'écoutons, répondent-ils presque en chœur.

Comme s'il n'attendait que cet encouragement, il poursuit avec passion:

- Un endroit, à un instant du jour ou à un moment de la vie, peut être poétique. Dès lors, pourquoi pas plusieurs endroits de nombreuses villes, ainsi que les voyages entre eux. Pour un sédentaire convaincu, le voyage d'une ville à l'autre est une contrainte ou une perte de temps, parfois même une souffrance. Pour moi, nomade par contrainte en quête d'ailleurs où survivre, ces contingences de l'espace-temps n'importent guère.

Un silence, un sourire, et il poursuit:

- Croyez-moi, depuis toujours, il n'existe qu'une ville unique. Elle est divisée en quartiers très dissemblables, éparpillés en différents points de la Terre. Comprenez-moi bien: je ne vous parle ni de géographie ni de savoir scolaire mais des effets d'un sursaut de mémoire, d'une lumière particulière, d'une brise douce, parfois humide, parfois parfumée, des couleurs de l'instant, simplement de cris d'oiseau ou de cordage, de clapotis d'eau, ... Avez-vous voyagé? Avez-vous regardé les gens? Alors, vous devriez connaître ces confusions de souvenirs et de rêves. Tous les quartiers que je viens d'énumérer, sont un reflet, direct, inverse, transformé ou enrichi, de la ville unique qu'est Venise, mêmes ceux de Nagada, Babylone, Thèbes, et Méroé. Les couleurs de Lascaux ne se calfeutrent-elles pas aussi dans les tortueuses ruelles vénitiennes?

- Theos! Cette fois-ci, tu conviendras que tes déclarations sont bien plus farfelues que tout ce que tu t'es permis de déclarer jusqu'à présent.

- Pourquoi ne pourrais-je pas affirmer cela et prendre la liberté d'enchaîner ces lieux dans l'ordre de mes découvertes plutôt que dans une séquence spatio-temporelle, car je les appréhende par le souvenir, l'émotion et l'imaginaire. Certes, il y a quelque chose d'inhabituel dans mes paroles. Tous les lieux existent, néanmoins, tous leurs composants sont bien réels même si leurs apparences diffèrent. Pourquoi n'aurais-je pas le droit à la confusion de l'histoire? Lorsque l'émotion domine, le temps ne compte pas.

Avec un sourire triste, il conclut:

- Je suis devenu le plus grand inventeur urbain qui soit car je n'avais pas le choix. Et puis, quand on est responsable des décors, on a tous les droits.

Les sujets étranges dont traite Theos et sa manière troublante d'en parler ne facilitent guère une discussion. Un long silence s'installe, rompu enfin par Sarah:

- Devant nous, quel genre de ville est-ce, Theos?

- Ismare? Une ville ghetto! Ou plutôt plusieurs zones ghettos accolées, séparées de douves, murs, talus, fortifications, fossés, tours, portails, et murailles et toutes cerclées d'une haute enceinte.

- Comment distingues-tu tout cela d'ici, encore à quelques encablures du port?
- Attendez quelques jours encore, le temps de vous y être promenés. Vous allez probablement ressentir la même impression oppressante.
- A l'évidence, le grand Olys n'a rien réalisé ici! conclut Agame.
- Nous n'allons probablement pas résider longtemps ici.
- C'est le public qui décidera.
- Si cette ville est aussi désagréable que tu le sous-entends, nous aurons le refuge du Thália. Je dois vous dire: au long de notre croisière, je m'y sens de mieux en mieux et je redoute le retour définitif à terre.

L'ennemi Pâris a profité de sa réputation et de ses relations pour liguer les décideurs de ce lieu contre la Compagnie d'Agame, la privant de toutes les salles. C'est, cependant, sans compter sur la capacité de Theos de créer ce qu'il veut, grâce au fabuleux trésor qu'ils transportent dans les cales de leurs navires.

Une semaine plus tard, hors les douves, murs, talus, fortifications, fossés, tours, portails, murailles et hautes enceintes, il prend possession d'un vaste périmètre de petites collines et y déploie forums et amphithéâtres, joints par des avenues et rues bordées de tavernes, de villas et de temples, en bois, carton et tissu: un cœur de ville, recréé en dehors d'elle, tel un organe artificiel qui assure la survie.

Pendant ce temps, la Troupe répète, certains avec effort, d'autres avec délectation. Quand les travaux de montage de "sa" cité antique ne le mobilisent pas sur le terrain, Theos assiste aux répétitions, inquiet que ses structures scéniques ne constituent pas le creuset requis pour la sublimation de ces œuvres dont les textes, surtout ceux de Sophocle et d'Eschyle, lui paraissent difficiles.

ACHILLE: (*il s'essuie le visage suite à plusieurs essais d'un long dialogue dans un hémicycle naturel ensoleillé en bordure des remparts*)

Tu fais la moue, Theos. Ces pièces te paraissent-elles compliquées, plus que les mythes qu'elles racontent?

THEOS:

Pour les grecs antiques, ce fut un moyen de rendre les mythes vivants. Hier, j'ai entendu Agame expliquer cela. Je te répète ce que j'ai entendu. Il n'empêche que pour moi, "l'architecte", elles restent très difficiles à appréhender et à comprendre.

ACHILLE:

Si tu es confronté à un texte difficile dont la lecture t'est insurmontable, une seule solution s'offre à toi: le déclamer! Il ne te suffira pas de le lire une unique fois à haute voix mais il faudra t'y reprendre à plusieurs reprises, tel un comédien qui s'acharne à apprendre ses répliques. Grâce à cela, tu acquerras la compétence de déclamer un texte, de le respirer, de le rendre vivant. Et miracle! A ce moment, tout deviendra clair. Tu l'auras compris, jusque dans ses plus subtiles nuances.

THEOS:

Est-ce pour cela que tu es devenu comédien, même devrais-je dire, un de nos plus grands tragédiens?

ACHILLE:

Allons, Theos, pas de psychanalyse à bon marché! Crois-moi, j'ai peu appris sur la rhétorique (*il fait un clin d'œil*) mais je m'y connais en déclamation!

AGAME:

Tiens, Achille, ta copine Polymnia, cette *professeure* de Rhétorique, comment va-t-elle?

ACHILLE:

Oh! Tu sais, tant qu'on ne fait qu'en parler, la rhétorique, cela n'a qu'un temps!

AGAME:

Te voici célibataire?

ACHILLE:

Que vas-tu imaginer! J'ai rencontré une jeune femme magnifique.

AGAME:

Branchée aussi sur la Philo?

ACHILLE:

Que non! Une fois suffit. Elle est experte en langue.

A ces mots, Régis opine, tel un connaisseur qui apprécie.

Ni "Amphitryon", ni "Œdipe roi", ni "Prométhée enchaîné" n'étaient censés attirer une telle foule. Si quelques habitants de cette "Ismare" ne résistent pas à la curiosité de découvrir ces pièces jouées par ces acteurs dont le périple et l'inventivité font régulièrement la une des média, la grande masse du public ne vient, cependant, que dans le but de découvrir cette étonnante cité antique éphémère. Agame a décidé d'y donner accès moyennant l'achat de billets de théâtre. Le succès est immense et continu. Plus dense qu'il n'aurait osé le parier, une foule s'y presse dont un grand nombre, voulant profiter du billet, assiste aux spectacles. Tant Achille que Theos qui s'amusent de sa fierté de gagner tant d'argent, sont impressionnés par le succès qu'obtiennent ces tragédies rarement vues par le grand public.

Dans cette structure passionnante, jusque-là inconnue, les spectateurs vivent l'étrange confusion entre le quotidien urbain et la représentation des mythes. Découvrant une sorte de grandeur, impossible dans leur cité de pierre et de béton dominée par des forces incontrôlables, plusieurs reviennent souvent dans ces décors, lieu lointain et ancien, à proximité soudaine de chez eux. Le théâtre étend sa scène à la cité.

Deux semaines avant la date prévue pour leur départ, A'na téléphone à Agame. Malgré plusieurs jours en avion entre les continents et en réunions complexes, sa voix est sereine et son élocution élégante. L'explication détaillée de ses contacts et négociations est claire et précise.

Lors de la première étape de son voyage, elle a rencontré les banquiers d'affaire new-yorkais à qui Pâris a confié la mission d'achat du théâtre d'Agame. Suite à une rude discussion, elle est parvenue à obtenir une offre ferme à un prix significativement revu à la hausse. Pour des raisons qu'ils n'ont pas souhaité expliquer, ceux-ci lui ont clairement mentionné ne s'occuper que de la transaction d'achat mais pas de son important financement. Selon A'na, ces banquiers se satisfont de la commission sur la transaction et ne sont pas prêts à prendre le risque d'un crédit disproportionné par rapport à la valeur du théâtre de Pâris. Celui-ci recherche encore fébrilement des prêteurs. Ensuite, elle a survolé à nouveau l'océan et a longuement conversé avec Ménélas, puis avec Mack et les autorités municipales. En conclusion de tous ces échanges, réflexions et accords, elle formule sa proposition qui laisse Agame muet de stupeur.

Cette recommandation consiste à créer une société anonyme, "La Société Dramatique", et d'y loger le solde de l'emprunt populaire et des subsides municipaux non encore affecté à la rénovation, les plantureux bénéfices de la tournée ainsi qu'une importante avance de Ménélas. Le total de ces fonds correspond au prix d'achat proposé par les banquiers et, dès lors, au financement recherché par Pâris. "La Société Dramatique" les lui prêtera sous forme d'un emprunt convertible en actions!

Agame qui a écouté, en silence jusqu'alors, explose:
- Et après? Cela nous avance à quoi? J'ai tout à y perdre! D'abord, tu me dis que je dois vendre mon théâtre! Et maintenant, que je dois lui donner les fonds pour m'acheter. C'est de la folie!

Très sereine, A'na répond:
- Chaque chose en son temps! Ne te laisse pas impressionner par les apparences. Je vous rejoindrai le jour de votre départ. D'ici là, j'aurai

pu mener à bien mes prochaines rencontres et verrouiller le dispositif. Tout deviendra clair pour toi à ce moment.

L'armada de douze navires s'avance, en course quasi solennelle, le Thália en tête, suivi du Léviathan et des dix autres cargos, en direction de quais à l'écart du port commercial. La navigation depuis Ismare fut tranquille. Ils sont nombreux sur le pont supérieur.

- Que vas-tu nous dire de cette ville dont nous approchons, Theos? Et comment l'appelles-tu?

- Troie est devant nous! Mais je n'ai pas grand-chose à dire, Agame. Si ce n'est qu'elle est entourée de remparts qui la rendent impénétrable. Peut-être aussi, mais tu le sais grâce à tes recherches sur Olys dont tu ne cesses de me parler, que c'est d'ici qu'il partit, emportant avec lui la science de construire les villes et l'absolue nécessité d'accomplir les œuvres dont nous devions rechercher les traces à chaque étape de notre parcours. Mais toi, Agame, que ressens-tu?

- Nous voici à l'ultime étape de notre voyage, confrontés à Alexandre Pâris et à son Théâtre des Trois Mondes. Les informations d'A'na me parviennent par bribes et morceaux. Mes nerfs sont mis à rude épreuve. Elle refuse d'annoncer par téléphone son projet, créant ainsi un insupportable suspense.

- Proposes-lui d'écrire ta pièce, chuchote Achille.

Heureusement, Agame n'entend pas.

- Et toi, confronté aux retrouvailles avec Elena! ajoute Theos.

- Oui, oui, répond Agame d'un air préoccupé.

- Qu'allons-nous jouer ici? demande Achille.

- Rien! Ou ce qu'on nous demandera si on nous sollicite. Peu importe! En tous cas, moi, je vais y jouer ma peau, répond Agame. Lord Ménélas, qui finance largement la rénovation, attend de moi que je ramène Elena avec nous. Je redoute sa réaction si je ne parviens pas à la convaincre malgré l'extraordinaire succès de notre tournée et le prestige de mon futur bâtiment.

Cette idée ne semble guère plaire à Sarah qui s'éloigne dans un ample mouvement de la tunique pourpre qu'elle n'a pas ôtée en fin de répétition.

- A quoi allons-nous passer le temps sans représentation? s'inquiète Régis. De nouvelles vacances pour l'équipe technique?

- A ta place, je ne me préoccuperais pas d'une absence de spectacle! Beaucoup de morceaux de décors ont souffert de leur intense utilisation en extérieur et exigent une solide rénovation. De même pour les costumes. Imagine la réaction de Péné si nous les ramenons sans remise à neuf!

Comme prévu, A'na les rejoint dès leur accostage. Le scénario qu'elle leur explique dans les moindres détails durant la soirée laisse Agame et Theos pantois. "La Société Dramatique" a été constituée. En tant qu'administratrice-gérante, A'na en possède une action, ainsi que Mack et Theos. Ce dernier apprend à ce moment qu'il en est nommé administrateur-directeur, moyennant de nombreuses signatures à apposer sur des actes officiels. Les milliers d'autres actions sont détenues par une autre société anonyme "Horse of Troy" dans laquelle le nom d'Agame, son unique propriétaire, n'apparaît pas directement, grâce aux compétences comptables de banquiers, avocats et fiscalistes réputés, ainsi qu'à leur génie pervers. Les capitaux provenant de l'emprunt populaire et des subsides municipaux, les plantureux bénéfices de la tournée ainsi qu'une importante avance de Ménélas ont déjà été transférés sur le compte de "La Société Dramatique".

Le mardi suivant, à dix heures du matin, respectant avec précision l'heure du rendez-vous, A'na et Theos se présentent à l'étude de la ravissante notaire d'Alexandre Pâris qui les accueille avec courtoisie. Sûr de lui, ce dernier salue avec condescendance ses bailleurs de fonds, dont il ignore leurs relations avec Agame, comme si c'étaient eux qui devraient le remercier de pouvoir faire affaire avec lui dans le rachat du célèbre théâtre "de ce pauvre Agame", selon son expression. A'na en tailleur bleu marine strict, reste impassible, le visage à peine maquillé derrière de larges lunettes sévères, les cheveux tirés en un étroit chignon, tandis que Theos, en costume et cravate anthracite, affiche une mine sinistre. Sans attendre, la notaire procède à la lecture de l'acte par lequel "La Société Dramatique", spécialisée dans les investissements artistiques, représentée par A'na et Theos, concède un prêt convertible en actions de deux cents millions au Théâtre des Trois Mondes. Aucune réserve n'est formulée bien que ce montant soit dangereusement supérieur au capital de son théâtre. La séance de signature de l'acte officiel et de l'ordre de paiement est brève. A peine une demi-heure après leur arrivée, A'na et Theos quittent l'étude.

Le jeudi, à quatorze heures cinquante-deux, A'na et Theos sont enfermés dans leurs cabines afin de ne pas être vus. Sous l'œil étonné des matelots, et celui irrévérencieux des comédiens appuyés au bastingage du pont supérieur, la belle notaire franchit la passerelle du Thália. Achille ne se prive pas d'une remarque acerbe sur la féminisation des titres:
- Le jour où je devrai passer à l'acte, notarial s'entend, je choisirais bien cette *Maîtresse*-là!
Quelques minutes plus tard, deux banquiers new-yorkais suivent le même chemin, attaché-cases à la main, certainement chargés de pleins pouvoirs, habillés comme pour un cocktail mondain: le plus âgé, en costume trois pièces brun, paré de chevalières et lunettes cerclées d'or et la banquière, superbe métisse en tailleur bleu pétrole, le cou cerclé d'un triple collier de perles fines. Achille, sans rire cette fois, annonce d'une voix rauque:
- Je vais changer de banque!

Au pont inférieur, Agame les accueille dans son anglais particulier qui fait rire Sarah aux larmes.

- Ted Tod, se présente le banquier.

Celle-ci fait la moue.

- Carlota Santamaria de Madrededios, annonce la banquière.

Régis s'exclame:

- Bigre! Pour une comédienne, avec un tel nom, il faudrait agrandir les affiches!

Il est près de quinze heures dix lorsque Pâris, rayonnant, se présente sur le quai en tenue sport. Un matelot le conduit à la cabine-bureau où sont rassemblés les Américains, sa notaire, celui d'Agame et ce dernier qui, livide, l'accueille d'un bref mouvement de tête.

Pendant la demi-heure qui suit, dans un profond silence seulement occupé par la litanie des notaires et les cliquetis des cuillères à café et à thé sur la porcelaine des tasses, le contrat de vente du théâtre d'Agame au Théâtre des Trois Mondes est signé, contre transfert immédiat, par ordre de Pâris, de deux cents millions sur le compte d'Agame.

A quinze heures trente, dès le départ des cinq visiteurs, Agame donne l'ordre de virement de cette somme à sa société "Horse of Troy" et, de là, sur le compte de "La Société Dramatique", qui retrouve ainsi ses fonds de départ, prêtés à Pâris.

Le lundi suivant, entre onze heures quinze et onze heures vingt-huit, dans la plus grande discrétion, plusieurs personnes montent séparément les escaliers de l'Hôtel de Ville, de Troie dirait Theos, puis suivent les longs couloirs du troisième étage et rejoignent une salle lugubre aux murs défraîchis et sans fenêtres. Avec des mines de conspirateurs, ces quinze individus, dont les tenues distinguées contrastent avec le style ambiant, s'installent sur de vieilles chaises en bois autour d'une longue table plastifiée dont l'état atteste que ce local sert de réfectoire. A part Priam et son fils Pâris qui ne sont pas au courant de cette rencontre, les autres actionnaires majoritaires du Théâtre des Trois Mondes entourent A'na qui préside en milieu de table. Outre les quatre notaires et les quatre banquiers respectifs, se retrouvent là trois administrateurs du Service Culturel Municipal, détenteur de quarante pourcents des parts, le mandataire de la famille de mécènes qui en possède trente-cinq pourcents, et deux fondés de pouvoir de l'"Association pour les Arts de la Scène" regroupant une multitude de petits coopérateurs et détentrice de quinze pourcents. Seuls les dix pour cents restants, appartenant à Priam, ne sont pas représentés. L'ambiance est franchement détendue et cordiale. Il est vrai que ces dernières semaines, A'na a eu l'occasion de les rencontrer séparément plusieurs fois. Surtout, ils sont tous visiblement soulagés de se sortir, sans trop de pertes, du Théâtre des Trois Mondes au bord du gouffre financier à cause, selon leurs dires, "des investissements exorbitants entrepris par son gestionnaire incompétent, Alexandre Pâris". En moins d'une heure, les transactions de cession de leurs parts à la "La Société Dramatique" sont conclues, à un prix particulièrement avantageux pour celle-ci. Le total des paiements de ces ventes, exécutés par les banquiers, est de loin inférieur aux deux cents millions des transactions précédentes.

Au moment où ils quittent la salle, cette fois sans guère de précaution, la situation est claire. Le Théâtre des Trois Mondes, déjà possesseur du théâtre d'Agame, est devenu à quatre-vingt-dix pourcents la propriété de "La Société Dramatique". Celle-ci, détenue par la société "Horse of Troy" dont Agame est l'unique propriétaire, dispose encore de plusieurs millions de liquidité … et d'une créance de deux cents millions sur le théâtre de Pâris.

Deux semaines plus tard, le mercredi, à partir de dix heures, respectant les délais statutaires de convocation en extrême urgence, trois Assemblées Générales Extraordinaires de sociétés se succèdent dans les salons d'apparat du plus luxueux hôtel de Troie. Les deux premières, celle de "Horse of Troy" directement suivie de celle de

"La Société Dramatique" se déroulent en quelques minutes, en présence d'Agame, A'na, Theos et Mack, arrivé en avion pour cette occasion exceptionnelle, ainsi que du notaire attitré et de ses clercs. Celle du Théâtre des Trois Mondes est fixée à onze heures. Les notaires attendent. De très méchante humeur, Pâris se présente peu avant l'heure. Les clercs vérifient le mandat de Priam. Pâris s'étonne:
- Qui convoque cette assemblée? Où sont les autres actionnaires?
- Les voici, répond le notaire à l'entrée d'A'na, Mack et Theos.
- Je parle du Service Culturel Municipal, de notre mécène et de l'"Association pour les Arts de la Scène", s'énerve Pâris.
- Ils ne sont plus actionnaires, explique posément le notaire. Ils ont vendu l'entièreté de leurs parts à "La Société Dramatique" qui détient quatre-vingt-dix pourcents du théâtre. Par ailleurs, celle-ci active son droit de conversion en actions du prêt qu'elle vous a accordé. Enfin, compte-tenu du fait qu'elle possède ainsi la quasi-totalité du capital, elle rachète d'office les dernières parts encore au nom de votre père.

Colère, hurlements, menaces, insultes, rien n'y fait. Les arguments du notaire sont imparables. Le départ violent de Pâris, qui renverse un fauteuil dont la chute sur l'épaisse moquette ne s'entend pas et qui tente de claquer la lourde porte de chêne freinée par son mécanisme de fermeture automatique, permet au calme de revenir. Les dernières décisions des Assemblées et des nouveaux administrateurs conduisent à la fusion des sociétés "Horse of Troy", "La Société Dramatique" et "Théâtre des Trois Mondes", propriétaire du théâtre "des Barbusquins", sous le nom de "Théâtre de l'Univers", entièrement détenu par Agame.

Le vendredi de la semaine suivante, Agame et A'na signent les actes de vente à la plus grande société immobilière de la ville des actifs immobiliers qui appartenaient au Théâtre des Trois Mondes. Compte-tenu de leurs situations privilégiées dans le centre des affaires, ils en obtiennent un prix très élevé. Grâce à cette excellente opération immobilière, l'avance de Ménélas est entièrement remboursée et les subsides ainsi que l'emprunt de rénovation sont reconstitués. Et quelle gloire! Voici Agame, en plus de sa Troupe, propriétaire d'une Compagnie à Troie. Du théâtre de Pâris ne subsistent plus que sa réputation et les contrats avec les comédiens, ce qui suffit à Agame qui a reçu du Service Culturel Municipal la disposition de la grande salle de son centre de congrès.

Pâris disparaît pour toujours et plus jamais quiconque n'entend son nom sauf, longtemps après, un vieillard relisant à haute voix, chevrotante parce qu'il ne fut pas comédien, un programme de spectacle de la décennie précédente.

Ce soir, sur le yacht, c'est l'euphorie.

SARAH:

Quand je pense qu'en commençant mes études d'art dramatique, je considérais Priam comme un père artistique!

AGAME :

Pas de nostalgie, mon chou! Et toi, Theos, que penses-tu du montage "Cheval de Troie" imaginé par A'na?

THEOS:

Génial! Absolument génial. Grâce à son acharnement, son intelligence et son sens de la négociation, tu te retrouves avec ton théâtre, les capitaux nécessaires pour terminer la rénovation en splendeur, l'élimination de ton pire concurrent ainsi qu'une Troupe supplémentaire dans cette ville-ci. Fini "Les Barbusquins", te voici patron de "L'Univers". Tu devrais rejouer ces événements plusieurs fois ... sur scène.

AGAME :

C'est malin!

THEOS:

Je ne plaisante pas. Tu y ajoutes du panache, de la violence, de la souffrance, un "coup de théâtre du III° Acte" et ce sera un succès. Je peux te parler des idées que j'ai déjà en tête pour les décors ...

AGAME :

Theos! Depuis que tu vas mieux, souvent, je ne sais plus si tu parles sérieusement ou si tu ironises.

Theos le regarde d'un air ahuri, tellement surpris qu'il puisse donner l'impression d'aller mieux.

A'NA:

Le Cheval fut un décor qui a piégé les habitants de Troie, à cause d'une illusion, d'une faiblesse de raisonnement, peut-être aussi d'une absence d'autorité ou de discipline. Avoir cru que la mise en scène et le décor étaient réalité, a provoqué leur chute, leur disparition et leur honte. Tel est le sort aujourd'hui d'Alexandre Pâris. L'Histoire se souviendra de lui comme d'Alexandre Le Petit.

Les "Trois Mondes" est un des lieux emblématiques de la ville et un des théâtres les plus célèbres de l'époque. Agame est très impressionné quand il pénètre, en milieu d'après-midi, accompagné d'A'na et de Theos, pour la première fois et pour la dernière dans ce bâtiment qu'il vient de vendre. Sa façade dorique de marbre blanc, précédée d'une volée d'escaliers de pierre bleue en forme d'amphithéâtre, s'étale sur tout le côté d'une large esplanade. Le soir, quand il est illuminé, il attire si intensément les regards qu'il est devenu la destination des promenades vespérales.

- Te voilà, Agame, avec deux Troupes sur les bras, celle-ci à Troie, comme je dis, et les "Barbusquins". Si, avec de telles Compagnies dans des endroits aussi essentiels, tu ne passes pas à la postérité, ce ne sera que par manque de bonne volonté! Par quel spectacle comptes-tu marquer cet événement?

- Ici, nous n'allons pas jouer nous-mêmes. Laissons les représentations du programme des "Trois Mondes" se dérouler comme prévues dans cette salle-ci mais annonçons le changement de nom en "L'Univers" et le futur transfert des représentations au Centre des Congrès. Cela fera un excellent coup médiatique.

A cette heure, le grand hall, les vestibules et le foyer sont vides et sombres. De la salle dont plusieurs portes sont ouvertes, proviennent des éclats de voix. Celle-ci est obscure et vide. Seule la scène, dépourvue de décors, est faiblement éclairée. En jeans et pull, trois comédiens y répètent, livret à la main, devant une table occupée par deux silhouettes de dos qui sont certainement le metteur en scène et un assistant. Agame s'avance discrètement pour ne pas interrompre leur travail, surtout qu'il perçoit une tension extrême

- Elena! Mon petit cœur, s'il te plait! hurle une des silhouettes en levant les bras.

De frustration, celle-ci jette son livret dans la salle, par hasard dans la direction d'Agame que les autres acteurs découvrent alors dans la pénombre. Nouvel hurlement du metteur en scène à l'encontre de ces visiteurs imprévus, mais vite calmé dès qu'il reconnaît le nouveau propriétaire, dont la photo fait la une de nombreux journaux depuis des mois.

Les présentations sont brèves et réservées. Elena est particulièrement arrogante et distante. Cependant, ce qui frappe le plus Agame est son air étrange, étranger pense-t-il. Sans attendre, le metteur en scène quitte la salle en compagnie de l'assistant pour entreprendre avec A'na et Theos une visite de ce bâtiment magnifique, bientôt voué à la disparition.

En sortant, Theos s'étonne de la brièveté de sa retrouvaille avec Elena et qu'il n'ait pas cherché à la revoir en fin de visite.

- Pfuut! répond Agame.

A vrai dire, Agame s'en moque complètement, parce que cette sale gamine, selon son expression, n'a que ce qu'elle mérite. De toute façon, à force de ne plus la voir tandis qu'elle le trahissait avec cet animal de Pâris, pour reprendre à nouveau ses propres termes, il a perdu pas mal de sa passion. D'autant que Sarah …! A nouveau, Theos se demande si Agame, qui s'exprime de plus en plus souvent de cette façon, a vraiment raison de vouloir écrire une pièce.

- Et puis, nous allons la virer pour raison de santé et elle retournera chez notre ami Ménélas, le pauvre! conclut-il.

Déjà, un jour précédent, en présence de Theos, il s'était écrié soudainement:

- Mais comment diable ai-je pu m'enticher de cette péronnelle alors que cette magnifique Sarah ...

Cinquante-et-unième page du cahier d'Atrée[11]

Depuis la page cinquante, jour après jour, je les ai arrachées une à une, déchirées en deux, puis en quatre, puis en huit. Déchiquetées ensuite et jetées dans la cuvette. Une à une. Des plus récentes vers les plus anciennes. Dans l'ordre inverse du récit. Dans une tentative désespérée de retourner dans le passé, aussi loin que nécessaire pour empêcher ce ..., cette ... Je ne sais plus quoi écrire. Cette nuit, ne subsistent plus que les trois premières et celle-ci à peine rédigée.

Je ne les supportais plus. Les mots qui les couvraient m'étouffaient. Carole, Paul!

J'ai détruit ce texte, en un exemplaire unique, pour supprimer ce qu'il raconte. Ce passé devait disparaître.

Je n'explique rien. Je ne comprends rien.

---

[11] Bien évidemment, celui qui a écrit cela ne s'appelle pas Atrée. Depuis longtemps, personne ne porte ce prénom. Peut-être même que jamais personne ne l'a porté. Mais voilà, s'il est écrit Atrée, c'est sous l'influence de Theos qui mélange sa vie et les tragédies antiques, ainsi qu'il confondait déjà vêtements et costumes, villes et décors.

17

La tournée est finie. Pâris a disparu. Ils ne jouent pas en cette ville de Troie. La rénovation du couvent des Barbusquins touche à sa fin et il est temps de rentrer. Pour la longue traversée des océans qui bouclera leur tour du globe, le stock de décors, les costumes et le matériel sont transbordés sur un immense porte-conteneurs, le "Ship of Fools"[12], plus économique que l'armada de navires qui avait été indispensable pour leurs nombreuses étapes côtières ou fluviales.

Evidemment, un tel monstre des mers n'a pas le charme d'un cargo classique, tel le Léviathan, et encore moins du yacht Thália, tout paré de parois, de meubles d'acajou poli et de cuivres rutilants. Face à la nostalgie générale qui touche la Troupe et l'équipe technique à l'annonce de ce transfert, inspiré par son installation extravagante d'Ismare, Theos planifie un agencement saugrenu des conteneurs. Le résultat est un labyrinthe sur plusieurs étages. Au cœur de ces dédales, à l'abri de la pluie, du vent et des embruns, il déploie des décors.

Ils ne navigueront plus entre des villes mais ils vivront dans une cité, étrange et intime, qui voyagera sur les océans. Cette expérience de retour, telle qu'aucun voyageur ne l'aura jamais connue, les rendra différents, pour toujours. Bien que, très probablement, ils ne parviendront pas à exprimer clairement cette étonnante transformation, ils savent pourtant qu'il en est ainsi, parfois, pour les gens de théâtre.

Le gigantesque vaisseau est à quai. A'na, Agame et Theos sont installés sur le premier rang de gradins, pas confortables, se dit A'na, de la reproduction d'un théâtre grec antique, à bâbord, presque à la proue, s'appuyant sur un arc de cercle de plusieurs conteneurs

---

[12] La Nef des Fous

empilés. Mack est près d'eux car il a décidé de les accompagner pour une courte étape maritime avant de prendre l'avion.

- Le voyage est terminé. Notre incroyable aventure peut passer à la postérité! déclare Agame, mi-comique, mi-dramatique. Maintenant, nous voici arrivés aux origines du théâtre et de la tragédie. Souvent, j'ai pensé à poursuivre le voyage vers l'invention de l'écriture. Présenter sur scène l'Iliade ou la monstrueuse tragédie des Atrides? Mais, qu'aurais-je pu créer de mieux que les grecs antiques? Alors, j'ai pensé à d'autres récits anciens: celui de Remus qui fut tué, selon une des légendes, par son frère Romulus pour avoir dépassé le sillon de charrue de la future cité sur le Palatin; l'histoire de Caïn, le sédentaire, qui fonde la première ville, Hénoc dans le pays de Nod, puis tue son frère Abel, le nomade, gardien de troupeau; l'épopée du Babylonien Gilgamesh, citoyen civilisé, qui pleure son ami, son frère, Enkidu, chasseur-cueilleur, proche des animaux et des origines. Chaque fois, une histoire trop tristement humaine du sédentaire qui tue le nomade! Des fratricides! Caïn n'a, cependant, pas seulement tué son frère dont il était devenu différent: il a inscrit les gênes permanents de la destruction dans sa descendance. Car, s'installant dans la cité, il a cessé de ne prélever que l'indispensable par la chasse et la cueillette: il a enclenché le processus de transformation de la nature qui a conduit à l'agression écologique et à l'extension des groupes humains, terminant au fil des millénaires en l'apothéose du changement climatique et de la surpopulation.

A'na et Mack l'écoutent avec intérêt.

- Cette symbolique est proche de certains des thèmes que je veux aborder dans ma pièce: une autre forme de fratricide que celle des Atrides. Mon itinéraire vers les origines du théâtre me conduit ainsi à relier la destruction actuelle de notre société avec le premier acte destructeur. Le fratricide symbolique individuel s'est mué aujourd'hui en fratricide de masse, bien réel celui-ci.

Theos est tétanisé par ces paroles. Les fantômes qui l'entouraient à son arrivée à Malpertuis et qu'il était presque parvenu à semer grâce aux médicaments et à ses parcours litaniques dans ses cités illusoires, l'envahissent d'un coup, jusqu'au vertige. Ne pourra-t-il donc jamais échapper aux blessures de ce jour horrible? A ce moment, une main se pose sur son épaule, effleurant son cou. Qu'elle est douce. Il reconnaît le parfum d'A'na. Une onde bienfaisante l'envahit et il se laisse aller en arrière, recueilli par un corps et deux mains fermes.

Immobile, il respire profondément et se détend peu à peu, parvenant à parler:

- Je t'ai accompagné, Agame, dans ton long parcours jusqu'aux origines du théâtre: celles des tragédies les plus terribles et des fratricides. Ainsi que vous me le demandez et conseillez depuis longtemps, je crois que je devrais vous raconter enfin, à A'na ainsi qu'à vous deux, mes amis, le drame duquel je ne parviens pas à m'échapper.

- Je devine une intense souffrance en toi, si destructrice que tu es incapable d'en cacher les signes, répond Agame. Tes changements d'habits ne te camouflent pas ni ne te métamorphosent. Ils démontrent seulement l'impérieuse nécessité que tu ressens de devenir différent de ce que tu étais. Probablement, il n'y a pas que toi-même que tu cherches à transformer. Quel malheur as-tu connu qui te pousse à vouloir tout modifier. Ton intérêt pour les villes en est le signe.

- Les villes, c'est à cause de toi, Mack!

- Ne nie pas que ta passion pour les décors participe d'une démarche identique, réagit celui-ci.

- Là, c'est à cause de toi, Agame, et de ton foutu théâtre en perdition.

- Ainsi Theos, tu cherches à échapper à toute discussion sur le sujet.

- Les mots ne sont jamais anodins. Ils peuvent blesser aussi celui qui les prononce. Le récit d'une tragédie la fait revivre une nouvelle fois.

- Ne serait-il pas temps que tu nous expliques? Je ne te demande pas cela par curiosité mais par amitié. Les mots maintenant devraient moins te terroriser. En les disant, tu pourras extirper les horreurs contenues en toi.

A'na le regarde tendrement et dit:

- Qui es-tu, Theos? Nous ignorons tout de ta vie. Tu ne dis rien quand il ne s'agit pas de villes ou de décors de théâtre.

- Il y a peu de temps encore, j'aurais été incapable de répondre. Aujourd'hui, après ces mois en votre compagnie, à me consacrer intensément à créer de nouveaux espaces grâce à l'immense héritage des décors, j'ai retrouvé un peu d'humanité.

- Que s'est-il passé dans ta vie?

- Un jour, brutalement, je me suis retrouvé isolé des autres humains. D'un coup, j'ai été privé de tout. Autour de moi, tout avait perdu son sens, ... plus que son sens: sa raison d'être, sa nature même. Pourtant, j'étais-là, au seuil de la folie, confronté à un vide infernal et à une volonté de ne plus exister. Alors, je me suis enfui, car je n'avais pas d'autres choix. Par hasard, je suis arrivé dans votre ville, où j'ai eu la chance de vous rencontrer. Peut-être qu'un jour vous comprendrez à quel point vous m'avez sauvé. J'étais un architecte construisant des immeubles fonctionnels pour des habitants inconnus. Maintenant, je crée des lieux artificiels où se déroulent, soir après soir, les mêmes drames, imaginés par des auteurs célèbres. A force d'avoir entendu si souvent pendant la tournée les répliques de ces pièces, je me demande enfin, ainsi que vous me le conseillez, si le récit de mon drame ne m'aidera pas à l'extraire de mon être. Mais, serais-je capable de raconter l'horreur? Ce que j'ai vécu est plus terrible que ces tragédies que tu as mises en scène et que tes comédiens ont répétées, car il ne s'agit ni de mythes, ni de métaphores, ni de poésie mais de la vie de ma famille.

- Ta famille?

La puissante sirène du bateau l'interrompt. Une soudaine vibration sourde se diffuse dans sa structure. De lourds et denses nuages noirs sont crachés par les hautes cheminées, rapidement dilués dans le vent, laissant la place à un remous d'air brunâtre et flou qui s'élève désordonné dans le ciel. Le grondement sépulcral des moteurs ressemble à un furieux ronronnement de félin. D'un coup, les projecteurs éblouissants s'allument et illuminent le périmètre autour du navire. Des ordres brefs, diffusés par les haut-parleurs, se succèdent. Un mouvement lent se devine, si imperceptible d'abord que ce sont les bâtiments du quai qui donnent l'illusion de se déplacer. Le soir vient de tomber. Sur l'horizon, au bout de l'immense étendue bleu outremer, se dessinent les derniers filaments parmes du crépuscule.

- Venez! Allons-nous installer dans d'autres décors.

Dans un théâtre traditionnel, ce qui couvrirait le mur du lointain, est ici une large représentation d'un paysage de montagne, tendue sur la paroi de conteneurs empilés. Entre des perspectives de hauts sommets, une vallée aboutit au loin au dessin d'une grande ville qui scintille d'une multitude de diodes luminescentes. Côté cour, qui ici est à tribord, une structure reconstitue des ruelles et des passages escarpés d'un vieux village fleuri. Côté jardin, se profile une partie de façade extérieure d'un chalet dont on distingue les pièces éclairées.

Cette placette de village alpin est un des nombreux montages que Theos a éparpillés sur le porte-conteneurs. Souvent des acteurs ou des techniciens viennent s'y installer pour rêver de sommets enneigés au milieu de l'océan. A cette heure-ci de début de soirée, ce coin perdu est vide lorsque Theos y accède en compagnie d'A'na, Agame et Mack. Le contraste de la luminosité océane, l'humidité et l'odeur marine qui l'enveloppe lui confèrent un caractère étrange et angoissant.

- J'ai eu une famille, dit Theos à voix basse.

Ses amis le regardent fixement, impassibles et immobiles. Leur silence est chargé de précaution et de respect.

- Nous habitions un lieu magnifique et calme, au bord d'un village isolé en pleine nature mais à seulement trois quarts d'heure de mes bureaux dans le centre-ville et à une demi-heure des collèges et lycées de la périphérie.

Tout en parlant, il évolue lentement entre les panneaux.

- Tout cela ne ressemble pas exactement à ce lieu. Un peu quand même! J'ai installé ceci, sans réfléchir, avec les disponibilités de notre stock. J'aurais dû, pourtant! Cette similitude avec le cadre de mon passé me bouleverse mais … comment dire … est, ainsi que j'arrive à en parler maintenant, une forme inattendue d'exorcisme.

Il se détourne et regarde vers la mer où les derniers reflets du couchant ont disparu.

- Il y avait des séquences de prés vert tendre, en courbes successives, grimpant entre des massifs de pins jusqu'à des pâturages semés de rochers aux teintes d'étain, dominés par des hauts sommets enneigés. De l'autre côté, la large vallée rejoignait la plaine où s'étendait la ville.

Un long moment, il ferme les yeux. Pour se souvenir ou pour se défaire de cette vision?

- Dès notre mariage, nous nous sommes installés là, dans un chalet entre village et vallée.

Tandis qu'il tourne en rond, les yeux rivés au sol, ni Agame, ni A'na, ni Mack n'osent interrompre sa méditation.

- Nos trois enfants y sont nés.

Nouveau silence.

- Aujourd'hui, je suis incapable de raconter des anecdotes, mais nous étions une famille très heureuse. Notre fils aîné avait seize ans, notre fille douze et le plus jeune neuf ans.

- Quels sont leurs prénoms?

- Je suis encore incapable de les dire. Je serais trop proche d'eux.

Et directement, il déclare d'une voix rauque:

- Je boirais bien quelque chose.

- Moi aussi! répond Agame en sautant littéralement debout, soulagé de pouvoir échapper à cette tension. C'est l'heure de l'apéritif. Je file aux provisions et je reviens illico.

La brise de mer écœurante d'embruns, se transforme en souffles d'air frais et brusques. A'na qui pourtant ne montre aucun frémissement, vient se blottir, la tête sur l'épaule gauche de Theos qui serre sa vareuse au col relevé de son bras droit. Il saisit sa main et l'enlace de son bras gauche. La magnifique chevelure blonde impétueuse flotte autour de son visage et l'apaise par ses caresses et son parfum. Etroitement serrés, ils restent immobiles jusqu'au retour d'Agame dont le panier contient verres, bouteilles de jus de fruit, de vin rosé, de whisky, des olives, du fromage:

- Voilà, il y en aura pour tous les goûts.

Un verre de whisky sec à la main, Theos se détend un peu mais ne raconte plus rien. Au bout d'une demi-heure, ils rejoignent la Troupe dans l'imposant restaurant de leur monstre des mers.

Le diner prend du temps. Lorsqu'A'na, Agame, Mack et Theos regagnent le pont, les puissants projecteurs qui l'éclairent, les privent de la vision de la pleine lune et des étoiles qui étincellent dans la nuit sans nuage. Le tangage est imperceptible mais un vent violent traverse les superstructures du navire et les transperce. Pour se protéger, ils s'infiltrent entre des conteneurs noirs empilés jusqu'à la hauteur d'un immeuble de quatre étages. A l'abri du vent et de la lumière intense, ils se réfugient dans un espace oppressant de cinq mètres sur trois et près de vingt de haut.

Là, assis sur un rebord qui leur sert de banc, le récit que Theos leur déroule en phrases courtes, hachurées, hésitantes, se grave immédiatement dans leur mémoire. Leur impression est si forte que chacun d'eux associe spontanément des images à ses paroles et que ce drame s'inscrit en détail pour toujours en eux. Pendant des mois et des années, parfois en des circonstances inattendues, tel un film, il se déroulera dans leur souvenir avec une atroce précision. A'na est marquée par les visages et les personnes, Agame par la séquence des événements et Mack par les lieux.

Voici ce dont les trois se souviennent. La dernière côte est raide et se termine en épingle à cheveu. A la sortie de ce tournant, les premières maisons du village deviennent visibles. La route se dirige droit vers elles. A leur proximité immédiate, à hauteur d'un parking et de l'esplanade des bus, elle se divise en trois rues plus étroites dont une se poursuit au travers de l'agglomération tandis que les deux autres la contournent, celle de gauche bordée de chalets, celle de droite de La Poste, de magasins, de bureaux municipaux et d'ateliers.

Le crépuscule est déjà bien avancé. Les réverbères ponctuent le paysage de leurs halos jaunâtres; les vitrines et fenêtres diffusent leurs lumières. Dès sa sortie du dernier virage, alors qu'il accélère comme chaque fois à cet endroit, l'attention de Theos est attirée par plusieurs gyrophares bleus à l'entrée de la rue de gauche qu'il doit emprunter pour rejoindre son domicile. Machinalement, il lâche l'accélérateur et, intrigué par cet événement inhabituel dans ce village tranquille, il se dirige lentement vers les deux camionnettes de gendarmerie qui barrent le passage. Quelques badauds sont immobiles sur le trottoir à une dizaine de mètres. Un brigadier lui fait signe de s'arrêter et s'avance. Par la vitre que Theos vient d'ouvrir, il l'informe que la rue est interdite à la circulation. A la question de savoir comment rejoindre son domicile dans cette rue, le gendarme lui demande son nom. A la réponse, il se fige et pâlit puis il lui demande de garer sa voiture et de l'accompagner jusqu'à son chalet. En chemin, il ne répond à aucune interrogation.

A dix mètres du chalet jusque-là invisible, la rue tourne en angle droit. A ce point, une angoisse instantanée saisit Theos, si violente qu'il en est pris de vertige. Devant chez lui, une ambulance, un véhicule d'urgence du Samu, deux jeeps de la gendarmerie et deux voitures banalisées bloquent le passage. Devant la porte d'entrée, deux hommes en costume l'attendent et se présentent comme commissaire et procureur. Par la porte du salon, il voit sa femme assistée par deux médecins. Elle est livide, ses yeux sont exorbités. Tout son corps est pris d'un tremblement continu, si intense qu'il diffuse autour d'elle l'évidence de l'abomination qui l'habite. Dans le hall d'entrée, avec cette vision bouleversante devant lui, les deux hommes lui révèlent l'atrocité qui s'est abattue sur sa maison.

Les corps des deux plus jeunes enfants ont été découverts par leur mère dans leur chambre, étendus sur leur lit. Morts par asphyxie, selon le diagnostic du médecin qu'elle a appelé.

A cette annonce, Theos perd le souffle. Dans son vertige, l'image de son petit garçon et de sa fillette chérie l'envahissent, se superposant à la vue de sa femme saisie d'horreur. A cet instant, pour toujours, il cesse d'être ce qu'il était.

Pour le rassurer, au vu de son état de choc, le magistrat lui dit de ne pas s'inquiéter de l'absence de leur fils aîné car les voisins ont confirmé qu'il ne revient tous les jours que plus tard du collège. Quelques minutes plus tard, celui-ci entre dans le chalet. Il est pris en charge par un psychologue et un médecin. L'annonce de l'abomination le rend livide. A la vue de sa mère et de son père, il reste paralysé.

Une heure se passe. Tandis que Theos, sa femme et son fils, tels des statues, sont dans le salon, portes fermées, entourés du magistrat, du commissaire, du psychologue, du médecin et d'une infirmière, les corps des enfants sont emmenés en ambulance vers la morgue de l'hôpital. Plus tard, les enquêteurs de la police scientifique et le médecin légiste descendent et quittent la maison. le médecin les conduit dans leurs chambres et leur injecte de puissants sédatifs. L'infirmière s'installe sur le palier pour une nuit de garde. Un gendarme reste de faction devant l'entrée et un autre à côté de la porte du jardin. Theos n'a aucun autre souvenir de ces heures, ni des rares paroles qui furent prononcées, ni de l'activité de la police au rez-de-chaussée.

Le lendemain matin, Theos est seul dans le lit à son réveil tardif, trempé de sueur, nauséeux, avachi par les effets du médicament. La douche le soulage à peine. Dans la salle à manger, son fils est prostré dans un coin. Le médecin, aidé d'une nouvelle infirmière, tente de nourrir et désaltérer sa femme. Le commissaire est déjà là. Theos ne se souvient pas de ses questions.

Peu après son départ, Theos qui ne peut pas supporter les sanglots de son épouse ni ses tremblements, décide de se réfugier dans son bureau au cœur de la ville. Afin d'échapper à la vue de sa mère effondrée et à l'ambiance morbide du chalet, son fils lui demande de le déposer au collège.

Pendant les heures suivantes, Theos a le sentiment d'être projeté hors de lui, victime d'un maléfice ou d'une drogue hallucinogène. Son esprit, pilonné par les images incessantes de ses deux jeunes enfants et de son épouse traumatisée, distille un insupportable mélange de désespoir, d'incompréhension, de colère, de tristesse. Ses associés et proches collaborateurs se relayent dans son bureau mais ils ont instinctivement compris que le silence s'impose. Le reste de l'équipe est au seuil de sa porte, hors de sa vue mais convaincu de leur obligation absolue de cette présence.

A seize heures, le commissaire et un inspecteur le rejoignent. La recherche méticuleuse d'indices et d'empreintes dans la maison et le jardin n'a rien révélé de suspect. Les enquêtes de voisinage et dans ces bureaux confirment les emplois du temps de Theos et de son épouse. Celui-ci a passé la journée entière en réunions. Pas un moment, il n'a été seul. Celle-ci a accueilli les deux enfants à leur retour de l'école. Après un goûter, ils sont montés pour réviser leurs leçons. Leur mère a alors quitté la maison pour une visite chez le médecin et pour quelques emplettes chez divers commerçants. Durant son heure et demie d'absence, elle non plus n'a jamais été seule. Comme c'est l'habitude chez tous les habitants de ce village tranquille, la porte du jardin est restée grande ouverte et celle vers la rue non verrouillée. Pendant ce temps, leur fils aîné était au collège. Pour les besoins de l'enquête, des inspecteurs y sont en ce moment avec lui en vue d'établir le procès-verbal requis par la procédure.

L'obscurité est tombée lorsqu'il sort du virage en épingle à cheveu. Le village est éclairé mais plus calme que tout autre soir. Theos n'aperçoit personne en chemin. Devant son chalet, il reconnaît la voiture du médecin ainsi qu'un véhicule à l'intérieur duquel le chauffeur lit un journal sous la pâle lumière du plafonnier. Le commissaire est seul dans le salon. Le médecin est dans la chambre avec l'épouse de Theos et l'infirmière de nuit. Ils l'ont aidée à se coucher et lui administrent à nouveau un sédatif qui va la plonger dans un profond sommeil.

En raison de divers événements sportifs et culturels, beaucoup de confusion régnait la veille au collège et il s'avère plus lent qu'escompté de rassembler les témoignages attestant de la présence du fils aîné. Le commissaire souhaite clore cette partie du dossier dans le plus bref délai. Car il est essentiel de tout vérifier en détails avec un maximum de preuves afin de se prémunir contre tout risque de mise en doute ultérieure des procès-verbaux, il a décidé de poursuivre les interrogatoires des témoins potentiels durant la soirée et une partie de la nuit. Pour éviter de devoir le ramener trop tardivement, le fils aîné sera logé en ville jusqu'au lendemain.

Après s'être forcé de grignoter sans appétit une maigre collation, Theos prend le somnifère que le médecin lui recommande avec insistance. Ne se sentant pas la force de monter à l'étage, il se couche dans la chambre d'amis du rez-de-chaussée. Il se réveille à l'aube, alors qu'une faible lumière glauque se diffuse dans la brume. Longtemps, il reste prostré sous la douche. Ensuite, inconscient des heures qui passent, il ne quitte pas le divan du salon, ne bougeant que pour accepter le café que lui propose l'infirmière. Vers dix heures, celle-ci installe la femme de Theos près de lui. Elle est cadavérique. Se tenant par la main, ils restent immobiles et silencieux,

A onze heures vingt, le commissaire et le procureur se présentent. Leurs mines sont lugubres. Leurs premières paroles sont lentes et si chargées d'empathie que Theos est saisi d'épouvante. Ce qu'ils leur expliquent alors est impossible! Cela ne peut exister que dans une hallucination!

Personne n'a pu témoigner de la présence du fils aîné au collège durant l'après-midi. Intrigués, les policiers l'ont longuement interrogé. Il a reconnu avoir quitté le collège pendant trois heures. Des témoins ont confirmé l'avoir aperçu dans un autobus. Au petit matin, il a craqué nerveusement. Il a avoué avoir étouffé sa sœur et son petit frère. Sans fournir la moindre motivation.

Theos ressent une explosion en lui. Sa femme est statufiée. Une double horreur! Coupable et victimes, unis, indissociables par leurs enfantements! Le psychologue et le médecin qui attendaient dans le hall, ne parviennent pas à nouer un contact avec elle. Face à cette absence totale de réaction, ils décident de la faire hospitaliser d'urgence.

Les semaines passent. Sa femme reste internée. Depuis le matin de cette terrible révélation, elle est immobile et elle ne parle plus. Son regard est fixe. Elle ne se déplace que si quelqu'un la guide et elle ne se nourrit ni ne se désaltère plus de sa propre initiative.

Le fils aîné a été arrêté. Il a été jugé, condamné et emprisonné. A aucun moment, il n'a pu expliquer ses motivations et les éclairages des experts psychiatres ne furent que théoriques.

Lorsque Theos se tait enfin, aucun n'ose bouger. Leur position dans le froid de plus en plus vif au cœur de la perspective oppressante des conteneurs vertigineux, est atroce.

A'na prend la parole d'une voix presque éteinte.

A'NA:

Mais Theos, j'avais compris qu'ils étaient tous morts.

THEOS:

Oui, c'est le cas. La mort peut prendre des formes différentes.

Agame se lève et marche à petits pas en s'appuyant aux conteneurs. Arrivé au bout de l'étroit passage, il revient de la même manière jusqu'à côté de Theos.

AGAME:

Theos, les mots me manquent. C'est atroce ce qui t'est arrivé.

THEOS:

Ce n'est pas qu'à moi seul que c'est arrivé. Dans ma famille, les autres ont connu un sort bien plus atroce. Et ailleurs? Combien de détresse et de souffrance. Ce que je vis est un événement de plus au catalogue des monstruosités qui ponctuent le quotidien des humains. Je ne suis qu'un homme déchiré parmi tant d'autres, emporté en une longue quête qui est mon ultime voyage.

Agame s'éloigne à nouveau mais de l'autre côté, vers le grand vent froid et la lumière intense des projecteurs de pont. Il est blessé par la souffrance de son ami. Quel rapport avec les tragédies qu'il présente sur scène? Celles-là sont des images intemporelles de l'homme. Pas des événements vécus. Il n'y a pas d'épées chez les Atrides ni chez les Horaces, pas de moulins à vent dans Don Quichotte, seulement des accessoires de théâtre et des décors.

A'NA:

Ne devrais-tu pas revoir ton fils?

Theos sursaute, tétanisé, surpris que cette question soit envisageable et atterré par ce qu'elle implique.

A'NA:

Un jour, il faudra peut-être que tu penses à lui pardonner.

THEOS:

Pardonner! Pourquoi?

A'NA:

Cela te paraît impossible. Cependant, existe-t-il une autre issue?

THEOS:

L'oubli est impossible. La vengeance est impossible. Le pardon serait-il une solution, car c'est bien le mot, mais ne serait-ce pas un mensonge? Et dans quel but? Ne reste-t-il pas que la vie à assumer. Sans plus.

A'NA:

Ton destin n'est pas le seul. Le sien peut devenir autre selon ta présence et tes paroles.

THEOS:

Ce jour terrible, ce mot "pardon" a perdu tout sens possible pour moi. Aujourd'hui, je ne pourrais même plus dire s'il est fait de générosité ou de trahison. Or l'idée de trahir ma femme et mes deux jeunes enfants est inconcevable. Je vis le cas extrême où nous sommes tous victimes et punis tels des coupables. Ce qu'il est advenu de nous n'était pas destiné à se produire mais s'est inéluctablement passé. Nous n'avons pas été les personnages d'un drame mais les prisonniers d'une tragédie qui ne pourra jamais s'interrompre ni s'oublier. Car la tragédie n'est pas ce qui s'est passé un jour ancien mais ce qui se vit tous les instants depuis lors. Rien ne peut changer cela: nos vécus sont différents et isolés. A chacun d'assumer le sien.

A'NA:

Est-ce pour cela que tu es parti?

THEOS:

Je ne suis pas parti. Je me suis enfui! Hélas, pas immédiatement. D'abord, j'ai dû traverser quelques cercles de l'enfer. Le premier fut le cimetière où j'étais seul pour l'enterrement de mes enfants, entouré de croque-morts et de fossoyeurs figés, Le deuxième fut l'hôpital psychiatrique où des médecins distants m'ont expliqué que ma femme était définitivement enfermée dans une statue à apparence humaine. Le troisième fut le tribunal lors du procès de mon fils, heureusement à huis-clos. Là, ce ne furent plus d'êtres humains dont parlaient les juges, les avocats et les témoins mais de parcelles d'êtres humains, de monstres en quelque sorte. Jamais, ils n'apparaissaient en entier mais comme s'ils étaient des corps décharnés. Jusqu'au sinistre, jusqu'au sordide. Car, disaient-ils, c'est le droit qui doit triompher. Même au mépris de l'homme. Le prix de la vérité est hors de portée de la plupart. De la mienne certainement. Ce fut monstrueux! Très vite ensuite, j'ai tout vendu: maison, bureaux, part de ma société d'architecture, voitures. Un matin, solitaire et discret, j'ai pris le train en direction du Sud. Je suis arrivé dans une ville sinistre. On m'a conduit dans une maison monstrueuse, Malpertuis. Mais, là, j'ai rencontré Mack, puis Agame. Ils m'ont offert la découverte de la ville et celle des décors. Pour ne plus me souvenir de tout, j'ai tenté de me créer une mémoire subjective. Par nécessité d'oubli, je voulais créer des trous dans ma mémoire et les combler par de l'imaginaire et par du rêve. Concernant l'imaginaire, j'y suis arrivé. Par contre, pour l'oubli, j'ai échoué. Puis, j'ai conçu ce voyage et inventé les lieux que nous avons traversés. Aussi, A'na, je t'ai rencontrée…

Theos se lève et, sans s'arrêter, va en quelques pas d'un mur de métal à l'autre, en continuant de parler. Le vent s'engouffre avec fureur et vacarme. A'na n'entend rien de ce qu'il dit. Ni Agame, ni Mack qui sont trop éloignés. Theos poursuit son monologue.

A'NA:

"Notre vaisseau arrivait au bout de la terre, au cours profond de l'océan."

AGAME:

Pardon?

A'NA:

Une phrase du Chant XI de l'Odyssée d'Homère. L'arrivée aux pays des Cimmériens. La rencontre avec les morts.

AGAME:

Pourquoi évoques-tu cela alors que notre "vaisseau" vient d'entamer le dernier trajet, celui qui fermera le cercle de notre périple.

A'NA:

C"est à Theos que je pense en citant Homère: il a visité le pays des morts. Je suis sûre que pour lui, cette dernière étape de notre tournée ne sera pas la fin de son voyage. Il le poursuivra sous une autre forme.

AGAME:

Est-il soulagé d'avoir raconté son drame? De l'avoir transformé en actes de théâtre, grâce à notre long périple, nos pièces, ses villes et ses décors? Plomberie? Un peu de pression parvient à déboucher les tuyaux…

A'NA:

Ton talent poétique est remarquable, cher Maître! Si ta pièce est portée par un tel souffle, le succès est assuré! Tiens? Tu souris plutôt que de bouder. Serais-tu bientôt libéré et prêt pour la création?

AGAME:

Restons-en à Theos! Maintenant qu'il connait l'esprit des comédiens et les règles fondamentales du théâtre, il sait qu'il ne faut jamais rater sa sortie! Cela le sauvera.

A'NA:

Il ne se glisse plus dans les passages étroits entre les conteneurs, qui sont tels des labyrinthes désespérants et des prisons angoissantes. Lorsque la pluie et les bourrasques mordantes rendent les promenades sur les ponts trop douloureuses, il déambule dans les couloirs et les coursives. Parfois encore, au bastingage, il contemple l'océan bleu intense. Maintenant plus jamais à la poupe vers les reflets de nacre et d'argent du sillage, mais à la proue face à l'horizon mystérieux et à ce qu'il recèle. Est-ce la preuve d'un soulagement? Une transformation? Dans la première partie de sa vie, le futur n'était pas une question pour lui, comme pour la plupart d'entre nous, mais le phénomène naturel du présent qui avance. Le drame a créé en lui l'évidence de l'impossibilité d'avenir. Aujourd'hui, je l'espère, découvre-t-il que c'est un voyage. Peut-être, un jour parviendra-t-il à regarder devant lui sans l'idée de fuir.

AGAME:

Vous êtes de plus en plus souvent à deux.

A'NA:

Depuis plusieurs semaines, Theos me dit que ma présence lui est essentielle. Ce qui se passe, peu à peu, c'est que, moi aussi, j'ai besoin de lui.

Ainsi, depuis sa confidence, Theos a changé et tellement plus qu'il n'aurait osé l'imaginer. Rares sont ceux qui le croisent encore seul, sans A'na à son côté, dont le sourire est devenu radieux.

Par contre, Elena qui s'est embarquée avec eux plutôt que de prendre l'avion ainsi que l'avait suggéré Ménélas, est indifférente et ne participe à aucune conversation. C'est à peine si elle regarde Agame lorsqu'elle le rencontre au salon ou au restaurant, seuls lieux qu'elle fréquente. Son air absent en effraye plus d'un à bord. Agame s'en confie à A'na tandis qu'ils prennent le thé au bar devant la large baie vitrée.

- Quand je pense que c'est pour elle que j'ai entrepris ce périple. Pour la retrouver et l'éblouir! Pour elle, j'ai accepté de quitter mon théâtre afin de le transformer en un des plus beaux. Pour elle, je me suis laissé convaincre d'accompagner Theos dans sa fuite lointaine jusque dans l'illusion des décors. Pour elle, j'ai parcouru ces étapes sur les traces d'Olys ainsi que le souhaitait Mack, jusqu'à aboutir où elle se trouvait. La quête de ma muse fut cependant inutile. Déjà en chemin, ma passion aveugle s'est épuisée. Pourquoi? Je ne sais pas bien. L'éloignement? Le temps qui passe?

- Sarah?

- A'na, tu décèles les passions avant même que les acteurs n'en aient pris conscience! Oui, Sarah! Pourquoi m'a-t-il fallu tant de temps pour m'en rendre compte? Probablement que la présence d'Elena me masquait une plus grande tragédienne qu'elle. Je ne pense pas que les générations futures se souviendront de moi. Par contre, elle passera à la postérité. Mais comment as-tu deviné notre amour?

- Je n'ai pas deviné! Personne ne l'a soupçonné. Il se fait simplement que cela saute aux yeux. Vos tentatives pour cacher vos sentiments sont vaines car ceux-ci sont évidents. La seule à ne pas s'en apercevoir, c'est Elena. Par indifférence. Par absence.

- Absence! Elle n'est plus elle-même. Elle n'est plus là. Quelle évidence ce fut dès que je la revis pour la première fois au Théâtre des Trois Mondes. Tellement absente que plus aucune lumière ne brille en elle et que sa célèbre beauté est aujourd'hui fanée.

- Tu n'as aucune raison de tenter de lui cacher ton amour pour Sarah parce qu'elle perd le souvenir votre relation. Je crains que la maladie ne l'affecte beaucoup plus profondément que nous ne le pensons.

- Je suis de ton avis. Hier encore, nous avons répété quelques textes. Même avec le livret en main et malgré l'assistance du souffleur, elle perdait régulièrement le fil des dialogues. Il est clair qu'elle ne pourra plus jamais jouer.

A ce même moment, dans les transats de toile devant la porte du bar, Achille se prélasse au soleil avec le régisseur dont la pipe tente une vaine concurrence avec les cheminées de leur colosse marin.

- Ah! Régis! Quelle lumière! Quel air doux que la brise océane rend caressant!

- Dis donc, Achille, je me demande si nous vivons au même endroit! Pour la dernière étape de notre tour du monde, nous voici au milieu de l'océan sur un immense porte-conteneurs chargé du plus célèbre stock de décors. Et toi, tel un vacancier de croisière, tu te régales de la douceur du soleil et, te connaissant, la nuit, de celle de la plus belle de nos jeunes actrices.

- Détrompe-toi. Je savoure l'aventure que nous vivons. Aucune Troupe n'a vécu une telle épopée, si longue et si triomphale qu'elle subsistera dans l'Histoire de l'Art. Quelle gloire de naviguer sur le "Ship of Fools" qui ballade avec nous autour de la planète, en direction de la plus somptueuse des salles, tous les écrins du théâtre occidental.

- Qui sait, peut-être plus que le tragique et le comique occidental. Sur ce navire, le Commandant est Balinais; le cuisinier, Vietnamien; le Chef Mécanicien, Congolais; les matelots, Pakistanais, Malaisiens et Indonésiens et le Radio descendant d'indiens de la Selva brésilienne. Que de spectacles ne pourrions-nous monter avec eux et leurs cultures!

- Ce n'est pas la peine d'en parler à Agame car nous approchons de notre destination. Je suis convaincu que, lui comme moi, ne pense à rien d'autre qu'à découvrir ce que Mack a tiré de l'ancien couvent des Barbusquins.

- Il doit être impatient de nous voir débarquer et nous montrer son chef d'œuvre. Son enthousiasme l'a même poussé à renoncer à cette traversée tranquille pour rentrer en avion depuis notre première escale.

Quelle entrée triomphale! L'agitation médiatique ne s'est guère apaisée durant leur long périple autour du globe. A l'annonce de leur arrivée, une foule gigantesque se rassemble sur les quais et de multiples embarcations leur font un cortège d'honneur à l'entrée du port: vedettes, chaloupes, canots, youyous, barques, voiliers. Plus avant, en mer, deux tankers ont longuement donné de leur corne de brume et une escadre de chalutiers, pavillons de courtoisie aux mats, les a encadrés.

En milieu de matinée, à l'instant où l'immense porte-conteneurs s'amarre à l'embouchure du fleuve, la mégalopole formée de la Ville Haute, du Marché et de la Ville Basse est enrichie d'une quatrième cité, "Ship of Fools", portant en elle de quoi représenter la plupart de celles de la terrre.

Ménélas est le premier à monter à bord et à en redescendre peu après en compagnie d'Elena. Pauvre Lord! Sa femme est revenue mais elle n'est plus que l'ombre de la grande actrice en quête de célébrité, qu'elle était en partant. Rien ne semble encore la passionner. Sans poser de question, ni évoquer le moindre projet d'avenir, elle accepte d'accompagner son mari sur ses terres écossaises.

Mack arrive ensuite, presque en courant, enthousiaste de retrouver ses amis et de tout apprendre sur leur voyage, encore fasciné par le monstre des mers sur lequel il n'est resté que quelques jours. Passant, dans le désordre, d'une question à l'autre, il se borne à parler de la rénovation des "Barbusquins" par ces mots:
- Le couvent! Vous n'allez pas en croire vos yeux!

Quelle expression banalisée! pense Agame. Theos attribue cette emphase à la joie de vivre naturelle de leur ami, ainsi qu'à son évidente fierté d'avoir mené à terme, en un temps record, ce chantier colossal. Tout au long de la tournée, ils avaient reçu régulièrement les plans et les photos des différents stades des travaux. La surprise annoncée ainsi par Mack leur paraît dès lors bien exagérée.

L'intérêt extrême de cet urbaniste passionné pour cet entrepôt flottant les tient occupés pendant quelques heures encore avant qu'il ne se décide enfin, mais n'est-ce pas de la mise en scène de sa part de créer cette longue attente, à les conduire en taxi jusqu'au Théâtre de l'Univers qu'Agame et Theos s'impatientent de découvrir.

En chemin, il leur annonce la nouvelle spectaculaire dont il avait voulu les préserver durant les dernières étapes de la tournée: l'incendie de Malpertuis! Un simple court-circuit dans les vieilles installations cachées derrière l'extravagance des diodes électroluminescentes, a suffi à mettre le feu à cette vieille carcasse fardée, ainsi qu'à de nombreuses maisons des ruelles avoisinantes jusqu'à l'ancienne entrée du couvent.

Cette catastrophe fut spectaculaire pour les habitants de la Ville Haute. Elle fut dramatique pour Madame Elodie et bien triste pour Aymé: la première y perdit la vie et le deuxième ses commissions de location.

Quel hasard troublant que cette maison, peuplée de dieux déchus et de démons cachés, et ce quartier sinistre, devenu cour des miracles, furent détruits au moment où Theos s'exorcisait de ses propres monstres!

Suite à la destruction par le feu du quartier de Malpertuis, le Conseil Municipal prit des décisions rapides et fortes. Les ruines furent rasées, ne laissant au sol que le dessin de leurs fondations, entre lesquelles des damiers de bassins, fontaines et plantations égayent maintenant cette zone anciennement sinistre. Les vieux arbres du jardin sont maintenant remplacés par des pelouses et par de jeunes plants d'essences variées. L'étang, jadis sombre comme un miroir des profondeurs, grâce à une connexion au canal, est limpide et clairsemé de végétations aquatiques, territoire de poissons élégants, d'échassiers et de libellules. Les taudis entre deux ruelles furent détruits à l'occasion de ces travaux, ouvrant ainsi une large allée menant à l'entrée du théâtre. Lorsqu'ils descendent du taxi, à son extrémité, Theos et Agame restent bouche bée devant la spectaculaire perspective qui remplace les ténébreux enchevêtrements qu'ils s'attendaient de revoir.

- Tu as raison, Mack! De fait, je n'en crois pas les yeux, s'exclame Agame.

Mack a admirablement préparé sa mise en scène! La succession de demeures historiques qui bordent l'allée, trésors oubliés de la ville ancienne, sont aussi rutilantes que des constructions contemporaines.

- Suite à mon insistance farouche, les façades de ces vieilles bâtisses ont été remises à neuf dans l'esprit que Madame Elodie avait apporté à Malpertuis. J'ai ainsi voulu rendre hommage à sa mémoire. En outre, cher Theos, je me suis inspiré de tes descriptions inhabituelles des villes, que je recevais régulièrement de votre voyage.

Celui-ci ne répond pas. L'effet produit par ces hôtels de maîtres, jusqu'il y a peu délabrés, sombres et angoissants dans le dédale des ruelles torves disparues, est saisissant. Les pierres de taille des murs sont blanches. Les linteaux de portes et fenêtres, piliers, colonnes et pilastres déclinent la gamme des ocres. Mais surtout, créant l'illusion de la porcelaine et de la céramique, les murs sont vitrifiés! Les toits sont recouverts de tuiles vernies d'intenses couleurs bleues, jaunes, rouges et vertes selon les maisons.

- Même par temps gris, l'allée brille et la pluie la rend étincelante sous les halots des réverbères, commente Mack. Le moindre rayon de soleil provoque l'éblouissement et mélange les reflets des façades qui se projettent l'une sur l'autre par un effet de miroirs en vis-à-vis. La nuit, le spectacle devient une attraction chaque fois renouvelée selon l'inspiration du technicien en charge des éclairages. Les passants sont attirés dans cette allée piétonne féérique qui les conduit à l'entrée du théâtre.

Par les portes vitrées, ils accèdent au grand hall illuminé. La structure médiévale de l'ancien couvent est inchangée mais la suppression des attributs vieillots au profit de lignes pures et élancées, ainsi que la multitude de petits points lumineux qui les accompagnent, lui confèrent une ambiance contemporaine chaleureuse. La billetterie, les vestiaires et le foyer sont ultramodernes. Mack avance lentement, en souriant, tandis que, visiblement impressionnés, Agame et Theos le suivent, en tournant sur eux-mêmes pour ne perdre aucun détail de cette première découverte. La structure de la salle, le dessin du parterre, des baignoires, des galeries, de la corbeille, des balcons, des loges, leur style et tous les détails sont renouvelés à l'identique. Les larmes viennent aux yeux d'Agame qui murmure d'émerveillement:

- Quelles couleurs! Quelle fraîcheur! Quels reliefs! La même différence qu'après la rénovation de la Chapelle Sixtine, de l'Agneau Mystique ou du Théâtre du Phoenix qui renaquit de ses cendres[13] !

Mack rutile de fierté et de plaisir:

- Jusqu'ici, vous avez vu le domaine du public, là où les pièces se montrent et où on en parle. Passons maintenant là où le théâtre se crée. Venez! Rien n'y est pareil. Vous serez autant surpris, pour d'autres raisons cependant.

En file, ils montent l'étroit escalier d'accès à l'avant-scène et se glissent par le bord du rideau de velours neuf qui sent bon et ne dégage aucune âcreté.

- Fini la poussière! pense Theos. Comment vont-ils pouvoir jouer dans une telle propreté?

La cage de scène, éclairée par plusieurs projecteurs du grill, est entièrement vide. Les larges lattes claires de son nouveau parquet se succèdent jusqu'au mur du lointain et s'étendent de jardin à cour, où les escaliers métalliques à colimaçons, repeints en gris foncé, s'adossent, du côté qui conduit aux loges, à un ascenseur et, de l'autre, vers les ateliers, à un monte-charge. Autour d'eux, plusieurs gaines d'aluminium protègent des faisceaux de câbles qui connectent des tableaux électriques à des appareillages cachés dans les cintres. Là-haut, accrochés au plafond ou à des passerelles étincelantes, les moteurs, poutrelles, cordages, poulies, engrenages, tentures de fond, écrans, panneaux de demi-scène, rideaux de métal, sont si propres

---

[13] La Fenice de Venise

qu'ils semblent assemblés pour une exposition. A mi-niveau, se dessine la silhouette d'un pont-grue roulant, équipé d'une kyrielle de petits moteurs d'où pendent des crochets de levage. Sous cette exubérante machinerie qui les domine, de part et d'autre du lointain, s'ouvrent deux larges portiques équipés de doubles portes coulissantes. De là, un réseau de rails au sol et de glissières au plafond, assorties de crémaillères, se distribue de façon complexe, par de fréquents aiguillages qui conduisent vers les anciens plans inclinés ou vers des monte-charges desservant les différents niveaux de caves et de combles, dans les immenses fondations et greniers restaurés de l'ancien couvent.

- Pilotage par ordinateur! résume Mack, d'un ton faussement banal.

Agame a les bras ballants et l'air perdu. Theos est saisi d'angoisse dans ce qui fut la vieille chapelle, les étages de caves et les successions de greniers monacaux, maintenant vide du moindre décor! Ce lieu, alors chaos quasi spéléologique de décors, fut son refuge, l'interstice par lequel il se faufila dans un ailleurs qui le maintint en vie et dans lequel il découvrit la possibilité de l'avenir.

- A toi de le remplir maintenant, Theos, annonce Mack.

- A ta convenance, précise Agame

Theos se ressaisit. Il s'appuie sur l'épaule de son ami:

- Quelle aventure ce dut être pour toi, Mack. En inventant et construisant ce dispositif quasi magique, je suis sûr qu'en tant qu'urbaniste, tu as rêvé en avoir un semblable permettant d'adapter la ville au gré des besoins des habitants et de la civilisation qu'ils veulent s'inventer, de même qu'on change les décors au théâtre.

- J'aurais aimé être encore occupé par une telle naïveté! Passons maintenant aux ateliers et ensuite nous monterons aux loges des comédiens.

- Vous êtes les premiers à découvrir cela. Après moi et Ménélas qui fut fort attentif à l'écrin qu'il souhaitait offrir à Elena. Et après Pénélope … que voici pour vous accueillir.

- Bienvenue au splendide Théâtre de l'Univers, s'exclame-t-elle en les prenant spontanément dans ses bras. Toujours aussi pressé de montrer son œuvre, Mack interrompt l'effusion:

- Sans être partie d'ici, elle est cependant devenue aussi célèbre que vous grâce aux lignes de vêtements qu'elle a créées et qui font fureur tant au Marché que dans les boutiques de luxe de la Ville Basse. Venez voir où sont nés les modèles.

L'atelier des costumes est le seul lieu qui bourdonne d'activité. Plusieurs couturières travaillent en silence sur de grandes tables couvertes d'une multitude de tissus, de laines et de cuirs, velours, chanvre, cachemire, laine, soie, lin, flanelle, cretonne, popeline, cotonnade, alpaga, feutre, voile, doublure, nylon, acrylique, batiste, broderies et dentelles, certains en coupons, d'autres en rouleaux. On n'entend que les bourdonnements et les rythmes endiablés des machines à coudre et les cris des étoffes sous les ciseaux. Par-dessus, traînent des patrons de couture, du papier quadrillé, des mètres-rubans souples et quelques règles en bois, des craies à tissu. Tout autour, ce ne sont que casiers de dés ou de boutons, tiroirs de fils multicolores de toutes les épaisseurs, boites de chaînettes et de colifichets, parures, rubans, pots d'épingles, d'aiguilles, bref de tout ce qui remplit une mercerie. Le long des murs s'alignent des rangs de mannequins de carton et des penderies où les cintres portent les ébauches des créations.

- Mais, c'est un musée! s'exclame Agame.

Les portes d'accès à la réserve sont grandes ouvertes et laissent entrevoir des rangées de placards et de penderies superposées jusqu'au plafond et remplies de housses numérotées.

- Portée par un mannequin, chaque pièce de vêtement est photographiée et digitalisée à 360 degrés. Grâce à une puce électronique, l'ordinateur en connaît l'emplacement précis ainsi que ses consultations et utilisations.

Pénélope poursuit:

- Après remise à neuf, nous ferons de même avec ce que vous ramenez de la tournée. Ainsi, les costumes seront gérés par le même programme que les décors.

Mack est enthousiaste:

- Le premier choix des costumes pourra se réaliser électroniquement, explique-t-il à Agame qui croit rêver. Tu verras, mon vieux, lors de la préparation de la prochaine pièce, vous pourrez exécuter des simulations d'assemblages de décors et de costumes par ordinateur!

Celui-ci est pâle et se soutient au chambranle. A l'évidence, il est dépassé par cette technologie. Sans répondre, il se laisse entraîner vers l'atelier du régisseur et la future réserve des accessoires. Ce qu'il voit le rassure: des tables, des étagères, des armoires. Le tout est vide, attendant que Régis y transfère de contenu de ses conteneurs. Le local de la régie "son et lumière", par contre, le laisse pantois tant cela ressemble à la salle de contrôle d'un vol spatial.

- Arrêtons-nous au foyer des artistes, suggère Mack. Je devine que la découverte de ce lieu impressionnant vous secoue. Allons y prendre un verre. Demain, je vous montrerai les loges des comédiens, fonctionnelles mais de bon goût, puis la partie latérale de l'ancien couvent qui reçoit la loge du concierge, les bureaux de l'administration, le bureau de la direction et enfin ton appartement, Agame, dont la décoration reste à terminer selon tes goûts.

Le "Ship of Fools" est amarré à proximité du vaste terrain vague qui borde l'embouchure du fleuve et la mer, ancienne partie du domaine monastique acquis par les aïeux d'Agame en même temps que les ruines du couvent. Selon une suggestion de Theos, les fonds non utilisés pour la rénovation du théâtre ont été affectés à la construction d'un deuxième entrepôt à cet endroit en vue d'y loger la majeure partie du colossal stock de décors.

Personne ne s'est préoccupé de son initiative au vu de son faible coût et des moyens financiers disponibles. Malgré le prix du faste des nouveaux "Barbusquins", les subsides municipaux, l'emprunt populaire, l'apport de Ménélas, le produit des ventes des immeubles du Théâtre des Trois Mondes et les recettes de la tournée, permettaient encore des folies. Mack, débordé de travail, lança le projet de cette deuxième zone de stockage, sans prendre le temps de mettre en question les quelques paramètres peu précis envoyés par son ami. Celui-ci avait vu grand. Très grand!

Le résultat est interpellant: une succession de plusieurs hangars et halls communiquant largement entre eux. Quels sont les mots pour désigner un ensemble aussi immense, à l'évidence disproportionné par rapport au besoin complémentaire de stockage? Des journalistes non informés, et dès lors nombreux, se sont interrogés sur l'opportunité de construire un aéroport à cet endroit! Mack en avait entièrement délégué la réalisation. Lorsqu'il se rend compte du résultat et qu'Agame le découvre, ils retiennent leur souffle mais restent muets. Que peut-on dire à Theos après ce qu'il a permis au théâtre de devenir? Qui oserait formuler une remarque après avoir entendu le récit de sa tragédie?

L'expression "sorti de terre" ne convient pas ici. Ce dispositif architectural fut "posé" sur le sol, en quelques semaines seulement, par l'assemblage quasi chorégraphique et apparemment enfantin, de modules préfabriqués amenés par des péniches, se suivant en cadence et sans interruption, la nuit sous les lumières de puissants projecteurs, pendant les jours de congé sous l'observation de nombreux badauds. Ceux-ci, de plus en plus nombreux, commencent à devenir familiers des spectacles extravagants de cette célèbre Troupe: le ballet des barges emmenant les décors jusqu'aux cargos au départ de la tournée, la construction de ce grandiose entrepôt et maintenant le déchargement du gigantesque navire. Au théâtre, tout est là: ne jamais rater sa sortie, ne jamais rater son entrée.

De jour et de nuit, dans un rythme obsédant, de monstrueux échassiers et de terrifiants insectes, mécaniques et géants, grinçants et furieux, déchargent les conteneurs maritimes. A distance, les curieux restent perplexes devant la répartition apparemment aléatoire de ces grands bacs d'acier, alors qu'elle a été élaborée avec précision par Theos. Pendant des heures d'activité ininterrompue, ces engins les déposent sur des remorques, côté quai, ou sur des barges, côté mer. En allers et retours obsédants, de farouches tracteurs emportent les premières vers le nouvel entrepôt. Les deuxièmes sont halées par le fleuve, puis par le canal et les écluses, jusqu'à l'ancien couvent.

Soudain cette frénésie s'arrête. Après des hurlements de sirènes, l'immense vaisseau s'éloigne vers une autre darse. Là, il offrira sa coque pour un nouveau chargement herculéen. Une nouvelle fois, sa destination sera un port des antipodes, au-delà de la haute mer, ce domaine hors des lieux et du temps, préfiguration de l'espace interstellaire que connaîtront des marchands du futur.

Theos, qui n'a pourtant pas fermé les yeux durant ces nuits à cause du bruit, de la lumière et aussi de son enthousiasme, est le dernier à quitter sa cabine, peu avant le départ du "Ship", ainsi qu'il se résume à l'appeler, par respect pour ses amis et par ironie à son propre égard.

- Voici le bout de notre long voyage, dit-il à A'na. J'ai quitté cette ville qu'un mendiant fou, errant dans un quartier torve aujourd'hui détruit, appelait Ithaque. Me voici au même endroit. Pourtant, elle me paraît totalement différente.

- Différente, s'étonne-t-elle.

- Oui. Ce serait une erreur de croire qu'au retour d'un voyage, on revient là d'où on est parti. On s'y trouve dans un autre temps et plus rien n'est pareil. Dans le passé, j'y étais seul. Maintenant, tu es avec moi.

- Theos, où vas-tu t'installer? lui demande A'na.

- A l'évidence, je sais où ne pas vivre, A'na. J'ai fui ma ville originelle et je n'y retournerai jamais car elle ne contient que la mort. Ma famille y est répartie entre un cimetière, un hôpital psychiatrique et une prison, qui sont trois lieux presque identiques de non-vie. Je vais probablement habiter ici. Cependant, je ne sais pas encore où. Ce ne sera pas dans une cabine de navire, ni dans le troublant Malpertuis détruit par le feu, ni dans l'appartement trop exigu de Mack qui travaille trop pour penser à bien se loger, ni chez Agame et Sarah. Il reste le Marché, mais il n'existe que le matin … et je suppose que les sanitaires y sont rares et incommodes! Un jardin, une clairière, peut-être, poursuit-il avec un sourire. Là, au-dessus de moi, il y aurait les étoiles, là où les hommes aiment loger les mystères, les rêves et parfois quelques espérances. Quel joli nom "les étoiles", n'est-ce pas, comme si l'on parlait de petites lumières, des loupiotes telles des vers luisants, de petites diodes électroluminescentes pareilles à celles dont la pauvre Madame Elodie parait les paliers et cages d'escalier pour cacher des horreurs enfouies et, par les apparences, offrir à ses hôtes du bonheur, ou du moins du confort et du bien-être.

- De mon côté, en attendant de connaître mes projets futurs, j'occupe une belle chambre dans un hôtel de charme, en bordure du fleuve. Son confort luxueux est attesté, sur sa façade, par un quintet d'étoiles discrètes mais dorées. Je sais qu'il en reste de disponibles.

- Bonne idée! Mais provisoirement seulement car les villes contiennent trop de dangers pour que j'ose m'y installer pour longtemps et les campagnes me terrifient par leurs vides. Devenu paria et nomade par contrainte, je ne peux plus que survivre en créateur. L'entrepôt démesuré que j'ai fait bâtir au bord du fleuve et de la mer n'a pas germé sans raison dans mon imagination. Aujourd'hui, mes idées étranges sont néanmoins encore trop vagues pour t'en parler.

La mise en route du Théâtre de l'Univers est immédiate, tant la tournée les avait habitués à jouer dans n'importe quel nouvel environnement et tant ceux qui ne les avaient pas accompagnés étaient impatients de reprendre leur place dans la Troupe.

Pour Péné, qui est ici dans *son* théâtre, c'est très facile. Peu importe qu'elle ait eu à quitter les "Barbusquins" le temps de leur transformation, peu importe l'inconfort de l'atelier de fortune qui l'abrita le temps de la tournée: elle est restée "chez elle", à créer des lignes de vêtements et des costumes de scène. Les premières furent le fruit de son imagination et de son talent. Les deuxièmes, personne ne s'en doutait, résultèrent des multiples détails et échos concernant la tournée que les couturières et habilleuses prirent l'habitude de lui transmettre. Au fil des mois, les nombreuses anecdotes qu'elles lui rapportèrent au sujet des pièces jouées, les étranges descriptions qu'elles firent des quartiers bizarres que Theos leur conseillait de visiter, leurs commentaires dithyrambiques sur ses décors, souvent ahurissants, nourrissaient son inventivité. Peu à peu, Péné prit l'habitude de s'habiller de ses propres créations, les plus sobres s'entend, enrichies d'un subtil maquillage et de bijoux dessinés en accord avec les assemblages des tissus. Sa maturité, confirmée par les fils d'argent laissés intacts dans sa chevelure, l'aisance acquise par son succès et ses nouvelles tenues, lui apportent une immense réputation. Grâce à sa discrète observation des actrices, pendant des années, depuis les coulisses, elle avait tout appris et sait maintenant en user. Malgré sa modestie naturelle, ce changement crée la surprise et le respect de la Troupe, confrontée à la même femme, aimable et maternelle, mais, en même temps, devenue une souveraine.

Il faut du temps avant que Régis ne prenne conscience de ce qui lui arrive. Des décennies aux "Barbusquins" et des années en tournée avec une flotte de navires bien plus extravagante que le convoi de wagons de Barnum, emportant ses vieux accessoires et le matériel usé, avaient profondément marqué sa culture technique. Pendant des jours, il rôde, perplexe et inquiet, à la recherche de tableaux de commande hérissés de boutons, disjoncteurs, différentiels, glissières, rhéostats, interrupteurs, loupiotes rouges ou oranges, lampes jaunes et vertes, fiches, faisceaux de fils noirs, rouges, blancs qui lui étaient familiers.

Le voici plongé dans de la science-fiction la plus audacieuse. Plus rien ne ressemble à ce qu'il connaissait! Les boitiers de commande sont hermétiquement scellés. Les moteurs électriques sont enfermés dans des caissons pareils à des réfrigérateurs et leurs instruments de contrôle, sans utilité opérationnelle, sont cachés derrière des glissières quasi invisibles. Les wagonnets de transport ne disposent pas de tableau de bord. Les poulies de levage des décors semblent motorisées par magie. Les cordages du rideau de scène sont invisibles. Nulle part, il ne trouve une table de mixage sonore ni un pupitre de commande des lumières. Perdu, il erre en silence, tel un vieux mendiant des anciennes ruelles détruites. Le tic de son œil droit, qu'il cligne deux fois puis écarquille, devient si fréquent, qu'à part lui-même, tous s'en rendent compte. Par discrétion et courtoisie, jusqu'à présent, ce détail n'a pas été mis en évidence. Supposons que cette habitude résulte de sa consommation immodérée de tabac, que la chaleur du fourneau de la pipe ainsi que les nuages d'épaisse fumée, soient complices d'une agression à cet œil souffrant, il serait coupable de ne pas le dénoncer. Imaginons que, demain, ce soit le tour d'un poumon! Voilà, c'est écrit! Pour le bien de Régis.

Par surprise d'abord, par peur du ridicule ensuite, il n'ose interroger aucun des techniciens, silencieux et concentrés, qui passent des heures, isolés dans un local surplombant la scène, devant leur clavier et face à des murs couverts d'écrans, et plongés, selon son interprétation, dans d'interminables conversations et de complexes jeux vidéo.

Un jour enfin, tout devient limpide pour lui: sa totale incompétence d'abord, puis la découverte d'une technologie magique. La journée est consacrée à l'explication de l'installation et à son test. Dans le vaste local de régie qui surplombe la cage de scène, quinze personnes sont présentes: Régis ahuri, Theos attentif, A'na sereine, Agame médusé et au bord de l'apoplexie, Achille seigneurial, Mack condescendant ainsi que plusieurs ingénieurs, mécaniciens et informaticiens des sociétés fournisseurs des équipements.
- Ce que je vais vous expliquer, dit l'ingénieur en chef, avec l'humour typique des gens de sa profession, est à la fois simple et compliqué.

Sans autre préambule, il entame un exposé pointu. Les nombreux détails et références annexes avec lesquelles il les étourdit, rendent incompréhensibles les choses les plus simples. Les aspects les plus ardus deviennent surréalistes à cause de ses constantes analogies au théâtre, particulièrement extravagantes et parfaitement inadaptées.

Très vite, A'na y perd sa sérénité et Theos son attention tandis que l'ahurissement de Régis et la stupéfaction d'Agame atteignent leur apogée. Mack, rompu aux mœurs politiques, comprend qu'il ne doit plus se compromettre là et s'excuse de devoir partir en raison d'une réunion importante. Achille, appelé par ses passions amoureuses, justifie son départ précipité par des raisons de santé.

Heureusement, les techniciens procèdent ensuite aux démonstrations et essais, expliquant leurs actions en phrases claires et avec rigueur. Régis comprend que ce bâtiment tient autant debout par ses murs, poutrelles, sols et plafonds que par les kilomètres de câbles qui y circulent. L'ancien couvent des Barbusquins, le vieux théâtre de la famille d'Agame, est truffé d'électronique. Au moyen de ce câblage et de réseaux sans fils, des myriades de détecteurs, senseurs, capteurs, interrupteurs, disjoncteurs, puces, caméras, ... sont reliés à des séries d'ordinateurs qui par leurs innombrables programmes sophistiqués gèrent la totalité des fonctions du théâtre.

Partout: cage de scène, salle, coulisses, accès, entrepôts et réserves, foyers, loges, bureaux, bars, depuis les sous-sols jusqu'aux cintres, tout ce qui se passe, est pris en charge automatiquement: lumière, chaleur, mouvement, son, information, image, ... Tout! Partout! Theos se souvient de sa première visite au Marché en compagnie de Mack. "Tout, te dis-je! Tout!" avait déclaré avec fermeté ce dernier. C'est la même chose ici! Peut-être que seuls les colons et migrants qui vont bientôt prendre possession de ces lieux: souris, araignées, coccinelles, loirs, hirondelles, ... et le raton laveur, pense-t-il en souriant, ne seront pas répertoriés et suivis à la trace.

- Bien entendu, annonce un technicien, décors, accessoires et costumes sont inventoriés avec le maximum de critères descriptifs possibles. Chaque pièce est digitalisée en trois dimensions et équipée d'une puce électronique.

- C'est élémentaire, ajoute A'na d'un air faussement sérieux.

- Les entrées et sorties des stocks ainsi que les transports au moyen des glissières ou par les rails sont entièrement automatisés et commandés à partir de ces systèmes de contrôle, enchérit le deuxième.

- En outre, de complexes algorithmes d'intelligence artificielle proposent leurs assemblages, selon la pièce à jouer, en fonction de paramètres déterminés par le metteur en scène, reprend le premier.

- En combinant cela, les puissants outils informatiques permettent de simuler les jeux scéniques ainsi que les effets de lumières et de sons ...

- Souhaitez-vous que je vous explique les jeux de température, de souffles d'air et de parfums que permettent les installations de souffleries intégrées dans les murs de la salle?

Agame ne bouge pas et ne parle pas. Un rideau qui ne se bloque plus! Les bons décors au bon moment sans dépense! Plus de menaces de la part d'un chef mécanicien! De l'ordre, de l'ordre partout! ... Serait-il venu, ce temps-là?

- Theos! dit Régis, je n'ai pas tout compris, loin de là, de ce que ces ingénieurs ont expliqué ni de ce que ces techniciens ont montré. Cependant, une évidence me saute aux yeux: avec tout ce machin-là, toi et moi, nous allons pouvoir réaliser de grandes choses!

Theos semble imperturbable. Cela ou autre chose? L'important n'est-il de savoir ce que l'on souhaite créer, et surtout pourquoi on le veut? La matière et l'outil ne viennent qu'ensuite, pierre, bois, peinture, gravure, images, stylo,..., peu importe. Pour lui, à cet instant, ce qui est essentiel, est la fulgurance de la création. Pourtant, derrière son masque impassible, il cache une révélation. De nouvelles perspectives s'ouvrent à lui.

A'na reste silencieuse et le regarde attentivement. Agame interrompt son observation:

- Que penses-tu de cette révolution?

Elle hausse les épaules. Personne ne devine s'il s'agit d'une marque de désintérêt ou de concentration sur une préoccupation plus importante.

- Vraiment, elle n'est pas toujours facile à comprendre! pense Agame.

Finalement, qui la connait réellement? Pour Agame, elle est une gestionnaire hors pair, avec d'incroyables relations aux plus hauts niveaux et une étonnante capacité à les influencer et les mobiliser. Est-elle réellement cela alors que pour Achille, elle est une des plus belles femmes qu'il ait rencontrées mais qui l'impressionne tant qu'il n'ose l'approcher? Pour Régis, qui est pragmatique, elle est la meilleure Directrice Administrative avec laquelle il ait travaillé, la première aussi. Mack la connaît trop peu pour exprimer une opinion mais quand il se la représente, il la voit auréolée de gloire. Et pour Theos? Une déesse! Celle qui l'a sauvé en lui donnant d'abord de la force et maintenant de l'inspiration.

- Oh A'na! pense-t-il, Muse, dis-moi le héros aux mille expédients, qui tant erra …

A cet instant, cependant, la vraie question qui le mobilise, est: "Comment lui dire?"

Pendant un mois, A'na est allée visiter sa famille. À son retour, elle découvre un "Univers" débordant d'activité. Tant il était impatient d'ouvrir la salle au public, Agame n'a pas voulu résister à l'insistance de Sarah de jouer le rôle de Phèdre dans la pièce de Racine. Dès lors, l'agitation est à son comble dans toutes les parties des "Barbusquins", nom de code à l'intérieur de l'équipe sous la soudaine et surprenante instigation d'Agame qui jusque alors prenait cette appellation pour une insulte. Depuis qu'il s'attaque à l'écriture de "son" Roman de Renart et qu'il dirige le théâtre le mieux équipé de la planète, il joue avec un snobisme évident sur le charme de ce nom. De leur côté, Régis, A'na, Mack et Theos ne parlent que de "L'Univers", ce dernier presque à regret, il faut reconnaître, car il a déclaré à Agame:

- Tu sais, Ag', tout bien réfléchi, et si tu avais demandé mon avis, ta Compagnie, je t'aurais suggéré de l'appeler Le Théâtre "des Univers". Cela n'a l'air de rien mais ça fait quand même une sacrée différence.

A'na n'avait jamais vu les anciens lieux décrépis avant la rénovation. Son parcours de découverte l'emmène partout. L'absence de poussière ne la surprend pas, au contraire, tandis que cela reste probablement l'élément de surprise le plus important chez tous les autres membres de la Troupe.

- Un théâtre sans poussière, c'est un frigo! se plaint un vieux mécanicien, probablement frustré d'avoir refusé à l'époque de participer à l'illustre tournée.

- Patience, Coco. Patience! Elle reviendra.

Les armatures, passerelles, ponts de service, échelles et escaliers métalliques montrent une telle stabilité qu'ils donnent l'impression que l'ingénieur concepteur a mal placé la virgule dans ses calculs ou qu'il rêvait trop à Eiffel. Souvent, Régis s'inquiète que la machinerie soit en panne, tellement elle est silencieuse. Plus de grincements de cordages, ni de clignotement de projecteurs, ni de soubresauts de rideaux gigotant comme des ballerines! Ici, les tentures descendent si droites et sans plis qu'elles semblent en carton. Certains, en aparté et sûrement en exagérant, prétendent qu'ils ont vu Régis enfouir son visage dans le rideau de scène puis, les larmes aux yeux, caresser tendrement les cordages blancs immaculés.

Les poulies glissent comme des vols de cormorans face au vent et les glissières transportent sans bruit les lourds panneaux des décors ou de légers accessoires, sélectionnés électroniquement par l'ordinateur, si doucement qu'elles semblent immobiles comme des ruisseaux de plaine. Les rails des wagonnets et les portes coulissantes paraissent construits de velours.

- Il fait trop calme ici. On se croirait dans une bibliothèque! entend-elle dire.

Quelqu'un répond:

- Bientôt les nerfs d'un ancien vont craquer!

La progression d'un mécanicien dans les cintres, qui est le plus souvent un déplacement nostalgique plutôt qu'une nécessité opérationnelle, est guidée par un trajet de diodes. Sur le gril, les projecteurs sont si nombreux et leurs mouvements téléguidés si souples qu'ils font penser à une bande de perruches.

- Heureusement que ces oiseaux-là ne lâchent pas de fiente, plaisante un électricien.

Son collègue, moins vulgaire, a d'autres inquiétudes:

- Quand ils sont éteints, leurs sombres silhouettes serrées me font frissonner tellement ils m'évoquent les "Oiseaux" d'Hitchcock.

Percée dans le magnifique plancher, qui est une œuvre d'art en soi par l'alignement rigoureux de planches si longues que des mauvaises langues journalistiques osèrent suggérer qu'elles étaient de polystyrène plutôt que de sequoia, la trappe du souffleur a été réinstallée à l'identique, comme un symbole historique. Pourtant, avec toute l'électronique, les micros et les oreillettes, elle est définitivement inutile.

- Nous y vendrons le siège le plus cher, a déjà annoncé Agame qui, même au faîte de la gloire, n'a pas oublié la valeur de chaque pièce de monnaie, trop souvent manquante depuis son enfance dans ce milieu.

Nulle part, A'na ne trouve Theos. Elle le cherche en vain dans le dédale des entrepôts. Le Bureau du Directeur est vide. Au Secrétariat, on ignore où il peut être. L'Atelier du Régisseur est fermé. Par contre, dans l'Atelier de Couture, quatre jeunes femmes entourent Péné. On coud, on caquette, on rit. Une demi-heure, A'na y prend puis reprend du thé. Ensuite, dans le Foyer, elle ne croise que des livreurs remplissant à ras bord les frigos et réserves de caisses de vins, jus, eaux, bières et limonades. Devant la porte de la Loge, un petit gamin en polo bleu et pantalon de golf joue avec un petit ratier blanc. Une dame en tablier gris et au chignon noir, serré comme on les faisait avant, nettoie le couloir. A'na reconnaît Madame Pinson[14], la nouvelle concierge. Après un échange de quelques paroles banales, elle reprend son exploration.

Enfin, elle retrouve Theos dans la "Salle de Commande", entouré des trois "théâtriciens". Devant le grand écran du simulateur, il est absorbé par des rotations de décors en trois dimensions dans lesquels évoluent les avatars des comédiens. Les décors, les costumes changent au rythme des valeurs successives de paramètres qu'introduit le plus taiseux des opérateurs, avec la même frénésie printanière qu'un pic épeiche sur un tronc de robinier.

---

[14] Hommage discret à Georges Remy (Hergé)

En la voyant, Theos bondit et spontanément ouvre les bras pour l'accueillir puis l'entraîne dans les coulisses. Au fond de la cage de scène, encore privée de décors, ils se glissent discrètement entre le lointain, noir et lisse comme du verre, et le rideau de fond, en vue de sortir par la porte des coulisses, côté cour. Sur la scène, devant Agame, assis à califourchon sur une chaise, très attentif au respect de ses indications scéniques, Sarah, en polo et jeans, est en pleine répétition en compagnie d'une jeune comédienne qui, plus d'une fois déjà, a attiré les regards d'Achille. Celle-ci, dans le rôle d'Œnone, lance une réplique:

Aimez-vous ?

SARAH, pardon, PHÈDRE:

De l'amour j'ai toutes les fureurs.[15]

ŒNONE:

Pour qui ?

PHÈDRE:

Tu vas ouïr le comble des horreurs…

J'aime… À ce nom fatal, je tremble, je frissonne.

J'aime…

ŒNONE:

Qui ?

PHÈDRE:

Tu connais ce fils de l'Amazone,

Ce prince si longtemps par moi-même opprimé…

ŒNONE:

Hippolyte ? Grands dieux !

PHÈDRE:

C'est toi qui l'as nommé !

ŒNONE:

Juste ciel ! Tout mon sang dans mes veines se glace !

Ô désespoir ! Ô crime ! Ô déplorable race !

---

[15] Racine, Phèdre. Acte I, scène 3.

Voyage infortuné ! Rivage malheureux,
Fallait-il approcher de tes bords dangereux !

- Laissons-les travailler, dit Theos. Je voudrais t'emmener dans le deuxième entrepôt en bord de mer.

Ils sortent par le quai et s'éloignent dans un petit canot à moteur, par le canal et les écluses, puis le fleuve vers les grands hangars.

- Aujourd'hui, on ne parle plus comme dans ces pièces classiques, commente A'na.

- C'est dommage! Peut-être, est-ce la façon la plus appropriée lorsqu'on a quelque chose de difficile à déclarer.

Elle l'observe d'un air surpris.

- Attends d'être arrivée, se limite-t-il à répondre.

Ils descendent du canot et marchent une centaine de mètres. Plusieurs conteneurs sont entreposés à l'entrée du premier immense hangar. Dans celui-ci, de nombreux éléments de décors sont éparpillés, prêts pour le montage. Theos prend A'na par la main et, d'un large mouvement du bras, montre ce chaos.

THEOS:
Je connais les cités; leur complexe évidence;
Leurs strates de bonheur, de rêve et de souffrance;
Leurs envers; leurs vides; la peur qui s'y distille;
Tous leurs interstices où le mal se faufile.
Qu'importe ce qu'elles sont, je sais tous leurs dessins,
L'invisible force qui construit leurs destins.

A'NA:
Au long de la tournée, tu as montré cela.
En cet instant, dis-moi que comprendre par là.

THEOS:
Hélas, je ne connais ni les mots, ni leurs jeux!
Ni tous ces arts divers qui les lient au mieux.

Comment alors dire ce qu'il faut que tu saches,
T'expliquer ce secret qui dans mon cœur se cache?
En vain! Depuis des jours, mon souhait de discours
Ne reste qu'illusion: pas un n'a vu le jour.
Constructeur de maisons, sans excès, sans emphase,
Je suis architecte de murs, jamais de phrases!
Pour que ma passion soit enfin expliquée,
Je n'ai donc plus qu'un choix: créer une cité
En cet immense hangar, la plus belle qui soit,
Dans le but d'y vivre, pour toujours, toi et moi!

A'NA:

Theos, tes mots sont clairs. Pourquoi ainsi douter
De leur clarté? Crois-moi, ainsi me suggérer
De vivre près de toi, pour le temps de nos vies,
Trouble autant mon esprit que toutes mes envies!
Mais ta voix est douce, tes phrases m'enchantent,
Leur chaleur m'envahit et leurs rythmes m'entraînent.
Car ton regard est vrai, je me laisse porter.
Alors, je t'en supplie, continue de parler.

THEOS:

Sans cesse me revient le souvenir du jour
Où je te découvris, superbe et sans atours,
Pour la première fois, sur le pont du Thália
Qui, au-delà du temps, au loin, nous emporta.
Pendant que nos vaisseaux de concert naviguaient,
Tandis que menaces et dangers nous guettaient,
Travaillant sans arrêt, te privant de sommeil,
Tu trouvais solution et judicieux conseil.
Ainsi, tu nous donnas le succès et la paix.
Moi, tu me déchargeas de mon terrible faix.
D'abord protectrice de notre Compagnie,
Tu devins sa guide qui la maintint en vie,
Et pour moi, une amie, muse de mon émoi.

Pour toujours, je te voudrais telle, près de moi
A'NA:
T'ai-je bien entendu? Pour ces seuls rôles-là?
THEOS:
Peu expert du discours: voilà le résultat!
Mes mots n'ont pas de sens, mes idées s'emmêlent.
A'NA:
Tes paroles sont un chant. Leurs rimes m'ensorcellent
Parle! J'attends!
THEOS:
   Oh! Non, pas pour ces seuls rôles!
Non, A'na! Sans décors, sans détour, ni symbole,
En mots clairs, sache enfin: Voilà! Je t'aime A'na.
A'NA:
L'aveu que j'espérais!
THEOS:
   Vivre avec toi, A'na!
   A'na bondit dans ses bras.
   Theos lui murmure à l'oreille:
- Installons-nous ici, tous les deux, dans un assemblage de cités, qui change selon nos pas et nos envies.
   Celle-ci l'enserre plus fort de ses deux bras et chuchote:
- Un dernier alexandrin?
- Pourquoi pas deux hexasyllabes? chuchote Theos, très ému.
A'NA:
Un enfant t'est nécessaire:
Le grand don à me faire!

  A partir de ce moment, rien de ce qui a existé ne disparaît mais plus rien n'est pareil. On parle parfois de flux imprévu venant du fond de la planète ou d'une onde marine. Des tensions, alors, s'estompent, des temps anciens s'oublient. La passion renaît ainsi que l'avenir, en conséquence.

- Oh, Agame, quelle mine! Es-tu souffrant? s'inquiète Mack en entrant dans son bureau.

- Les maux les plus terribles m'assaillent!

- Qu'as-tu attrapé de grave?

- La pire chose dont tu puisses souffrir un matin! Hier, Sarah est partie saluer ses parents. Je me suis retrouvé seul ... en compagnie d'un cadeau de ce cher Lord Ménélas: une caisse de son meilleur Whisky Single Malt 20 ans. Magnifique! Comme je me sentais très seul et que le breuvage était très bon, j'en ai profité. Abusé, peut-être: voici le résultat!

- Pauvre ami! Je te plains, mais seulement pour aujourd'hui, pas pour hier. Fut-ce ta seule occupation de célibataire?

- Avant cela, je suis descendu à l'embouchure du fleuve jusqu'au gigantesque entrepôt dont Theos entame l'aménagement. Je l'ai surpris en conversation intime avec A'na. Me sentant scandaleusement indiscret, je me suis éclipsé sans qu'ils m'aient aperçu. Le whisky m'a alors tenu compagnie. La nuit, dans mon lit, alors que je ressentais un roulis pareil à celui de la pire tempête de notre voyage, leur dialogue a tourné en boucle lancinante dans la confusion de mon souvenir. Tu ne me croiras pas, j'en suis sûr, si je te dis qu'ils se parlaient en alexandrins!

- Mon pauvre vieux! Theos parlant en alexandrins, lui qui ne s'exprime la plupart du temps que par monosyllabes! Ton cas est sérieux, Ag'! Je ne vois qu'une solution pour te sauver: tu abandonnes le whisky. Donne-moi ta caisse, ou du moins ce qu'il en reste, et ne laisse pas courir ton imagination sous le prétexte que tu écris.

- Ne te moque pas. J'ai aussi beaucoup réfléchi à mon manuscrit. Mes idées se précisent. Cette nuit, cependant, j'étais privé de mes personnages!

- Que veux-tu dire? demande Mack.

- Je croyais que je ne serais plus jamais seul, que mes personnages m'accompagneraient, que nous ferions partie d'une grande famille indissociable. Je me trompais: j'ignore leurs occupations et leur destin en dehors de ce que j'écris sur eux. Quand la fatigue arrête mon stylo, interrompant l'imaginaire, ils se retirent au cœur de leurs mystères qui me sont étrangers. Je ne participe que d'un instant fugace et bref de leur existence. Moi qui pensais, comme écrivain, vivre avec mes personnages, en être le complice et le confident, je reste, en fin de compte, terriblement solitaire.

Mack est perplexe. Un urbaniste n'est pas préparé à ce genre de discours. Alors, il tente de détourner la conversation:

- Tu parlais de son whisky. Mais comment allait ton mécène lorsqu'il t'a apporté cette fameuse caisse?

- Ménélas s'est retiré sur ses terres. En compagnie d'Elena dont l'état s'est tant détérioré qu'elle affirme ne plus savoir l'âge qu'elle avait à sa naissance.

- Le pauvre homme!

- Quand je pense que nous avons parcouru la planète pour la lui ramener.

- L'Histoire ne se déroule pas toujours comme on le voudrait, reconnaît Mack.

- Je ne pense pas que cela puisse le consoler mais il a été anobli par son Roi. Dorénavant, il porte le titre de "*Sir*".

- Quelle malchance! Madame Elodie l'appelait "Lord Ménélas". Le voici dégradé!

- Ah! Cette pauvre Madame Elodie! Quel drame de périr ainsi dans un incendie.

- Elle est la victime de sa quête généreuse de cacher les horreurs et laideurs originelles de sa maison, qui était à l'image de ceux qui la possédaient avant elle.

- Ainsi que Péné peut transformer les plus sinistres figurants en seigneurs magnifiques grâce à ses costumes et que Theos peut construire l'illusion d'une ville dans une cage de scène, elle avait créé un somptueux logis.

- Mais les dieux déchus dont les échos subsistaient dans Malpertuis, ne pouvaient qu'être détruits. Hélas, elle a péri en même temps que ces vieilles métaphores. Puis tout le quartier avoisinant a disparu dans les flammes.

- Ainsi toute la Ville Haute a profondément changé. Les esplanades et allées, fleuries et bordées d'arbres, sont larges et lumineuses, entourées de jardins et l'immeubles rénovés. Le parc qui allait de Malpertuis au couvent est si bien aménagé qu'il attire les promenades romantiques des jeunes amoureux.

- Depuis lors, les mendiants ont fui.

- Certains sont peut-être revenus comme figurants dans ton théâtre, ce qui ne constitue en rien une amélioration de leur statut! plaisante Mack.

- Qui sait si d'autres ne s'occupent pas déjà des écluses et du trafic des barges sur le canal.

- Ceux-là mèneront bientôt bon train, car je prédis que cette voie d'eau retrouvera sa fréquentation d'antan. En parlant de mendiant, j'ai croisé Aymé au cimetière, déposant des fleurs sur la tombe de Madame Elodie. Il en avait vraiment l'allure. Ses vêtements étaient encore plus ternes que d'habitude et son allure plus triste. J'ai dû le rassurer qu'il n'y a aucune raison pour que son agence de location ne redevienne pas florissante grâce à la profonde rénovation des quartiers et au succès de "L'Univers".

- Pour en revenir à Ménélas, il est très abattu par la déchéance d'Elena dont l'alzheimer connaît une évolution fulgurante, au point qu'elle ne quitte plus le château. Je suppose qu'il se console en mangeant de magnifiques filets de bœuf et des gigots d'agneau de ses landes, longtemps bouillis dans de l'eau à la menthe, et qu'il engloutit tristement avec de grands crus de Pauillac ou de Saint-Estèphe. Probablement qu'il déguste aussi au coin du feu de somptueux whiskys de sa distillerie, à l'arôme exhalé par quelques gouttes d'une source secrète de son domaine. Son sort fait pitié: oublié par Elena à la mémoire malade, trahi par ses cousins saxons qui se préfèrent *brexités* plutôt qu'Européens afin de profiter entre soi de leurs liquides favoris "qui s'appellent soupes quand ils sont froids et bières quand ils sont tièdes", comme disait Jean-Pierre Coffe.

Agame a oublié Elena. Il ne s'occupe que de sa quête d'immortalité: mise en scène et écriture afin de devenir un très grand homme de théâtre. Victime de sa naïveté d'en parler, il n'échappe pas aux moqueries d'Achille:
- Ce grand homme mesure un bon mètre quatre-vingt, jusqu'à un mètre quatre-vingt-deux centimètres et huit millimètres s'il se tient tout à fait droit en étirant sa colonne vertébrale, ce qu'il fait bien trop peu par sa mauvaise habitude d'être trop souvent affalé sur son bureau ou vautré à califourchon sur une chaise lorsqu'il met en scène.
Sarah est son actrice fétiche et sa muse, car il est homme dépendant d'une muse.
- Peut-être est-ce pour cette raison que, du temps de sa liaison avec Elena, il n'écrivait que des idioties, pense Theos.
Par contre, la "grande" Sarah l'a transformé. Elle le subjugue par son talent de tragédienne, son charme éblouissant, sa tendresse attentive et sa beauté rayonnante. A l'évidence, elle a un corps magnifique dont seules les annonces sont accessibles à d'autres qu'Agame: galbe des jambes, finesse de la taille, douceur du visage, élancement de la nuque, arrogance conquérante de la poitrine! Ceux-là n'en parlent pas, par manque d'audace, par cette sorte de bravade qu'est l'indifférence, par respect ainsi que l'expriment ses partenaires de scène, dont même Achille, ou par pure frustration.
- Avoir comme muse une telle femme peut bouleverser bien des synopsis et rendre la vie fort difficile à des personnages tels que Renart et ses proches, ajoute Theos.
En outre, elle a un tel talent de décoratrice d'intérieur que leur appartement est un chef d'œuvre de confort et d'élégance. Situé à

l'arrière et au-dessus du théâtre, orienté vers les jardins et ainsi isolé de la ville, tel un manoir perdu dans la lande, elle l'appelle "Les Cinq Parties du Monde" en souvenir de leur tournée triomphale sur les cinq continents. En échange de son travail d'aménagement, elle a fixé des conditions draconiennes: Agame ne peut y mettre aucun désordre ailleurs que dans son bureau; Régis ne peut proposer aucun bibelot et ni Theos ni Mack ne peuvent émettre la moindre suggestion de décoration. Malgré son incompétence diplomatique reconnue, Agame a usé de toute sa prudence pour passer ce message à ses amis sans les vexer. Ceux-ci en ont beaucoup ri.

Depuis leur retour, Agame, Theos et Mack ont retrouvé leur complicité. Leurs contacts sont cependant moins fréquents qu'avant la tournée: Agame consacre du temps à Sarah, à son théâtre et à sa pièce; Theos ne quitte quasi plus A'na ni son immense entrepôt; Mack, qui est devenu quelqu'un d'important, a un agenda chargé. Des trois, en apparence, car il ne s'agit toujours que de cela, c'est ce dernier qui a le plus changé. Ses costumes sont plus distingués. Souvent, il se frotte l'aile gauche du nez du majeur de la main droite. Personne ne semble avoir observé cela sauf Theos qui s'inquiète de sa surcharge de travail et de ses responsabilités à la Municipalité. Par contre, son humeur est intacte: travailleur, humaniste, généreux, discret concernant sa vie privée. Bien qu'il parle encore autant de "ses" villes, il n'a pas encore évoqué le nom d'Olys. Son caractère jovial et spontané génère encore autant d'idées sympathiques:
- Venez prendre l'apéro chez Ag'. Ménélas lui a offert un whisky du tonnerre. Si nous tardons, il n'y en aura bientôt plus! Alors, rendons-lui le service d'éviter qu'il ne boive tout.

A l'occasion de la rénovation, Mack a conçu un vaste bureau pour Agame, avec bibliothèques, armoires, tables, chaises, divans et fauteuils. Cette fois, le "Directeur" peut accueillir toute la bande sans risquer de subir une nouvelle syncope due à la cohue et au manque d'air. Régis, Achille, Sarah, Péné, Mack, Agame, Theos, A'na se sont installés dans le désordre et commentent les qualités de l'alcool ambré par son long séjour dans les vieux fûts de chêne et tourbé par l'eau secrète de la lande écossaise. Ce sujet ne les occupe cependant que quelques instants. Sarah, la première, parle de Phèdre. Ensuite, installé comme un prince dans le plus confortable fauteuil de cuir, Achille enchaîne avec emphase, se lançant dans une description détaillée de sa conception du rôle d'Hyppolite.

- Monter Phèdre n'est pas une sinécure, le coupe Agame. Surtout que je suis en plein travail d'écriture de ma pièce.

Confrontés en direct aux multiples exigences du metteur en scène et des comédiens-vedettes, Péné et Régis opinent en chœur. Ce dernier intervient:

- D'autant que les hologrammes ne seront pas faciles à mettre au point …

- Des hologrammes! C'est quoi cette histoire d'hologrammes? réagit furieusement Agame.

- Oups! se dit intérieurement Régis qui regrette sa remarque.

- Rien, rien! répond Theos d'un air absent. Je réfléchis …

- On ne réfléchit pas quand on monte Racine!

L'interrompant, un petit gamin apparaît à la porte, les bras chargés de paquets.

- Oh! Bonjour Noël, s'exclame Agame avec affection, soudain calmé.

- Je vous apporte votre commande, Monsieur le Directeur: du papier, des crayons, de l'encre. Le libraire l'a mise sur votre compte.

Intimidé par cette assemblée, il dépose sa livraison sur le coin du bureau, sur une pile de livres car il n'y a déjà plus d'endroit libre, et s'apprête à s'enfuir avec la boîte qu'il tient sous son bras gauche.

- Il est magnifique ton *pinemouche*, Noël! dit Mack.

Il est le seul à savoir que ce bonnet à pompon tient beaucoup plus chaud quand on lui donne son nom populaire bruxellois. Il n'a jamais oublié qu'il était comme cela: le même gamin, en pardessus bleu, moufles jaunes et *pinemouche* rouge, gentil, triste, en attente d'attention de ses parents trop occupés, avant de devenir lui-même, ce dont il se chargea tout seul en fin d'adolescence.

Theos ne dit rien et s'efforce de ne penser à rien. Il a atrocement peur des enfants!

Régis est intrigué:

- Quelle est cette drôle de boîte?

- Ce n'est pas une boîte. C'est un Elaoin Sdrétu[16], répond l'enfant d'un air vexé.

Mack sourit mais Régis montre sa surprise:

- Comment dis-tu? Quel nom bizarre!

Noël prend à deux mains le cube gris qui se met à ronronner. Quelques loupiotes scintillent et deux antennes se mettent en mouvement, scrutant l'assemblée.

- Où l'as-tu trouvé? demande Régis.

- C'est le vieil épicier qui l'a construit. Il me l'a donné avant de quitter la ville.

- Cela sert à quoi?

- L'Elaoin Sdrétu sait tout faire: tous mes rêves! "Depuis que je l'ai rencontré, je ne m'ennuie plus du tout!"

- C'est toi qui lui as donné ce nom? demande Agame.

- Non, répond l'enfant avec sérieux: c'est son nom.

Le sourire ému n'a pas quitté le visage de Mack.

- Il y a plusieurs décennies, explique-t-il à ses amis, le clavier des linotypes, qui étaient des machines pour opérateurs d'imprimerie, regroupaient sur leurs deux premières rangées les lettres les plus fréquemment utilisées: e, l, a, o, i, n et s, d, r, é, t, u. Aujourd'hui, on l'appellerait "Azerty Uiop", selon les premières lettres d'un clavier francophone.

Au-dessus de la livraison du petit Noël, l'emballage de la rame de papier est couvert des lettres de l'alphabet.

---

[16] Hommage à André Franquin, créateur du Petit Noël et de l'Elaoin Sdrétu.

- Un souvenir obsédant m'envahit, dit Agame. Un des spectacles les plus émouvants que j'ai vus. C'était dans l'Imprimerie de la Maison de Plantin, qui s'appelle maintenant le Musée Plantin-Moretus. A côté des anciennes presses, sur des tables et étagères, de petits casiers sont remplis des lettres en plomb de divers alphabets. Leur nombre autant que leur précision et leur délicatesse m'ont impressionné. Ces petits caractères noirs me semblaient vivants, à peine endormis, prêts pour une magie chaque fois nouvelle. En ce lieu repose la capacité d'exister de tous les livres. N'est-ce pas la plus belle métaphore de l'écriture que ces rayonnages remplis de caractères de plomb, prêts à être assemblés sur des réglettes, afin de transmettre savoir, passion et émotion?

- Que cela a dû t'émouvoir! Tes yeux sont brillants, répond Sarah avec tendresse.

- Mes amis, quand mon temps sera venu, avec tous ceux qui ont de l'affection pour moi, remplissez mon cercueil de telles merveilles de plomb. Je ne veux pas être protégé de la terre par une simple enveloppe de bois mais par de multiples alphabets de métal. Vu le poids, vous aurez à vous mettre à plusieurs pour me porter jusqu'à sa fosse, non pour m'y porter en terre mais m'y laisser en lettre. Qui pourra imaginer l'usage que j'en ferai? Le plomb, poison mortel, est représentation de l'enfer tandis que transformé en caractères, il devient ce que certains appellent le divin.

- Cette déclaration est très littéraire, se fâche Sarah, mais sinistre.

Elle regarde le petit bonhomme avec une émotion évidente. Agame, qui l'observe, en déduit qu'elle va annoncer à toute cette assemblée qu'elle est enceinte et que dans peu de mois, elle accouchera d'une fille, révélée par l'échographie, qu'ils ont déjà décidé de prénommer Lysiane. Cependant, elle ne dit rien.

Personne n'a jamais vu Achille silencieux si longtemps et si attentif, comme s'il découvrait quelque sentiment nouveau pour lui, et important. Visiblement, Péné est attendrie et ne quitte pas des yeux le gros bonnet du petit Noël. Chacun semble plongé dans ses souvenirs personnels. Ce gamin aux drôles de nom et de couvre-chef les a surpris. Ce n'est pas tellement à leur enfance qu'ils pensent mais à ce qu'il évoque en eux, aujourd'hui, au-delà de leurs héritages et de leurs frustrations. Bien qu'ils soient dans un bureau, ils sont émus comme s'ils assistaient à un spectacle dans la salle du théâtre.

- Cette scène fait quand même un peu nunuche, pense Mack.

Theos imagine un décor sortant de cette boîte, non pas pour une tragédie antique mais pour illustrer des rêves d'enfant. Certainement que seule A'na perçoit que Theos est profondément ému et qu'une imperceptible capacité paternelle se travaille en lui.

Après le départ du gamin, ils terminent leurs verres puis chacun part à ses occupations. Seul Theos reste près d'Agame, le temps qu'A'na termine un dossier dans son bureau voisin.

- Ag', permets-moi de te parler franchement de ton idée de pièce. Ce que tu m'as laissé lire me paraît fort compliqué, même si cela n'est pas trop grave car grâce à la notoriété que tu as acquise par la tournée et ton nouveau théâtre, quoique tu écrives, tu seras de toute façon édité.

Agame sursaute devant cette déclaration que Theos lui assène posément, presque avec de l'affection.

- C'est vrai. Dans le passé, tout ce que j'avais écrit et soumis aux éditeurs a été refusé, d'abord sans explication. Puis, au fil du temps et à force d'insistance, la même réponse me fut donnée: "Je ne sais pas si ce que vous écrivez est bon ou pas. Comment le saurais-je? Le problème est que vous n'avez aucune notoriété. Comment voulez-vous que je vende les écrits d'un inconnu?". Porté par les vagues médiatiques de notre sensationnelle tournée et de l'ouverture du prestigieux Théâtre de l'Univers, par contre, les plus célèbres éditeurs me sollicitent n'importe quoi qui me semblera bon de rédiger. Je reste cependant fidèle à ma décision: écrire cette pièce que je veux représenter sur ma scène.

- Cette intention est admirable. Néanmoins, je suis surpris par ton projet.
- Ah! Et en quoi donc?
- Tu veux créer une œuvre théâtrale, sa structure et son contenu sont cependant romanesques. Tu te réfères au Roman de Renart...
- Qui n'est pas un roman!
- Ne m'interromps pas! Je suis d'accord: ce n'est pas un roman, plutôt de l'épopée, de la farce. Mais ton texte n'est pas du théâtre! C'est plus proche de Cervantès et de Rabelais que de Shakespeare.

Agame le regarde, médusé.

- Ton manuscrit est déroutant car il contient plus d'indications scéniques que de répliques, poursuit Theos. Le Professeur Coéos dont parlait Achille, conclurait sûrement que lorsque le livret contient plus de didascalies que de dialogues, l'auteur est plus romancier que créateur de pièces de théâtre. Or, n'oublie pas que tu es un homme de théâtre, héritier de plusieurs millénaires de cet art ...
- Bigre! Tu es vraiment un architecte! Des murs, des plafonds, des maisons, des rues,... Tout ça bien aligné...

Theos en est muet de surprise.

- Oh! Pardon mon ami. Mes mots ont dépassé ma pensée. Je ne voulais en aucun cas te blesser. Mais pourquoi donc faudrait-il des barrières entre les genres? N'oublie pas ce que tu crées, toi. Comme architecte, tu es censé construire du solide. Or tu n'assembles maintenant que des fragiles panneaux de décors et des projections d'images pour créer d'éphémères illusions.
- C'est vrai. Le drame que j'ai vécu a ébranlé mes certitudes.
- Même si je n'ai pas autant souffert, je suis assailli de doutes. Mon inspiration est complexe et l'œuvre que je veux concevoir encore très confuse.
- Tu as raison, Ag'. L'horreur que j'ai vécue ne me donne aucun droit. Tes émotions sont aussi valables que les miennes. Le caractère sensationnel ou spectaculaire des événements ne change rien à la valeur du vécu de chacun.

- Je me moque du conditionnement de l'art en vue de le ranger par catégorie dans de petites boites prévues à cet effet. Toi, crée donc des villes éphémères qui ne soient qu'illusions. Laisse-moi inventer une pièce contemporaine qui soit inspirée du même moment de tensions entre le Moyen Age et la Renaissance que ce que nous connaissons aujourd'hui, hélas dans un retour en arrière.

- Qu'est-ce qui te plait, Ag', à écrire une telle pièce sur la décrépitude de la société?

- Cela ne me plait pas. Pas du tout. Ai-je cependant d'autres choix? J'écris ce que je pense important de montrer: la morale, la politique, la fin de notre époque qui a déjà eu lieu mais dont on fait semblant de ne pas en être conscients.

- Tes idées sont-elles claires?

- Je cherche! Mon but n'est pas de trouver une réponse mais d'explorer mes interrogations, mes doutes et les émotions. Je ne suis pas un chercheur, ni de pétrole ni d'or. Dans mon cas, trouver ne signifie pas la richesse mais la fin du rêve. Alors, pour faire bref, à ce stade, peu importe que cela donne l'impression d'être un roman.

- Explique-moi ton intention.

- Je veux développer une pièce métaphorique avec des personnages politiques contemporains, nouveaux médiévaux de notre siècle, inspirés des animaux du Roman de Renart. Sous quelle forme? Pièce classique, épopée, roman, litanie, long poème? Je ne sais pas encore. Ce qui est essentiel, c'est que cela ne devienne pas un livre couvert d'*alphabesques*, à lire en solitaire: cela sera joué sur scène! Car je veux respecter, au moins pour le strict minimum, la règle de base: le théâtre, c'est les comédiens! Point! Car de simples saltimbanques montrent mieux les drames et les passions humaines que ne les racontent les meilleurs romanciers!

- Le théâtre est aussi le public.

- C'est vrai mais il suffit d'un seul spectateur!

- Et les décors, n'est-ce pas, poursuit prudemment Theos. Et tout le bâtiment, les coulisses, les loges, les foyers, …

- Tu oses une conclusion audacieuse, architecte, qui connais maintenant le théâtre aussi bien que moi.

- Et toi, proposes-tu une autre conclusion?

- Le théâtre, c'est le texte et la présence: donc répliques et mise en scène. Les costumes, les décors sont accessoires!

- Alors pourquoi pas le public aussi? Moi, je te dis: une pièce sans décors, c'est comme Noël sans sapin. Ce serait, sans le moindre doute, le vingt-cinq décembre mais ce ne serait pas Noël. Tous les enfants te le diront! Alors, n'écoute pas les vieux intellos radoteurs qui ne font même pas rire les enfants, et qui ne sont souvent même pas capables d'en procréer. Ni de remplir une salle de spectacle! Tu sais bien qu'une pièce sans public, ce n'est plus du théâtre, c'est de la désespérance. De même pour les décors! Et Péné ajouterait pour les costumes. Si tu préfères que je ne m'occupe pas des décors pour ta pièce, conçois-les et monte-les toi-même! Si tu veux, je me chargerai de la mise en scène: le désastre sera historique et nous passerons tous les deux à la postérité!

- Calme-toi, ami. Arrêtons cette dispute inutile car il n'y a personne au spectacle que nous donnons de nous-mêmes! Notre magnifique tournée fut notre œuvre commune à nous deux, et la rénovation des "Barbusquins" celle de Mack. Tous trois, nous appartenons au théâtre. Nous en sommes devenus les personnages autant que les créateurs.

- Sans vouloir me mêler de ce qui ne me regarde pas, propose Theos, tes didascalies là, tu ne crois pas que tu devrais les jouer aussi?

Agame le regarde sans comprendre.

Dès le retour d'A'na, ils quittent Agame, le laissant poursuivre la rédaction des répliques. Par le canal qui les enchante chaque jour plus, ils rejoignent le vaste entrepôt. Au point le plus éloigné des rives du fleuve, Theos ouvre une porte discrète qui donne accès à l'arrière du dernier hangar. En sa compagnie, A'na a perdu l'habitude de prendre l'air étonnée tant il lui réserve des surprises.

Devant eux s'ouvre un large panorama de longues vallées et de basses collines parcourues de dessins réguliers de labour aussi précis que des tracés de fines plumes d'encre de chine.

- Comment s'appelle cet endroit? s'exclame A'na. Quelle beauté, ce paysage toscan! Comment es-tu parvenu à réaliser cela?

Terres d'ocres. Enfilades de cyprès. Fermes brunes découpées dans le ciel avec la précision qu'apporte la lumière rasante de fin du jour sur les crêtes. Ambiance rose et parme s'étalant à l'ouest. Des chants d'oiseaux. Des cloches qui vibrent au lointain. Des aboiements de chiens et des bêlements.

À leur droite, une placette villageoise en forme de fer à cheval est appuyée sur une falaise et s'ouvre sur cette campagne. Plusieurs lampadaires éclairent les façades rustiques.

- Que c'est beau, Theos!

- Viens, que je montre notre nouvelle maison. Tu verras que je n'ai pas oublié mes compétences d'architecte, enfin au service de mon imaginaire libéré.

Ce n'est qu'à leur toucher qu'elle prend conscience de ce qu'elle savait pourtant déjà. Les murs sont des décors, œuvres de menuisiers, d'ébénistes et de peintres. Derrière cette apparence, cinq modules ultramodernes sont déployés. Imprégnés des containeurs de son périple, Theos en a imaginé le concept et en a dessiné les plans.

- Celui-ci, explique-t-il sobrement, contient sanitaires et buanderie, mais surtout une salle de bain tropicale et océane inspirée de mon séjour chez Madame Elodie.

Dans le deuxième, une grande chambre à coucher est entourée d'armoires à la taille de dressing et de boudoirs. A'na se passionne longtemps pour les multiples détails du troisième: une cuisine contemporaine aux murs de verre rubis, aux tables de granit noir poli et aux meubles de laque blanche, dotée des équipements dignes d'un cuisinier étoilé.

- J'ai beaucoup pensé à toi, belle A'na, en concevant notre salon et salle à manger, en m'imprégnant d'un rêve ancien: "Tout n'y était que lignes droites bordant de grandes surfaces épurées de murs et plafonds, blancs ceux-ci, et d'un plancher presque noir aux lattes si larges et si longues qu'il se demanda de quel arbre majestueux elles provenaient. Les faisceaux de ces lignes se prolongeaient dans les perspectives extérieures. Rien n'était hasard. L'architecte avait inventé des jeux de plans et de volumes en telle sorte que les projections de leurs arrêtes formaient une autre structure, vivante et conviviale mais purement virtuelle, portant le message qu'il n'y a pas que la matière qui existe. Sur la noirceur miroitante du sol ciré, changeants selon la marche, les reflets de rares tables étroites, de quelques grands vases en porcelaine rouge ou de céladon vert à la profondeur océane, de dressoirs étroits mais si hauts que les dernières rayons étaient inaccessibles, donnaient l'apparence d'abîmes, au point de rendre les pas prudents, au seuil du vertige. A part cela, il y avait, ici ou là, non sans ordre, des coussins dont la soie, si précieuse et intense de couleur écarlate ou bleu outremer, en paraissait fraîchement teinte."[17]

Theos qualifie le cinquième de ces modules de bibliothèque. Quelle audace! Bourré de livres, il ressemble pourtant plus à une salle de guidage aérospatial.

- Ici, j'accède aux bases de données, je pilote les simulations, je gère les mouvements des cinq containeurs mobiles. Grâce aux rails, poutrelles et poulies, écrans et projecteurs, sous le contrôle du système automatisé des "Barbusquins", je les déplace et les emballe dans les décors et projections d'images...

Emue ou espiègle, A'na l'interrompt:

- Cette ambiance de campagne toscane me comble de paix. Pourtant, je ne sais pas pourquoi, j'ai envie de revoir la mer!

Il suffit de ces paroles pour que Theos, en moins d'une heure, modifie l'alignement des modules, remplace les panneaux qui les

---

[17] L'Inventeur de Venise. Voir page 327.

couvrent et projette de somptueux panoramas de la péninsule sorrentaise.

Qui sait où ils seront demain, sans avoir changé d'endroit, simplement par des changements de décors? Peut-être au bord d'une terrasse dominant un village et la côte méditerranéenne sur un promontoire des Cinque Terre, dans un penthouse face à une mégalopole asiatique, sur les flancs d'une vallée néozélandaise?

Phèdre est un immense succès. La critique, unanime, salue l'intelligence de la mise en scène, la puissance des décors combinés à de saisissantes projections en trois dimensions, la haute prestation de l'ensemble des acteurs dont pas un n'est en retrait, et, surtout, l'admirable jeu de la "grande Sarah". Celle-ci n'a plus seulement son nom "SARAH CASS" en majuscule et en tête sur les affiches mais aussi sa photo en couverture de magazines. Aucun journaliste n'est au courant de son mariage avec Agame. Celui-ci s'est déroulé dans l'intimité, en la seule présence d'A'na, Theos, Péné, Mack et Régis mais sans Ménélas, retenu par la tonte de ses brebis, et d'Achille, jugé trop bavard.

Pendant les représentations puis les prolongations, propulsé par la puissance et le succès de sa muse, Agame progresse prodigieusement dans l'écriture de son "Roman" de Renart.

A peine la "Dernière" de Phèdre fêtée, la Troupe se lance dans la préparation de ses représentations. Une première répétition générale a lieu aux "Barbusquins". L'affiche annonce:

LE RETOUR DE RENART

d'Agame

Pièce en trois actes

(dont un coup de théâtre, au deuxième)

ACTE I

SCENE I

Au lever de rideau, le plateau est vide. Des tentures noires couvrent les côtés et le mur du lointain. Rien ne se passe pendant une minute.

Retenue à ses angles par quatre câbles, une boîte blanche carrée de six mètres de côté et de un de haut descend lentement des cintres. Peu après son arrivée sur le plancher, ses quatre côtés latéraux se déplient au sol et, entraîné par les deux câbles avant, le couvercle s'ouvre lentement, accompagné du déploiement en "pop-up" du décor, comme dans un livre animé. Il représente une cave carrée dont les voûtes romanes évoquent le cellier d'une abbaye médiévale. Les murs et les voûtes imitent des pierres calcaire blanches et des colonnes grises en porphyre. Le sol est couvert de grandes dalles beiges et de pierres tombales couvertes de gravures et de textes partiellement effacés. Des torchères sont fichées dans des cerceaux de métal noir, en dessous des chapiteaux sculptés.

Trois personnages entrent, simplement habillés d'un jeans et d'un pull à col roulé.

Le premier est grand. Son épaisse chevelure blanche et la sûreté de ses gestes attestent de son autorité naturelle.

LABBÉ:

Nous, Le Club des Barbusquins, représentons l'ordre et la démocratie. Hélas, il apparaît que nous sommes les seuls à le savoir!

Le deuxième est plus petit et râblé mais son port est aristocratique.

PORTIER:

Nous représentons la seule opposition valable, cependant nous peinons à convaincre le peuple de la fourberie du Président Renart et de sa manipulation constante des autres partis.

Le dernier est svelte. Ses lunettes en métal lui confèrent un air d'intellectuel.

HOSPITALIER:

Il ne se satisfait plus d'être Président, il s'est proclamé chef du premier parti. Ses fils Percehaie, Malbranche et Renardel, en outre, dirigent les partis d'opposition.

Les trois hommes se sont assis autour d'une table de gros chêne sur des chaises de bois brut à haut dossier.

PORTIER:

Renart se présente en goupil intelligent et beau parleur qui joue à l'ange espiègle. Cependant, c'est un diable débauché et un maître des ruses.

HOSPITALIER:

Marionnette ou marionnettiste?

Portier toussote nerveusement. Visiblement, cela dérange ses deux compagnons.

PORTIER:

Question intéressante. La marionnette et le marionnettiste, au spectacle de même qu'en politique, n'existent que parce qu'il y a un public. Celui-ci s'appelle "spectateurs" au théâtre et "électeurs" en politique. Néanmoins, le plus souvent, cela revient au même.

Hospitalier se lève et va chercher sur une étagère dans un coin, une cruche et trois verres

LABBÉ:

Renart est à la fois marionnette et marionnettiste. L'animal, qui est un fieffé coquin, raison pour laquelle il s'occupe de politique, est parvenu à se faire élire Président grâce au contrôle des partis. Ainsi, il tire les ficelles de son électorat. Il se présente à lui dans de beaux costumes, camouflant son orgueil et son avidité. En toutes circonstances, il reste de bois, insensible aux critiques et à la haine qu'on lui porte.

Il présente un grand verre à Portier qui le vide d'un trait et se ressert un deuxième.

PORTIER:

Mendiant et cynique menteur également.

HOSPITALIER:

Ces gens-là, ce n'est pas au paradis qu'on pourrait les croiser!

PORTIER:

Ni même au purgatoire, d'ailleurs.

Il tousse à nouveau.

HOSPITALIER:

Ce n'est pas la place de ces pervers narcissiques, experts en harcèlement.

PORTIER:

Comme tous leurs semblables, ils attendent que la population leur marque un profond respect. Par contre, celle-ci n'attend plus rien d'eux, même pas un minimum de compassion.

Labbé s'est levé. Il poursuit la discussion tout en allant et venant, entre cour et jardin. En continu, les deux autres tournent la tête pour le suivre.

LABBÉ:

Soyons cependant prudents dans nos paroles. Il serait stupide et exagéré d'oser déclarer que tous les politiciens sont principalement intéressés par leur bien-être personnel. Je crois que la probabilité n'est pas nulle d'en trouver l'un ou l'autre qui soit honnête, au sens du dictionnaire.

HOSPITALIER:

Nous, par exemple.

PORTIER:

C'est probablement pour cette raison que nous nous réunissons dans cette cave, que nous logeons dans des chambres austères et que personne ne nous connaît.

Portier se sert un autre verre d'eau.

HOSPITALIER:

Pendant ce temps, Renart vit à Malpertuis, son magnifique palais présidentiel!

LABBÉ:

A défaut de l'avoir construit de ses propres mains ou acquis grâce à une respectable activité industrieuse, il s'est fait élire sur base de promesses irréalisables.

PORTIER:

N'est pas goupil qui veut!

Après le départ des comédiens, le décor se replie et la boite se referme. Elle s'élève doucement et disparaît. La lumière s'éteint deux minutes.

Achille entre, accompagné du Professeur Coéos.

- Nous sommes en retard et avons raté la première scène. Vous allez vite constater le nombre étonnant de didascalies!

SCENE II
Au château de Malpertuis

RENART:

Chers Ministres, je suis heureux de vous accueillir pour cette première réunion du Cabinet Restreint. Prenez place près de moi, Dame Rukenawe[18]. Madame la Dernière Ministre, en tant que seule membre féminine du gouvernement, j'apprécie beaucoup que vous ayez accepté d'en faire partie.

L'ASSISTANT DU METTEUR EN SCENE:

La réplique suivante est murmurée. Le Président n'a pas à l'entendre.

BAUDOIN[19]:

Il en fallait bien une dans le gouvernement!

RENART:

Plaît-il, Monsieur le Ministre de N'importe Quoi?

L'ASSISTANT DU METTEUR EN SCENE:

Parfait. Le Président ne l'a pas entendue.

BAUDOIN:

Rien, Monsieur le Président.

LE DECORATEUR:

Le bureau est vaste et luxueux. De lourdes tentures jaunes encadrent les trois larges baies vitrées du fond qui laissent percevoir un jardin rigoureusement dessiné. Des tableaux classiques sont accrochés au mur, côté cour, tandis qu'une double porte peinte en blanc et gris ferme l'autre côté. Un somptueux lustre vénitien éclaire cet espace.

---

[18] La guenon

[19] L'âne

RENART:

Venez-vous asseoir à ma droite, Madame la Ministre. Et vous à ma gauche, Monsieur le Ministre d'Un Peu de Tout.

BERNARD:

Merci, Monsieur le Président.

LE REGISSEUR:

Un impressionnant, et très certainement onéreux, bouquet d'orchidées blanches commandé le matin même par la première dame Hermeline, trône dans un grand vase de cristal sur un magnifique secrétaire en acajou marqueté. Les confortables fauteuils à accoudoirs sont de véritables antiquités dont peu de théâtre peuvent se prévaloir. La table de travail autour de laquelle ils s'installent est en bois de rose et luit admirablement sous l'effet du soleil, je veux dire des projecteurs, vous m'avez compris. Je crois savoir que ce sont les dimensions de cette table pour quatre personnes qui donnèrent l'idée au Président Renart de constituer un Cabinet Restreint, je veux dire à l'auteur, vous m'avez à nouveau compris

PÉNÉ:

Ils portent tous des costumes classiques, de belle façon, sauf Madame la Dernière Ministre, cela va de soi, qui porte une robe bleue assez stricte qui lui va à ravir. Tous ces habillements ne m'ont guère demandé de temps.

RENART:

Je suis assez satisfait de la marche des affaires.

BAUDOIN:

L'opposition s'oppose peu.

BERNARD:

Vous avez raison, Monsieur le Ministre de N'importe Quoi. Ce qui démontre au peuple que nous sommes un bon gouvernement.

RENART:

Croyez-moi, on mange plus de poules comme élu démocratique en charge de la sécurité des poulaillers qu'en étant contraints de forcer leurs grillages.

L'ASSISTANT DU METTEUR EN SCENE:

Un serviteur entre et sert des boissons

LE REGISSEUR:

Le plateau est d'argent et les coupes sont larges, comparables à des calices. La carafe est en verre, remplie d'eau colorée au sirop de cassis pour donner l'impression, aux spectateurs mais pas aux acteurs, qu'il s'agit de vin rosé.

L'ASSISTANT DU METTEUR EN SCENE:

Le serviteur est un figurant, intermittent du spectacle. Il ne nous coûte pas très cher

RENART:

La politique, mes chers, outre les jeux de l'apparence et la pratique structurée du mensonge est l'art de gagner le plus en dépensant le moins d'énergie, sans obligation d'autre résultat que sa propre durée.

BAUDOIN:

C'est bien exact! La peste et la famine ne rapportent rien, au contraire. Les querelles individuelles et les duels sont trop anecdotiques pour être rentables. Rien ne vaut autant que de grandes batailles et des massacres.

BERNARD:

De même, une tromperie bien organisée pourrait nous apporter d'intéressants génocides.

RUKENAWE:

Ensuite, après tous ces morts, il ne faudrait pas oublier les funérailles prestigieuses et les hommages périodiques. Cela ne rapporterait rien non plus mais il serait difficile d'y échapper.

BAUDOIN:

Ah! La sensibilité féminine! Mais, nous sommes bien d'accord. Ainsi, seul est lucratif le commerce des armes d'attaque et de celles de défense, que nous favorisons.

BERNARD:

D'une manière générale, nous contrôlons plutôt bien la situation.

RENART:

Un nombre trop important de députés, néanmoins, bien qu'ils soient de *nos* partis, me fatiguent par leurs questions et remarques incessantes

RUKENAWE:

Puisque nous avons choisi l'approche démocratique, enfin vous comprenez ce que je veux dire, nous ne pouvons pas limiter encore plus le pouvoir du Parlement.

RENART:

Oui, mais nous pourrions le délocaliser! On l'entendrait moins. Par ailleurs, cela permettrait de réaliser des économies substantielles. Notre Ministre des Finances Loup Ysengrin serait ravi.

RUKENAWE:

Le délocaliser! Où donc?

RENART:

Au Bangladesh, par exemple. Pour un montant tout à fait raisonnable, de l'ordre des frais de bar et de restaurant d'une Assemblée dans un pays occidental, nous disposerions de représentants si fiers de leur charge qu'ils seraient présents à toutes les séances et impliqués sur tous les dossiers, attentifs à respecter scrupuleusement les positions du parti pour lequel ils auraient été désignés.

BERNARD:

Quelle idée brillante! Mais ne serait-ce pas une perte de temps compte-tenu de la distance. Ne vaudrait-il pas mieux les faire venir ici?

RENART:

Mais non! Grâce aux moyens de communication actuels, la distance n'est plus un problème. Si nous les accueillions ici, on nous reprocherait d'accroître l'immigration.

BAUDOIN:

Cela étant, il subsisterait néanmoins un problème de langue et de culture. Faire voter des lois et discuter d'amendements, déjà naturellement incompréhensibles, par des gens qui ne parlent que bengali et qui ne sont pas censés savoir que les artichauts se cultivent en Bretagne, les pommes en Normandie, les foies gras en Périgord, les châtaignes en Corse et les coups en banlieue, cela poserait à l'évidence un problème.

BERNARD:

Du moins pendant les premières investitures.

RENART:

Grâce à l'évolution considérable de la technologie, une autre solution saute à mes yeux, au point qu'il est légitime de se demander par quel complot sournois, elle n'a pas encore été mise en place, ou du moins sérieusement envisagée. Je veux parler de l'intelligence artificielle.

RUKENAWE:

Les robots?

RENART:

Non, pas des robots! Le débat parlementaire peut très bien se passer de mouvements, de gesticulations, de cris, de rires, d'applaudissements, de sifflets. Donc, les robots seraient inutiles. Je recommande plutôt un système informatique extrêmement sophistiqué, intégrant tous les paramètres des programmes politiques des partis et de leurs promesses électorales, les taux de représentation, les projets de lois en format codifié, …

RUKENAWE:

Tout cela serait certainement efficace, économe et rapide. Mais cela manquerait cruellement de folklore.

BAUDOIN:

Ce n'est pas un problème. Au contraire, cela conduirait à un important développement du théâtre. Nous dirons que c'est le fruit de notre politique culturelle.

PROFESSEUR COÉOS:

Achille, merci de m'avoir invité à cette répétition générale. C'est dommage que nous ayons raté la première scène. Contrairement à ce que vous m'aviez annoncé, dans cette scène II, je n'observe aucune didascalie.

ACHILLE:

Je suis désolé de vous avoir dérangé pour rien. Je me suis trompé en vous annonçant une pièce avec moins de répliques que d'indications scéniques. Tout se mélange dans mon esprit. Je ne parviens plus à faire la différence entre … entre je ne sais même plus quoi, des inconnus, des acteurs, les techniciens, nous-mêmes, … J'irais bien au Foyer. Vous m'accompagnez?

PROFESSEUR COÉOS:

Non, je ne viens pas au théâtre pour boire.

L'ASSISTANT DU METTEUR EN SCENE:

Notre Directeur, Agame, revient des toilettes.

AGAME:

Bon sang! Mais qu'est-ce que vous foutez tous dans ma pièce? Vous n'avez rien à faire ici? C'est ma pièce!

PROFESSEUR COÉOS:

Votre pièce! Votre pièce! Une pièce est à tous. Sauf si elle est mauvaise.

AGAME:

Ce n'est plus du théâtre, c'est un cauchemar!

Le succès de Phèdre combiné à la solide notoriété du Théâtre de l'Univers, provoque un tel engouement populaire à l'annonce de la nouvelle pièce d'Agame que toutes les places sont vendues en quelques jours. A'na se préoccupe de ne pouvoir satisfaire les nombreuses demandes.

Durant les semaines qui suivent, la Troupe s'active aux répétitions, à la préparation des costumes et des accessoires, au choix des décors. Satisfait de la qualité de leur installation, Theos se fait rare aux "Barbusquins". De l'aube jusque tard dans la soirée, assisté d'une douzaine de menuisiers, peintres, électriciens et techniciens, il ne quitte pas le gigantesque entrepôt de stockage des décors en bord de mer et de fleuve. A'na qui y habite avec lui, dans leur "village sorrentais", ne tarde pas à prendre conscience de l'énormité de ce qui se prépare là. Intelligente et subtile, elle soupçonne l'objectif de cette incroyable installation.

- Tu verras, tu verras! répond Theos à ses questions répétées. Surprise! Surprise! continue-t-il, avec un air de comploteur.

Peu à peu, jour après jour, la majorité du stock de décors est déployé dans les différents halls et hangars dont les parois et plafonds sont enduits de blanc et truffés de projecteurs et haut-parleurs.

Au grand étonnement d'Agame, Theos est absent lors de la Générale ainsi qu'à l'Avant-première et à la Première du "Retour de Renart". Pourtant, au cœur de son entrepôt, celui-ci ne perd pas une syllabe des répliques ni la moindre nuance de la mise en scène!

Le lendemain de la Première, tandis que la salle de "L'Univers" est à nouveau comble d'un public enthousiaste, Theos emmène Agame et Mack chez lui. Au seuil d'une porte latérale du plus grand des halls, Mack se fige à la vue de la ville qui s'étale devant lui dans la pénombre. Agame, pourtant habitué aux chocs que provoquent les initiatives de Theos, est saisi d'émotion. Au centre de l'obscurité, sur une vaste esplanade éclairée, ressemblant étrangement à la Piazza del Campo, les acteurs, qui pourtant jouent à cet instant précis sur la scène de "L'Univers", évoluent en s'échangeant les répliques de l'Acte II du "Retour de Renart".

- Mais quel est ce miracle? s'exclame Agame
- Oh! C'est simple, enfin assez simple, répond Theos. J'ai déployé en forme de ville multiple tous les éléments de décors disponibles ici, et tu sais à quel point il est colossal. Je l'ai complété avec des projections en trois dimensions de ce qui fut enregistré dans les bases de données avant le départ de la tournée. Je ne pensais pas parvenir à obtenir un tel niveau de réalisme.
- Et les comédiens? demande Agame.

- Les acteurs sont filmés pendant qu'ils jouent aux "Barbusquins", avec quelques appareillages un peu complexes je l'avoue, et ce sont leurs représentations holographiques que tu vois ici. Outre leurs micros discrets permettant de capter leurs voix, ils sont équipés, sous leurs coiffes ou leurs chevelures, de capteurs qui permettent de transmettre leurs ondes cérébrales aux ordinateurs de la régie d'ici qui les exploitent pour ajuster les effets de couleurs des projecteurs et leur intensité lumineuse, renforçant ainsi encore plus l'expression de leurs émotions et expressions.

Visiblement, Agame semble dépassé par ce qu'il entend.

- Une deuxième salle de contrôle de la Régie, en lien avec celle des "Barbusquins", gère, comme d'habitude, le son et la lumière mais aussi les décors, les projections en relief sur de grands écrans et les projections holographiques. Je peux reproduire ceci en n'importe quel lieu, sur un plateau traditionnel, sur une esplanade urbaine réelle ou artificielle comme ici. La même pièce peut ainsi être jouée au même moment dans des endroits différents avec des acteurs qui pourraient même être répartis entre ces différents lieux. Sans être physiquement présents ensemble, ils joueraient ensemble, visuellement et émotionnellement connectés entre eux et avec les différents publics, dans le même dispositif de décors digitalisés.

Agame, fasciné par le jeu des acteurs qui paraissent si réels, s'est rapproché de l'esplanade tandis que Mack s'est éloigné et déambule dans "la ville".

- Dès la semaine prochaine, nous pourrons ouvrir cet endroit-ci au public, déclare Theos.

Agame ne trouve pas les mots. Il acquiesce de la tête.

- Tu sais, conclut Theos comme s'il disait une banalité, tandis que le "Retour de Renart" est joué à "L'Univers" et reproduit ici à "L'Entrepôt", tout est prêt pour le projeter, également en temps réel, de manière digitale en trois dimensions à des milliers de kilomètres, au Théâtre des Trois Mondes.

- Du temps de mon père, cela ne se passait pas comme cela!

- Cela ne change rien au théâtre! Seulement à sa présentation au public. On peut tout créer. Tout! Je n'exclus pas la possibilité de produire des versions miniatures qui permettent de représenter une pièce en trois dimensions au milieu d'un salon. Le caractère spectaculaire et novateur de cette technologie donne de l'espace à l'imaginaire et attire les foules. Bientôt, l'interconnexion entre les acteurs deviendra aussi indépendante du temps. Il deviendra possible de jouer avec des comédiens disparus dont la présence sur scène sera obtenue grâce à leurs enregistrements, avec lesquels les acteurs contemporains joueront, en se synchronisant sur leurs hologrammes.

Agame se laisse glisser jusqu'au sol le long de la colonne contre laquelle il était appuyé. Assis par terre, la bouche ouverte, il garde les yeux rivés sur les comédiens. Ce n'est que bien après la fin du dernier acte que Mack, pâle et les yeux tout ronds, revient de son exploration urbaine et le trouve là, encore immobile.

22° et probable dernier chapitre de ce roman

"L'Univers", dans l'éblouissant bâtiment des Barbusquins, fait salle comble à toutes les représentations du "Retour de Renart", pièce-pamphlet contre les dérives des politiciens, disons plutôt contre leurs comportements courants. A sa surprise, en quelques jours, elle porte Agame au pinacle des hommes de théâtre. Pendant ce temps, "L'Entrepôt" de Theos accueille un public de plus en plus nombreux, attiré par le spectacle fabuleux des hologrammes évoluant dans une arène au cœur d'une mégalopole d'images et de décors changeants. À l'accès principal des hangars, il a placé un panneau d'entrée d'agglomération qui indique "Ithaque". Depuis, ce lieu n'est plus désigné que par ce nom. Par complicité, seuls les membres de la Troupe et Mack parlent encore entre eux de "l'Entrepôt", de même qu'ils maintiennent l'usage affectueux des "Barbusquins".
- "Ithaque" est à "L'Entrepôt" ce que "L'Univers" est aux "Barbusquins", aiment à plaisanter Theos et Agame.

Etrangement, ce dernier ne se satisfait pas de cette affluence quotidienne. Durant un déjeuner avec Theos et Mack dans le plus récent des nombreux bistrots installés devant l'entrée de l'ancien couvent et au bord des quais du canal, il s'en explique:
- Je suis inquiet, mes amis, d'observer une telle foule se presser à "L'Entrepôt" pour assister à la copie de ma pièce. Les spectateurs y sont beaucoup plus nombreux que ceux qui viennent aux "Barbusquins" qui affiche pourtant complet à chaque représentation. Dans les deux cas, cependant, je crains que le public ne s'y presse que pour visiter ton extravagante cité virtuelle ou pour admirer mon magnifique théâtre rénové. Heureusement que ce genre littéraire porte le même nom que l'édifice où on le montre. Au moins, cela me laisse l'illusion que les gens se déplacent au théâtre pour ma pièce!

- Tu n'as pas tort de t'interroger, répond Theos. Je suis moi-même étonné par cet afflux permanent. Les premiers soirs, la foule arrivait "chez moi" à l'heure du spectacle et repartait dès sa clôture. Très vite, un nombre croissant de visiteurs est resté traîner plus longtemps que dans toute autre salle. Ensuite, le monde est venu de plus en plus tôt pour quitter de plus en plus tard, apparemment ensorcelé par ce lieu différent. Maintenant, il se passe cette chose étonnante que ma fabuleuse Ithaque de décors et d'images projetées, est envahie depuis l'aube jusqu'au cœur de la nuit. Le passionnant Marché ne suffisait donc plus aux gens d'ici! Comment expliquer cela?

- Les gens ont besoin de passion et de rêve, réagit Mack. Or les villes évoluent trop lentement.

- Trop lentement? intervient Agame. Regarde ce qu'il est advenu du quartier autour de nous.

- Le phénomène qui s'est déroulé ici est certes intéressant. Sinistre et moribond, chargé de tristesse et de peur, ainsi que Theos l'a découvert à son arrivée, il est aujourd'hui transformé en profondeur, seulement cependant grâce à la rénovation des "Barbusquins" et à cause de la destruction provoquée par l'incendie de Malpertuis. Je reconnais que le résultat est impressionnant. Alors que beaucoup de ses habitants l'avaient quittée pour rejoindre des zones résidentielles plus confortables du littoral, de nombreux résidents de la Ville Basse viennent s'y installer. Reconnais combien toi et Sarah y appréciez votre luxueux appartement dont la terrasse domine l'ancien cloître, à l'étage au-dessus des loges du théâtre. Bien que tous les jours, je me rende à mes bureaux en bord de mer, moi aussi, j'y vis dans un immeuble rénové au bord de l'esplanade et j'y dîne dans les restaurants à la mode. Cependant, cela reste très limité!

- C'est vrai, acquiesce Theos qui se souvient soudain de ses questionnements d'étudiant lors de séminaires d'urbanisme. La transformation urbaine pourrait être plus fondamentale.

- Demain, les nouvelles villes seront différentes, j'en suis convaincu, enchaîne Mack avec passion. Cela prendra néanmoins beaucoup de temps. Les ingénieurs inventent n'importe quoi, il suffit de leur demander. Cependant, il est nécessaire de patienter que le coût, jugé exorbitant aujourd'hui, cesse de l'être au regard des nouveaux enjeux. Alors ces futurs innovateurs, bien différents de ceux que nous connaissons actuellement, qui seront experts en nanotechnologie, en biologie, en physique des particules, réaliseront ce qui sera devenu vital.

- Cite-moi quelques exemples, demande Agame qui semble un peu perdu par ces déclarations.

- Les prochains moteurs qu'ils mettront au point ne provoqueront plus l'explosion d'hydrocarbures, ni la projection de leurs résidus dans l'atmosphère. S'agira-t-il encore de moteurs d'ailleurs? Ce seront, je l'espère, des champs d'énergie magnétique, exploitant des différentiels subtilement initiés au niveau des particules élémentaires de la matière. Par ce moyen, les véhicules et les objets se déplaceront dans l'espace, le chaud et le froid seront générés, l'eau de mer sera dessalée, l'électricité produite là où nécessaire sans devoir être transportée, que sais-je encore! Les ponts et les immeubles ne seront plus supportés par des poutrelles d'acier ni des flèches de béton, aussi élégantes puissent-elles être, mais par des structures organiques légères, dignes de la canopée amazonienne, dont les liens moléculaires seront plus puissants que les forces mécaniques. Sans oublier que cette nouvelle ville-là, aérée et aérienne, s'érigera aussi avec les déchets qu'elle produira et qu'elle réintégrera dans sa structure et dans sa croissance.

- Le rêve de l'alchimiste! s'enthousiasme Agame. A quoi bon encore penser changer le plomb en or quand les détritus produiront les cités? Tu y crois, Mack, à tout cela?

- Certes! On ne regarde pas un enfant seulement tel qu'il est mais aussi tel qu'il va devenir. Il en est de même d'une ville. On ne peut pas se limiter à n'observer que son histoire, sa structure, son relief, ses multiples composants. Il est essentiel de découvrir le puissant potentiel de transformation qu'elle contient. Hélas, il faudra des siècles pour voir naître ce dont je viens de parler.

- Patience, patience! soupire Agame que cette perspective ne dérange pourtant pas. Pour moi, écrivain, une ville peut très bien n'exister que par les mots qui la décrivent.

- Ephémère, alors!

- Peu importe! Pas plus qu'autre chose, elle ne peut pas être éternelle. De toute façon, l'éternité est un concept de vivant. Un mourant, à l'instant de son dernier souffle, perd à la fois la vie et l'éternité.

Indifférent à l'ironie de "Patience, patience!", Mack poursuit:

- Par contre, toi Theos, en quelques semaines, tu en as créé une! Multiple et infinie, en constante mutation. C'est la réponse que les visiteurs qui envahissent ton Ithaque attendaient! Tu as révolutionné l'ordre urbain et libéré les rêves et l'imaginaire. La population de ton Ithaque artificielle d'apparence et d'illusion, en perpétuel changement, en est la preuve évidente.

Agame enchérit:

- Pour devenir en quelques semaines un tel refuge, cette cité de mystère et d'étonnement répond à un besoin indispensable.

- "Ta" ville est si extraordinaire qu'elle est devenue un spectacle en renouveau permanent grâce aux changements continus des décors et des panoramas en trois dimensions. Les foules, nourries de rêve, se sentent protégées et sereines dans cet imaginaire.

- Je constate que des visiteurs de plus en plus nombreux s'équipent des appareillages électroniques, capteurs cérébraux et lunettes de réalité augmentée.

- Ainsi, leurs émotions et leurs sensations pilotent leurs voyages, succession de hasards et de choix inconscients, dans les scénarios infinis disponibles grâce à l'immense médiathèque que tu as constituée, cher Theos.

- Qui n'a pas rêvé, à la sortie de la reconstitution d'un mastaba, dans un célèbre musée, de traverser une esplanade de sable en bordure du

Nil puis, par un escalier dans le rocher, accéder à un tombeau intact de l'Ancien Empire, entre des parois aux couleurs de lapis-lazuli, d'émeraude, d'or, de galène, de malachite et de rubis.

- Je donnerais beaucoup pour pouvoir descendre entre les parois de Lascaux, quitter les Offices par une porte dérobée et me retrouver le long des Zattere au couchant, poursuivre la descente de l'Orénoque par celle du Mékong et aboutir, encore au-delà, dans des panoramas imprévus sur des continents insoupçonnés.

- Ces voyages-là, mélanges de surprise et d'attente, emportent si intensément les visiteurs qu'ils en oublient l'idée de rentrer chez eux. Est-ce cela qui provoque une telle passion et rend Ithaque, qui n'est que d'Art et d'Imaginaire, préférable à toutes les autres cités?

- Tant de gens y circulent qu'un marché quotidien s'installe tous les après-midi, spontanément appellé "La Foire". Bientôt, il rivalisera en taille avec le Marché matinal de la Ville Haute, celui au raton-laveur introuvable! Les échoppes et les chalands de celui-ci restent encore plus nombreux mais il n'est plus le seul.

- Tu n'as pas mesuré les conséquences de tes actes, Theos. Un deuxième marché!

- Voilà comment tout se transforme et devient possible. Le changement ainsi initié ne s'interrompt pas. La preuve en est le marché flottant qui se développe au confluent du Canal et du Fleuve.

- Ce n'est pas étonnant. Le spectaculaire ballet des barges transportant le trésor de décors depuis les Barbusquins jusqu'aux cargos amarrés entre fleuve et mer est resté gravé dans la mémoire collective. Depuis le retour de la Troupe, les fréquents transports de décors entre "L'Entrepôt" et "L'Univers" ainsi que nos voyages personnels par ce parcours attirent à nouveau les badauds.

- On ne peut plus parler de badauds car ils sont devenus navigateurs. Une flottille de petits bateaux circulent en permanence sur le Canal. Les vieilles écluses, remises à neuf, fonctionnent jour et nuit pour permettre le trafic incessant.

- Vous allez penser que je m'emballe à nouveau. Pour moi, ces écluses sont devenues un double passage initiatique. Dans un sens, par le quai bordant l'ancien Couvent des Barbusquins, elles donnent accès au Théâtre de L'Univers. Dans l'autre, par le Canal, le Fleuve puis l'Océan, elles ouvrent le chemin vers tous les autres univers en nombre infini et aux multiples dimensions!

Mack enchaîne dans son mode pragmatique de bon vivant:
- Les restaurateurs et hôteliers ont bien compris cela. Presque chaque jour, de nouvelles gargotes et auberges en tous genres, des plus simples aux plus luxueuses, s'installent le long des murs extérieurs de l'entrepôt et du théâtre.

Le commentaire d'Agame est moins matérialiste:
- Notre cité s'est transformée en une Ville Haute, une Ville Basse, un triple Marché, une Ithaque synthèse de toutes les villes réelles et imaginées, un Canal initiatique. Elle contient les tensions des départs, les appels de retour, les passions et les rêves.
- Cela aurait été normal que toute cette extravagance s'arrête peu à peu, après un succès de circonstance et s'oublie doucement, comme il en est d'habitude des enthousiasmes des humains, répond Theos.
- Ce serait mal connaître leur désarroi, en attente de tant de surprises et de réconforts, déclare Agame.
- Alors, hélas ou tant mieux, qui peut en conclure ou en juger, cette passion partagée ne sera pas une œuvre éphémère.
- Cette création n'a pu naître que grâce à votre amitié, à toi Mack et à Agame, et à l'amour d'A'na. Vous ne pouvez pas savoir à quel point cela me sauve, en permanence.
- Peut-être est-ce cela qui a tout déclenché en toi, conclut Agame: la rencontre d'un urbaniste, d'un homme de théâtre et d'une déesse!

Une déesse! Déjà, cette image était venue à l'esprit de Theos. Voici qu'Agame la confirme.

Après le déjeuner, il reprend sa barque à moteur. Au milieu des nombreuses autres embarcations, par les Ecluses, le Canal, le

Marché Flottant, il rejoint Ithaque, par l'arrière du grand hall. Malgré les déplacements constants de décors, il n'hésite jamais en chemin, à l'instar des oiseaux migrateurs. Les traces au sol et les lumières lui sont familières. Au travers du nouveau labyrinthe, il arrive dans leur domaine inaccessible. Depuis une semaine, il est entouré de sable blanc au sol, palmiers, bambous, L'océan s'étend à perte de vue. Hiva-Oa l'accueille[20].

A'na l'attend. Pour la première fois, son regard est timide. Son sourire est mystérieux. Elle l'interroge sur la discussion du déjeuner. Il lui résume l'étonnante conversation tout en l'observant avec attention. Blottie dans ses bras, elle tourne la tête pour le regarder dans les yeux.

- Theos, te souviens-tu de mes deux hexasyllabes? chuchote-t-elle. *"Un enfant t'est nécessaire:", "Le grand don à me faire!"*

Theos comprend immédiatement. Il la prend dans ses bras et la garde longtemps contre lui.

- Il te faudra patienter encore plusieurs mois avant que notre enfant ne naisse, dit-elle enfin après un long baiser.

Lui, qui est ému, répond par une de ses étranges déclarations dont il a le secret:

- Tu me sauves, A'na, de mon passé, de ses horreurs et de ce que j'étais devenu. Pour parvenir à cela, tu as des dons divins! Tu es belle comme Athéna, fille de Zeus. Tu es une déesse et tous les dieux de l'Olympe doivent être amoureux de toi!

- Les temps ont changé, Theos. Maintenant, tu les remplaces tous. Comment mieux te dire que je t'aime!

- Comme quoi, murmure-t-il, une faute d'orthographe d'un fonctionnaire de l'Etat Civil peut mener loin.

Elle sait qu'il ne changera jamais, cachant toujours ses émotions derrière une apparence de légèreté. Pourtant, elle l'aime tel qu'il est.

---

[20] Hommage à Jacques Brel

La sonnerie du téléphone les interrompt. Theos décroche et après quelques secondes d'écoute, il se fige, appuyé contre la poutre qui soutient l'auvent de la terrasse. A'na est saisie par son visage livide et fermé qu'elle a connu durant les premières semaines de la tournée. Dès qu'il raccroche, elle se précipite vers lui.

- Que se passe-t-il, Theos?
- C'était le directeur de la prison.

A'na ferme les yeux et reste muette. Rien, aucune référence à ce passé ne peut apporter d'autre chose que des souffrances. La réponse est immédiate lorsqu'elle rouvre les yeux.

- Mon fils s'est évadé!

A cet instant, elle ne sait pas s'il s'agit d'un soulagement ou d'une menace.

- Depuis son incarcération, il a toujours été obéissant et calme au point que la surveillance à son égard s'est relâchée. Il en a profité.

Que pourrait dire A'na?

- Où est-il parti? Personne n'en a la moindre idée, poursuit Theos. Dès son incarcération, il s'est terré dans un silence absolu. Aucune parole, aucun écrit que trois pages trouvées dans sa cellule. Rien ne permet de déceler la moindre piste. Il faut supposer qu'il est parti loin car il était intelligent et n'aurait pas couru le risque d'être repris. Il est sûr qu'il s'est enfui pour un long voyage vers les confins des terres.

A'na sait qu'il lui faudra de nouveau du temps pour apprivoiser la réminiscence de sa douleur.

- J'ai parcouru les routes pour fuir et voici que mon fils vit le même destin. Le passé revient. Bien que je me force à ne pas rêver à cette illusion impossible, j'aurais tant aimé que ce soient Carole et Paul qui échappent à leur terrible destin.

Il se tait. Son silence dure cependant moins longtemps que ceux d'il y a plusieurs mois.

- Je suis soulagé de ne plus être confronté à son image dans une cellule sinistre, même si, où qu'il aille, et peut-être plus que dans l'enfermement, il paiera chaque minute son acte horrible. Ce qui me fait le plus peur dans cette fuite, c'est surtout la panique intense de le rencontrer.

- Et le pardon, Theos?

- C'est encore beaucoup trop difficile pour moi. Je laisse cette question ainsi que celle de l'oubli aux générations futures. Il faut du temps avant de pouvoir assumer une telle responsabilité.

Il serre A'na contre lui.

- Notre enfant va naître. Bien que mon passé reste intact et que je l'emporterai avec moi, grâce à toi et à ma nouvelle paternité, j'apprivoise à nouveau le bonheur.

Depuis ce moment, Theos se cache plus profondément dans son Ithaque artificielle. Jour après jour, il la reconstitue, au début pour que sa trace s'y perde et que personne du passé ne puisse l'y trouver. Maintenant, pour créer un domaine en permanente rénovation pour accueillir son nouvel enfant.

Quels choix avait-il en fuyant son pays ? Mourir ou vivre? Mais comment? Se transformer sous d'élégants costumes? Disparaître au profond d'une ville lointaine, au cœur d'une maison à son image où l'on camoufle les pires hontes? Se cacher dans la plus incroyable réserve de décors de la planète? Voyager jusqu'aux antipodes?

Et aujourd'hui? Pleurer ou rire? Sa tragédie le prive-t-elle de toute chance de comédie?

Sa fuite a changé de nature. Ce "Grand Architecte", capable de ressentir les villes non pas telles qu'elles paraissent mais telles qu'elles sont vécues, en invente chaque jour plusieurs nouvelles. Il ne voyage plus dans l'espace ni dans le temps mais dans son imaginaire, grâce à l'amour. Au cœur de son art, plus rien ne peut lui arriver.

Cet ultime voyage est continu et n'aura d'autre fin que la sienne.

Tout est dit. Cependant, on ne termine pas un récit de cette façon abrupte! La vie continue, pardi. Toujours, il subsiste celle des personnages de théâtre, car celle-là est éternelle.

Pour fêter les naissances de la fille de Sarah et d'Agame ainsi que de la leur, A'na et Theos ont invité leurs amis chez eux. La bande est confortablement installée, sur la terrasse d'un chalet fleuri de géranium au bord d'un torrent, face à des montagnes enneigées qui ont remplacé, depuis une heure, un vaste lac bordé de sapins.

Sarah et A'na parlent de leurs enfants. Achille, venu avec plusieurs bouteilles de champagne millésimé rafraîchies dans les frigos du Foyer, parle de lui et de ses conquêtes amoureuses. Régis déguste sans modération le fameux whisky de Ménélas dont Agame a apporté deux bouteilles; il est rayonnant, passionné par ses nouveaux équipements; il a cessé de fumer sa grosse pipe et n'a plus de tic à l'œil droit. Péné est paisible et parle peu; elle est arrivée les bras chargé de vêtements pour bébé qu'elle a dessinés; sans cesse, son regard va de l'un à l'autre et elle sourit: elle a retrouvé sa famille. Mack explique la transformation des villes. Agame raconte le théâtre. Theos évoque ses parcours dans les cités et les avenirs de son Ithaque.

MACK:
C'est un incroyable voyage que vous avez accompli pendant votre longue tournée.

AGAME:
Ça, tu peux le dire!

MACK:
Ce qui m'étonne le plus, c'est la similitude entre votre parcours et l'Odyssée.

THEOS:
Et quoi?

AGAME:
L'Odyssée. Homère!

MACK:
Fais pas l'idiot, Theos!

THEOS:

C'est de l'histoire ancienne, tout cela.

A'na le regarde en souriant

MACK:

Il s'exprime avec passion:

Finalement, concernant Olys, qu'avez-vous trouvé qui nous aide dans notre recherche?

Agame le regarde d'un air fatigué, en scrutant sa montre, impatient de recevoir un appel d'un comédien, qui le lui avait promis vers midi et demi. Theos, assez embarrassé, observe les nuages, des cumulus nimbus, par la fenêtre.

THEOS:

Tu sais, Mack, je ne sais comment t'expliquer …

A'na lui sourit pour l'encourager.

THEOS:

Tu t'es passionné pour ce personnage qui t'intriguait. Agame t'a aidé à en découvrir les traces. Au départ de la tournée, nous avions la ferme intention de remonter le fil de ses voyages. Cependant, … Tu sais, Mack, cet Olys, en chemin, nous l'avons un peu perdu de vue.

MACK:

Nous ne saurons donc jamais qui fut ce personnage ancien, d'où il venait et pourquoi il était passé dans toutes ces villes? Fut-il un urbaniste de génie, un fuyard, un personnage d'un roman oublié, celui d'une épopée poétique?

AGAME:

Nous étions partis pour ramener Elena mais celle que nous avons trouvée était devenue une autre personne. Alors, …

THEOS:

Nous avons ramené tout autre chose que ce que nous pensions chercher. De même, nous voulions remonter les traces d'Olys jusqu'à ses origines et comprendre qui il était et quelles étaient ses motivations. Cependant, cette quête s'est insensiblement arrêtée.

AGAME:

Était-il inscrit dans les souvenirs d'Elena? La destruction de sa mémoire l'a-t-elle fait disparaître, en même temps que les répliques qu'elle oubliait.

THEOS:

En fait, Mack, excuse-nous. Olys, on s'en fiche!

Mack sursaute de surprise.

THEOS:

Mais nous avons fait un sacré beau voyage. Pour ma part, j'y ai trouvé beaucoup plus important.

AGAME:

Moi, de même. Je suis parti d'ici après mes désastreuses tentatives d'écrire du "Théâtre Impossible". Pendant notre périple, j'ai remonté l'histoire, depuis "L'Absurde" jusqu'à "L'Antique" pour parvenir enfin au style "Saltimbanque" qui appelle le public à lui.

C'est inattendu mais A'na éclate de rire, un rire joyeux, sonore, libérateur. Mack ouvre des yeux tous ronds. D'un coup, Theos s'esclaffe pour la première fois depuis longtemps. Agame, oubliant sa montre et son théâtre, est pris d'une hilarité communicative qui emporte Mack à son tour. Et ils rient. Ils rient. Les larmes coulent de leurs yeux. Cela dure.

Cependant, même ces moment-là ont une fin.

Quelques soupirs, donc. Un très long silence. Puis Theos, à voix basse bien que parfaitement perceptible par tous, commence à parler.

THEOS:

Olys …

Mais il est interrompu par le fou-rire général qui reprend de plus belle et qui dure, qui dure. Ils rient. Ils n'arrêtent pas de rire.

Rideau (à l'italienne).

Dans la vie, ainsi, le tragique et le comique se succèdent sans ordre, de la même façon que le programme d'une saison théâtrale.

Vous l'aurez aussi compris, en réalité autant qu'en apparence, Theos n'est pas un voyageur comme les autres.

Bruxelles, Belle-Île-en-Mer, Venise, Vinsobres
Février 2015 – Août 2017

Par-delà le lointain

DU MÊME AUTEUR

ORPHEE, ECRIVAIN, roman

EVA ET LE PETIT PRINCE, roman

L'INVENTEUR DE VENISE, roman

PUCE "Petit Roman pour les Mamans des Grandes Filles"
(Histoire illustrée pour "enfants")

… MONDO DI COLORI, nouvelles

LES SOUVERAINES, roman

LES JOURNEES INTERNATIONALES, poème fou

ROSE ET VENTS, roman d'action

ISBN   978-2-9601184-9-0
Dépôt légal   D/2017/ Marc-Jean Nootens, éditeur
Auteur-Editeur